JN111209

負けず

小説・東洋のビール王

端田 晶
AKIRA HASHIDA

幻冬舎 MC

負けず

小説・東洋のビール王

目次

第一章　恭やん

負けずの始まり

銀座七丁目のライオンビヤホールの内装は、昭和九（一九三四）年の開業から変わっていない。深緑のタイルが貼り詰められた多角形の柱は天井に向かって太さを増し、見上げる者を圧倒する。抗火石（こうがせき）が張られた天井はあくまで高く、当初は白かった表面はすすけて焦茶色から黒へと変わりつつある。ビヤカウンターの上にはガラスモザイクの巨大な壁画があり、豊穣と収穫を祝う女神たちが描かれている。その下で男たちは忙しくビールを注ぎ、三百人近くが待つ客席に運んでいく。いつも満席なのである。

ビヤホールの天井は高いに限る。低いと隣席の声が聞こえることがある。天井が高ければ嬌声も激論も哄笑も一様につき混ぜられて、わぁぁんという響きだけが堂内を満たす。満場の熱気が伝わって、客の心身に活力を湧き起こす。だから客はおしなべて笑顔である。前向きである。愚痴を言いながらも表情は明るい。言い換えれば、最も別れ話を切り出しにくい空間である。

このビヤホールの天井は十分に高い。しかも抗火石である。日本では伊豆諸島と天城山だけに産出する火山岩で、気泡を多く含む一種の軽石だ。軽量で丈夫で耐火性に優れる。吸音効果もある。満場の騒音をぼやかすのに、これほどの建材は無い。こんなところにまでビールに気を遣った建物は希有であろう。それゆえに八十年の永きに渡ってビール党に愛され、現存する最古のビヤホールとなったのである。

そして、このビヤホールの建設を命じた男こそ「東洋のビール王」と呼ばれた馬越恭平であった。

時は江戸後期にさかのぼる。足掛け三年にわたる天保の改革が挫折した翌年、弘化元（一八四四）年十一月二十二日に、馬越恭平は備中国後月（しつき）郡木之子村で生まれた。現在の岡山県井原市木之子である。広島との県境で、海を持たない穏やかな里をなだらかな山が囲んでいる。父の漢方医馬越元泉と母古尾子の次男で、幼名は伍蔵。兄元育、妹浅、弟大三郎、妹清、妹京、という六人兄弟である。ただし家系図には長男誕生前に幼くして没した姉伊志も記されている。

家を継ぐ長男に比べて次男は自由だと思われがちだが、恭平は生まれる前から人生を決められていた。その説明の前に、馬越家の来歴について紹介しておこう。

馬越家の祖先は、源平の頃から知られた四国伊予の豪族河野氏である。千年の長きにわたって同地の国主であったが、天下統一を目指す豊臣秀吉に帰順を迫られたときに、当主河野直が拒否したために、天正十三年に小早川隆景を差し向けられ、対岸の安芸国に落ち延びた。一族であった河野彌兵衛尉通元も圧力を受け、慶長年間に至ってついに伊予国馬越荘の居城を捨て、木之子村に三輪崎城を築いて移り住んだ。このときに姓を変え、馬越家が始まった。初代通元の孫にあたる又左衛門のときに武士を捨てて豪農となった。七代目の頃から家運が傾き、医業に転じた八代目のときには多くの田畑を手放した。八代元長以降、九代元貞、十代元壽、十一代元泉と四代にわたって、養子によって医業を継いでいる。

恭平の父元泉は、隣の成羽藩の漢学者窪連州の長男であった。素行不良で相続を許されず、浪人になっていたが、縁あって馬越元壽に認められ、娘古尾子を娶って養子になった。長男でありながら窪家を継がず、馬越家を継いだのである。その代りに、息子一人を窪家に返さねばならない。従って次男である恭平は、生まれる前から窪家を継ぐことが決まっていた。長男元育が医者になり、次男恭平は漢学者になる。他に選択肢は無い。そういう時代だったのだ。

恭平は身体が小さくて病弱だったので、古尾子はしばしば地元の川で捕れる鰻を食卓に並べた。麦飯と漬物が普通なのだから鰻はご馳走のはずだが、脂が強過ぎて閉口したと、後に恭平は述懐している。

身体は弱くても気は強く、笑うと丸顔に愛嬌が満ちるのだが、怒ると眼をぎらぎらさせて睨みつけてくる。毎日のように喧嘩するので、朝に古尾子が結った髪は、夕方にはザンバラである。思ったことを主張して曲げないので生意気に見える。しかも、身体の大きな相手にも平気で突っかかっていく。自分の理屈が正しいと信じているので、喧嘩で圧倒されても自説を変えない。だから「負けずの恭やん」と渾名された。

村の豆腐屋の息子で安吉という悪童がいた。朝夕には天秤棒に桶を下げて豆腐やこんにゃくを売りに来るのだが、道すがら塀に落書きしたり、雀や鳩に石を投げたり、近所の子供らをいじめたりする。

ある春の日、豆腐を売り歩いていた安吉が目をつけたのは、庭先でおとなしく一人遊びしていた恭平の妹の浅である。いきなり垣根越しに大声で怒鳴りつけた。浅は火の付いたように泣き出して家に駆け込む。安吉は大笑いしながら、また天秤棒を担いでいった。

翌日も同じことが繰り返されたが、今度は恭平が家にいた。

「どないしたんら」

浅はしばらく泣きじゃくっていたが、やがて途切れ途切れに話を始めた。訴えを聴いた恭平は庭先に出ていったが、既に安吉の姿は遠かった。

「ようし、おぼえちょれ」

翌日から恭平は安吉の後をつけた。妹の仇を討ちたくても、小柄な恭平が既に大人顔負けの体躯である安吉に正面から挑む手はない。何か弱みを見つけてやろうと尾行したのである。すると寺の塀に立ち小便をして、僧侶から怒鳴られて逃げていく姿を目にした。

「あの小僧、またやりおった。一度は捕まえて説教せねば」

「そうじゃ。罰当たりめ。思い知らしてくりょうぞ」

取り逃がして戻ってきた僧侶たちの会話を聞いて恭平は思った。何度もやっているのだな。よし、あの坊様たちに懲らしめてもらおう。

数日後、ついにその時は来た。安吉が天秤棒を置いて寺の塀に小便を始めたのだ。恭平はその背後から大声を出した。

「お寺に小便とは、そりゃいけんじゃろ」

そう叫んで耳を澄ますと、僧侶たちが出てくる気配がした。さらに恭平は置いてある桶の中に手を突っ込み、こんにゃくを取り出して地面に叩きつけた。

「妹を泣かせた罰じゃ」

安吉は固まった。耳には僧侶の怒声。目には砂まみれのこんにゃく。しかし小便は止まらない。ついに、そのまま塀に頭を付けて泣き出してしまった。

飛び出してきた僧侶たちが安吉を取り囲んだとき、恭平は後も見ずに走り出していた。

過正失神

数日後に豆腐屋の主人が恭平の父元泉を訪ねてきた。名医と評判の高い元泉に敬意を表して、安吉と寺のごたごたに恭平を巻き込んで申し訳ない、と筋違いの詫びを入れてきたのである。恭平から話を聞いていた元泉は苦笑いするしかなかった。

元泉は医療技術が優れているだけでなく、医は仁術の言葉通り、貴賤貧富の別なく施術するので評判だった。ある貧しい修験者の病を治した時には、薬礼を取らないばかりか、養生せよと食糧まで与えた。その翌年の暮れ、馬越家の玄関に大きな雉（きじ）が置かれていた。正月のご馳走に、と修験者からの手紙が添えられており、その慣例は終生続いた。

しかし、この治療方針では忙しいばかりで金にならない。しかも元泉は多趣味で、剣術や弓術に凝り、一方では生花にも手を出した。しかも大酒家である。医家とはいえ貧乏暮らしが続いた。

嘉永四（一八五一）年、七歳になった恭平は窪家を継ぐための第一歩として漢学塾に通い始めた。師は、後に渋澤栄一の推薦で一橋慶喜に経書を講義する阪谷朗廬（さかたにろうろ）である。備中出身の朗廬は七歳で大坂の大塩平八郎に陽明学を学び、十歳で上京して儒学を修めた。嘉永四年、二十九歳で木之子村の隣の芳井村で桜渓（さくらだに）塾を開き、二年後に郷校興譲館に招かれて初代館長となった。漢学者のくせに開国論を説き、各地から教えを乞う者が多数訪れる西国屈指の論客であった。

恭平は桜渓塾から興譲館まで六年間、朗廬に学んだ。しかし、負けずの恭やんである。じっと座って勉強するなど性に合わない。周囲とつまらないことで喧嘩を始める。相変わらず小柄だが、機敏に立ち回って殴り合いも辞さない。どんなことでも自分が正しいと信じて曲げないので、小さな喧嘩も大きくなってしまうのである。

ある日、たまりかねた朗廬は恭平を呼び、目の前で「過正失神」と書いて見せた。

「正しさも過ぎると、己の精神を失う、という意味だ。分かるか」

朗廬は子供にも常に真剣に接していた。この時も恭平の前にぴたりと正座している。師の顔が迫ってくる。黒目がちの小さな眼で真っ直ぐに正面から見つめられ、恭平は動けなくなった。正座した膝の上で、小さな拳が震えている。

「あの、ちいと分かりません」

「そうか。では教えよう。まず、正しいことは大切だ。だが、正しいからといって、相手を打ち負かしてよい、ということではない。ここが肝心だ。お前は激しやすい。激すれば、正しさより、相手を打ち負かすことに気持ちが移る。そこが間違いだ。打ち負かしたいという気持ちは慎まねばならぬ。分かったな」

「はい。ようけ分かりました」

恭平は自分が強情を張っていることが分かっていた。一歳違いの兄は優秀である。身体も大きく気も優しく、恭平は何一つ敵わないと思い続けてきた。幼い弟は素直で可愛らしく、優等生の片鱗を見せていた。父は間違いなく二人を愛していた。だが、父が二人を見る目と自分を見る目は違っているように感じられた。学業が劣るからか。窪家に行く人間だからか。疑念は尽きることなく、恭平はいつもいらいらしていた。その不安を吹き飛ばすためには、強情と言われても自己主張するしかなかった。

窪家を継ぐ身として不承々々通っているくらいだから、漢学は身につかなかった。では何を得たのか。後年、恭平は「朗廬先生から正直の二文字を教わった」と述懐している。「先生から教わった忍耐を示すのはここだ」という言葉も残っている。つまり、学問より信条を学んだのである。六年間も通って、過正失神と正直と忍耐だけでは効率が悪過ぎるが、それくらい漢学者には不向きだった。

それでも窪家を継ぐ使命は変わらない。十二歳になった恭平は、母の伯父播磨屋仁兵衛（はりまやにへえ）を頼って木之子から大坂に出た。その伯父の紹介で、頼山陽の高弟後藤松蔭の門を叩いて学僕となる。学僕とは住込みの弟子で、授業料を払わない代わりに無給で働くのである。しかし、金にならない弟子に松蔭は冷たかった。授業中は座敷の隅に座らされ、茶を持て、火鉢に炭を継げ、と雑用で中座させられた。金持ちの子弟だと手を取らんばかりに丁寧に教えているのを見て、儒者とは看板ばかりか、と恭平は落胆した。

ある日、播磨屋仁兵衛が恭平を訪ねてきた。学僕にあてがわれた納戸（なんど）に通すわけにもいかず、恭平は伯父を表に連れ出した。歩きながら近況を尋ねられると、師への不満が抑え切れなくなった。金持ちの子弟は優遇される。出来が悪くても叱られない。所詮、世の中は金なのか。

二人は近所の茶店の縁台に並んで座った。恭平は木之子から着てきた古びた袷（あわせ）のままである。仁兵衛が注文した団子に恭平は目を輝かせた。甘いものなど食べていないのだろう。団子をつまむ指はあかぎれだらけだ。

「恭平、木之子から使いが来とってな。元泉さんの病が一向に回復しないので困窮していると古尾子が言うてきた」

団子に夢中だった恭平の動きが止まった。父の病は聞いていたが、決して辛酸を表に出さない母が困窮を伝えてきたことに深刻さがうかがわれた。

「えらい心配です。弟や妹もおるし、暮らし向きも大変やと思います」

「そうやな。お前に言うこととは違うが、実は古尾子が金の無心をしてきよった」

恭平はじっと押し黙っている。まだ十三歳の子供なのだ。仁兵衛が慰めの言葉を掛けようとした刹那、恭平がぐいと仁兵衛の方に向き直った。

「お願いがあります。私に丁稚（でっち）奉公の口を世話してくれまへんか」

「何を言うとんのや。お前は窪家を継ぐ人間やぞ。そやから、わしが後藤先生にお願いしたんやないか」

「それは感謝しとります。しかし実家が窮乏しとるのに、ここにおっても仕送りは出来まへん。でも、奉公すればお駄賃がもらえることもありますし、やがてはお給金も頂戴できます。学者になっても稼げるのはほんの一握りだす」

仁兵衛は恭平の顔をじっと見た。必死の瞳である。親孝行の思いと同時に、後藤門下での閉塞感を突破したいという願いが伝わってきた。仁兵衛は、かなえてやるしかないと直感した。

「分かった、分かった。でも恭平よ、しばらく木之子には内緒にしておこうな」

共犯者を得て恭平は微笑み、軽くうなずいた。生まれる前からの運命を、ついに自分の手で捻じ曲げたのである。

強請りの新米

仁兵衛は日をあらためて後藤松蔭宅を訪問し、恭平が学僕を辞する旨を伝えた。松蔭は去りゆく弟子に何も言わなかった。恭平もまた黙って頭を下げた。ただ、お互いが安堵していた。

新しく仁兵衛が紹介してくれたのは天下一の豪商と言われた鴻池(こうのいけ)家であった。善五郎家や新十郎家など複数に分かれており、十四歳の恭平が丁稚に入ったのは鴻池新十郎家である。年齢的には遅過ぎるくらいの丁稚奉公だが、恭平は水を得た魚のように働いた。目端が利くからと、すぐに主人付きの丁稚に抜擢される。小柄で丸顔で愛嬌がある。使いに出された先では、笑顔をふりまいて顔を憶えてもらう。すると次の訪問では待たされなくなる。おかげで用が早く済むと、その御礼と称して雑用を手伝ったりして重宝がられた。

鴻池には大嶋百助という古参の番頭がおり、丁稚の教育係も務めていた。百助は丁稚たちにこんな説教をした。

「商売でしくじって、一生掛かっても払いきれん借金背負うたらどうなる。親の借金は誰が払うんや。子が払い、孫が払うのが当たり前やろ。武士やったら腹切ればしまいや。でも商人は首をくくっても済まん」

「しくじったらあかんのでんな」

「それだけではあかん。手堅いのは結構じゃが、商いには思い切りも肝腎じゃ」

「思い切ってしくじったら、どうなりますのや」

「だから信用が第一なんや。信用の無い者は少しのしくじりでも、誰も相手にしてくれんようになる。だが信用があれば違う」

「なるほど」

「だから正直が商人の命や。信義を忘れたらあかん。約束は守らんといかん」

恭平には、論語や四書五経より百助の説教のほうが素直に腹に落ちた。商人として生きていくことを選択して良かったと思った。

士人の新十郎は茶を嗜んだ。恭平は茶室の掃除や茶道具の出し入れを任された。新十郎は一つひとつ丁寧に教えてくれた。恭平は炭を切ったり、茶を挽いたりしながら、道具の名前や使い方、来歴や良し悪しの基準など、茶道の基礎を憶えていった。茶席では客が主人に道具の由来などを尋ねることも多い。新十郎は常に的確に応えられるよう、日頃から恭平に仕事を教えながら練習していたのだった。

ある日、恭平は命じられた青磁の桃の香合を蔵から茶室に運んでいた。教えられた通りに両手で包むように捧げ持っていたのだが、不意に目の前を大きな鼠が横切り、それを猫が追った。驚いた恭平は、敷居に足を取られて大きくよろけた。その勢いで香合の蓋が飛んだ。幸いにも破損は免れたが、物音を聞きつけて若い番頭が飛び出してきた。粗相を詫びたものの、したたかに鉄拳制裁された。その番頭はたまたま見かけただけで、茶室に関わる仕事など一切無関係であったが、大義名分を得たとばかりに喜んで殴ってきたのだ。理不尽であるが口には出せない。骨に沁みるほどの痛さをこらえつつ、恭平は、今に見ていろ、この香合を買い取るほど出世してみせる、と固く心に誓った。

鴻池新十郎家の茶室は、奥庭の中でも特に母屋とは離れた場所にあった。ある日、新十郎に命じられて恭平が茶を挽いていると、どこから入って来たか、庭先にいきなり浪人者が現れた。羊羹色の袷の着流しに素足の草履ばき。あちこち塗の禿げた大小を落とし差しにしている。大老井伊直弼による安政の大獄のため、京都に集まった志士たちは弾圧されて捕吏（ほり）から逃げまどっていたが、この浪人者もその残党のようである。

「鴻池のご主人とお見かけ申す。少々路銀を借用したい」

驚いた新十郎は声も出ない。茶室には恭平と二人きりで、相手は刀を持っている。二十代のようだが、不精髭と土に汚れた顔からは荒んだ暮らしが垣間見えた。何をされるか分からない。丁稚では頼りにならぬ、と思いながら新十郎は恭平を見た。

「お前さん、どのくらいご入用なんだね」

いきなり恭平が乱暴な口をきいた。

「なんだ。小僧のくせに生意気な。主人と話をしておるのだ。控えておれ」

「お前さん、強請り（ゆすり）は新米やな」

「何を言うか。下がれ」

「ウチの旦那は天下の鴻池新十郎だす。何を買うにも、この顔を見せれば後から勘定書きが届くようになっとります。そんな人の手許にお金はありまへん。金のないところに来るから新米だと言うのだす」

「財布を持たなくとも、金櫃（かねびつ）があるであろう」

「金櫃のあるところまで、お前さん、一緒に行きまひょか。店には三百人からの雇い人がおりますが、それでもよろしゅうおますか」

浪人者は言葉に詰まってしまった。新十郎はポカンと口を開けたままである。恭平は平然としているようだが、頭の中では忙しく次の展開を読んでいた。最初はぞんざいな言葉で毒気を抜いたが、そろそろ限界だ。怒って刀を抜く前に、次の手を打たなくてはならない。恭平は作戦を変えた。少しずつ言葉を丁寧にして、相手を持ち上げながら幕引きに持ち込もうというのである。

「私どもは事を荒立てたくございまへん。お侍様にも、ご損を掛けたくはございまへん」

「どういうことだ」

「どないでしょう。ここに十両おます。これから支払いに行けと店から預かった金ですけど、これをお持ちになりまへんか」

たまたま主人から預かっていた金を差し出した。

「小僧からもらおうとは思わぬ。主人に借用をお願いしている」

「お金には小僧の色も匂いもついておりまへん。旦那のと同じです。どうぞお持ちになってください」

どうにも攻めどころが見つからない。諦めた浪人者は嘆息一番、手を伸ばして素早く十両を懐中に納めた。

「ご主人。腹の座った奉公人をお持ちで結構なことじゃ。では御無礼致す」

素早く身をひるがえして、浪人者は走り去った。

緊張が解けた恭平は、崩れるようにその場に突っ伏してしまった。歯の根が合わないほど震えている。

新十郎がその背中を幾度となく撫でてくれた。

第二章　若旦那

播磨屋仁兵衛襲名

鴻池で忙しく働く恭平に播磨屋から使いが来た。仁兵衛が重病で寝込んでいるので、一度見舞いに来てほしい、というのだ。大坂で唯一の親戚であり、後藤門下でも鴻池家でも保証人となってくれた恩人である。内緒で学問の道を捨てたことは、未だに木之子の実家には知らせていないが、それで済んでいるのも仁兵衛のおかげだ。折に触れて、恭平は元気だとだけ伝えてくれているのである。その、恩人であり共犯者でもある母の伯父が倒れたのだ。知らせを受けた恭平は急いで播磨屋に向かった。

仁兵衛は薄暗い奥座敷で臥せっていた。恭平が枕元に座ると病人の懇願が始まった。

「もう、わしは長いことは無い。お医者さんも良い手立てがないとおっしゃる。それは寿命やから仕方ないが、心残りはこの播磨屋の身代や。うちには子が無い。どうや、恭平。お前は天下の鴻池新十郎様から直に商いを学んだ人間や。うちの養子になって、この家を継いでくれんか。それに、この家を継げば、いくら木之子へ仕送りしてもうても構わんよ」

とにかく仁兵衛の容態を心配してきたのだが、意外な展開である。しかし、恩人が瀕死の床から声を振り絞っているのを聴かないわけにはいかない。よく考えてみればありがたい話だ。そもそも商人の道を選んだ発端は、実家の困窮を救うためであったが、丁稚なのでまだ仕送りは実現していない。しかし、播磨屋の養子となれば別だ。第一、仁兵衛が仕送りを認めてくれている。

十六歳の恭平は、またしても両親に相談することなく第二の転機に身を投じた。万延元（一八六〇）年、鴻池を辞めて播磨屋の養子となり、仁三郎と改名した。

一方、木之子でも大きな動きがあった。恭平がいつ学問を修めて帰ってくるのか具体的な話が伝わってこないので、窪家の催促に応じて、恭平の九歳下の三男大三郎を出すと決めたのである。恭平には上手く納得させてほしい、という使いが仁兵衛にもたらされた。思いもかけない解決であった。後継者問題が一気に片付いたことで心労が減ったのか、仁兵衛の病は見る見る回復していった。

今度は仁兵衛のほうから木之子に使いを出す番である。恭平を播磨屋の養子に欲しい、という話を伝えたところ、頼りになる親戚だけに難なく認められた。仁兵衛は大喜びである。早速、恭平の名前で毎月幾ばくかの金を木之子に送ることにしてくれた。

播磨屋は公事宿（くじやど）と諸藩御用達（ごようたし）を業としていた。公事宿とは公事師のいる宿のことで、公事師とは公事つまり訴訟や陳情などの手続きの補助や代行をする仕事である。その間の宿舎も提供するので公事宿という。諸藩御用達とは大名相手の金貸しのことだ。つまり弁護士とホテルと銀行の兼業である。生半可な知識で務まるものではない。

播磨屋は、大坂町奉行の役宅のある本町橋の東詰からわずか三町ほどの淡路町二丁目に位置していた。当時の大坂の公事宿は約五十軒で、各々に担当区域が割り振られており、播磨屋は主に河内郡の訴訟を担当していた。営業するには株と呼ばれる権利が必要で、株は百貫文から二百貫文で売買されていた。恭平は文久元（一八六一）年に、播磨屋仁三郎として公事師になった。そして維新によって公事師が公許されなくなるまでの七年間、これを務めた。訴訟も陳情も、定められた書式に沿って膨大な書類を作成しなければならない。養父仁兵衛がこれらの書式を雛型にまとめ上げた「書上仮控帳」を作っていたのを幸い、恭平はこれを忠実に学んで公事師の仕事を務めた。正確に遺漏なくという仕事の進め方は、経営者となってからも恭平の大きな武器になった。

幕末の動乱は、目端の利く恭平には大きな好機であった。諸藩御用達として軍資金調達の仕事が次々と舞い込んできたからである。当時の播磨屋の主な出入先は相州小田原の城主大久保加賀守と江州膳所の城主本多主膳頭であった。

元治元（一八六四）年、幕府は長州征伐を決め、譜代であるこの二大名にも出征を命じた。大久保加賀守から播磨屋に緊急の使いがあった。軍資金として二万両の資金調達が申し付けられたのである。しかし播磨屋の自己資金は一万両に満たなかった。不足分は金貸し仲間から借りなければならない。どうせ本多主膳頭からも調達を頼まれるだろう。それを含めていくら用意すべきか。戦が長引いて返済が遅れれば、利息の立替という新たな負担も考えられる。といって貸し渋れば、諸藩御用達の看板を失う恐れもある。

恭平は考え抜いた末に、同業者中随一と言われた亀屋喜兵衛を訪ねた。

「いつもお世話になっております。亀屋さんにはいつも私どもの商売仲間の先導をお勤めいただきまして、おおきにありがとうございます。その御礼と申しては何ですが、このたびは亀屋さんに儲けていただくお話を持って参じました」

「ほお、儲け話となれば喜んで片棒を担がしてもらいます」

「大久保加賀守様には、このたびの長州征伐において大きなお役目を頂戴し、勇躍ご出陣のご準備にお忙しくなさっておられます。私どもにも二万両をお申し付けいただきました」

「それは結構なお話でんな」

これで喜兵衛には察しがついた。二万両とは大口だ。ははあ、持ち金が足りないな。さていくらの借金を言ってくるのだろう。そう楽しみにしていると、話は意外な方向に展開していった。

「私が大久保加賀守様に亀屋さんをご紹介しますので、五千両をご用立ていただきたいのでおます。手前どもは一両当たり二分五厘の斡旋料を頂戴するだけで結構でおます。いかがでしょうか」

「はあ、それは、ふうむ」

大名相手なら利息の相場は五分前後である。その半分を斡旋料で取られれば二分五厘しか残らない。同業者間で決まっている三分の利息より安いのだ。しかし、亀屋側にはもっと大きな利点があった。大久保加賀守に直接貸せるということだ。自己資金の少ない播磨屋に貸すより安全である。

「播磨屋さん。私に三分払うところを二分五厘で済まそうというのかい。上手いことお考えにならはったな」

「御冗談をおっしゃいますな。私は亀屋さんに御礼がしたい、儲けていただきたいと思いまして、私のできる精一杯を考えたまででおます。私のできることは加賀守様のことくらいだすさかい」

恭平は、私のできること、という言葉を連発した。確かに亀屋が大久保加賀守に関わって儲けられるのは、播磨屋の承認の下でしかない。それは恭平のできること、というより恭平にしかできないことなのだ。恭平が口を利かなければ、二分五厘どころか一厘の利益にもならない。その一方で、恭平は大坂の御用達五十数軒の誰にでも同じ提案ができる。自分が断ればよそにいくだけだろう。小柄で丸顔でにこにこ愛嬌を振りまいているが、こいつは曲者だ。しかたがない。喜兵衛は、ここは二分五厘でも取っておくほうが上策だと素早く計算した。

「なるほど。よう分かりました。播磨屋さんのおっしゃるよう儲けさせてもらいまひょ」

恭平は同じ話を他の同業者にも持ち込み、自己資金よりはるかに大きな額を安全に調達した。この方法は本多主膳頭への用立てにも使われた。そして慶應元（一八六五）年の再度の長州征伐の際にも活用された。その大活躍は同業者間で話題となり、播磨屋仁三郎の名は日に日に高まっていった。この隆盛を見て安心した養父仁兵衛は慶應三年に隠居を決めた。二十三歳の恭平が播磨屋仁兵衛を襲名して、当主となったのである。

同年十一月、岸和田の御伝馬御用問屋の蔵納家（くらのう）から、当主半右衛門の次女喜久を妻として迎えた。新郎の九歳下、十四歳の幼な妻である。喜久は養母お勝の従妹に当たり、恭平が夫の親類なのに対抗して、お勝が自分の親類から選んできたのである。

婚礼当日、喜久の到着が遅れて一同をやきもきさせた。特に、花嫁の顔を見ていない恭平は完全に落ち着きを失っている。祝宴の客が集まり始めた夕刻になって、ようやくお勝を先頭に花嫁の一行が播磨屋に到着した。

「寒いし、風は強いし、途中で馬が止まってしもうて、往生しましたわ。やっと着いた。あー、忙し、忙し」

お勝は、花嫁を一目見ようと近づく客に言い訳しながら喜久の手を引き、恭平の待つ奥座敷へ招き入れた。養父母と新郎新婦の四人きりである。

「蔵納のご両親様もすぐに追いつきますやろ。とにかく早くお嫁さん見せたろ思いまして、私らだけ先に来ましたんや」

お勝が手柄顔で恭平に言う。

「おおきに、ありがたいことでございます」

まずはお勝に礼を言ってから、恭平は喜久の顔を覗き込んだ。

「播磨屋仁兵衛だす。イトはんには遠路お疲れ様でございます。よろしうお頼み申します」

色白でくっきりした目鼻立ちの喜久は、十四歳にしては大人びて見える。しかし、明らかに緊張していた。恭平の目には、小さくて折れそうに見えた。守ってやらねば、という思いが自然に湧き上がった。

「喜久でございます。私のような者をお迎え戴き、おおきにありがとう存じます」

伏し目がちに口上を述べ、ようやく喜久が顔を上げた。緊張を察していた恭平は、視線を合わせて思い切り愛想よく微笑んで見せた。喜久の口許もかすかに緩んだ。二人の間で、時が止まった。

お勝の声が響いた。

「何や、二人で見つめおうて。傍の者が恥ずかしうなるわ。喜久、花嫁はんのお支度は大変やで。急ぎ」

「はい」

小さく返事をして出て行く喜久の後ろ姿を、恭平は口を開けて見とれていた。

その夜、婚礼の客たちを帰した後で、恭平と喜久は養父母の部屋に呼ばれ、家を守れ、孝行せよと訓示を受けた。それから二人の部屋に下がる。布団の上で夜着の二人が向かい合った。

「イトはんはお疲れやないですか」

「いえ、あの、喜久と呼んでください」

「あ、すんまへん」

「いえ」

「あの」

沈黙に耐えされずに喜久が口を開いた。

「あの、明日から何をお手伝いしたらええのでしょう」

苦し紛れの質問だったが、これに恭平が飛びついた。

「先ほどお父さんが言わはったように、播磨屋には家業が三つございます。そのうち、諸藩御用達と公事には、利息の計算や届出の規則など面倒なことがぎょうさんおますよって、当面は宿屋の仕事をお願いします」

「はい。宿屋は今日初めて見ましたが、勉強いたします」

「今日が初めてだっか」

恭平は宿屋の仕組みを語り始めた。何しろ岸和田の実家しか知らず、この嫁入りの道すがら、茶店代わりに休憩したのが初めての宿屋体験なのである。喜久が何を聴いても珍しがるのに対して、恭平は仕事人間で話好きときている。説明が止まらなくなった。どれほどの時間が流れたのだろうか。突然、恭平が気づいた。

「あきまへん。寝まひょ。朝寝でもしたら何を言われるか」

「あ、はい。お休みなさいませ」

喜久は世間知らずではあったが、素直に話を聞き、屈託なく従うことができる賢さを持っていた。

翌日から恭平には幸せな日々が続いた。宿屋の仕事をしていると必ず喜久が側にいる。要所々々で解説してやるのが楽しみなのだ。

「今、お得意様の荷物を預かりなはれ、とあの丁稚に指図しましたやろ」

「はい。都度々々、違う丁稚どんに声を掛けてはりますなあ」

「そこや。何で変えるか分かりまっか」

「さあ」

「中には、丁稚に小遣いをくれるお客様もいてます。貰ったもんは番頭さんに渡して月末に皆に分配する仕組みだす。いつも小遣いをくれるお客様に同じ丁稚を張り付けると、番頭さんに渡さんと中抜きしたろという出来心が起きるかも知れまへん。皆が小遣いをくれるお客様を知っていれば、互いに気にしますわな。出来心を起こさせんような工夫が大切なんだす」

「むつかし。私にはとても」

「私もできてまへんけど、それが人を使う者の務めだす」

「すごいわあ」

「いやいや」

喜久と話をすることは、恭平自身が仕事を見つめ直す良い機会になった。結婚後初の多忙な正月を終えた慶應四（一八六八）年二月、世間は鳥羽伏見の戦いで幕府軍が敗走したことに騒然としていたが、恭平は喜久に教えることに夢中だった。宿屋の仕事と相性が良かったのか、喜久は飲み込みが早く、不合理な点に気づいて改善を提案できるほどになっていた。ある日、喜久がおずおずと申し出た。

「あの、お願いが」

「なんだす」

「他の宿屋さんを見て勉強したいのですが、どこかにお邪魔できませんでしょうか」

「お邪魔する、て」

「三日ほど、お掃除でもお運びでも使ってもらって、実地で勉強します」

「ははあ、なるほど。それは面白おますな。公事宿仲間に頼んでみます」

恭平が何人かに声を掛けると、すぐに快諾された。婚礼以来、播磨屋の可愛らしい若女将は噂になっていたし、商売上手という呼び声が高まってきた恭平に少しでも恩を売れるのは、彼らにも好都合だったのである。

数日後、喜久は最初の勉強先の宿屋に、手土産と弁当を持って出かけていった。恭平ははらはらしていたが、楽しそうな喜久の顔を見ると何も言えなかった。

その晩、二人きりになると喜久は早速報告を始めた。

「朝の手水(ちょうず)のことなんですが」

当時の宿屋では、朝一番に客間に桶一杯の湯、房楊枝、粗塩を運ぶ慣例があった。客は房楊枝と粗塩で歯を磨き、湯で顔を洗う。これを運ぶことを、手水を回す、といった。

「あちらさんでは、手水に房楊枝を二本お付けにならはります」

「ほお」

「歯を磨いている途中で房楊枝が駄目になることもあります。高いもんやなし、うちも二本付けたら、お客様が喜びはるんと違いますやろか。それに私らも朝の忙しいとき、房楊枝もう一本、言うて呼ばれることが減りますやろ」

「なるほど。そら妙案や。喜久は賢いな」

「お世辞言うても何も出まへん」

「女房にお世辞言う亭主があるかいな。ほんまに褒めてます」

「うふふ。明日も頑張ります」

それから二ヶ月で喜久は十軒近い宿屋に手伝いに行き、いろいろな情報を仕入れてきた。また、女将さん連中と仲良くなれたのも大きな収穫だった。

同年四月、ついに江戸開城、五箇条の御誓文を記した政体書の発布、となって新時代が始まった。播磨屋の家業のうち諸藩御用達と公事師はその基盤を失い、宿屋を本業とせざるを得なくなった。しかし、長州征伐以後の動乱に乗じて恭平が大儲けしていたので、すぐに困窮することはない。新事業を興すかどうか、しばらく時代を眺めることにした。

翌明治二（一八六九）年五月、喜久は長男徳太郎を出産した。恭平にとって妻子とは、人生で初めて手にした褒美であった。

播磨屋の身代は大きくなった。商人仲間からも一目置かれる。当主仁兵衛を襲名した。可愛く賢い妻を得て、跡取りも誕生した。新事業という課題はあるものの、申し分ない成功と言える。しかし、好事魔多し。恭平に新たな試練が待ち受けていた。

俺の夢はなんだ

公事宿から単なる宿屋に変わった播磨屋だが、公事がなくなったため、客足は次第に減り始めた。新妻と幼な子が心を和ませてくれる今の幸せを守りたい。恭平は、宿屋に代わる新しい商売を本格的に検討し始めた。

明治三（一八七〇）年、二十六歳の恭平に運命の出会いがあった。後に三井物産を創業する益田孝が播磨屋に泊まることになったのである。益田は幼時から英語を学んで十四歳で幕府の通訳となり、十六歳で訪欧使節団池田筑後守一行に随行したという人物である。維新後は横浜で貿易の実務を経験した。今回は政商岡田平蔵の依頼を受け、大阪造幣寮に金銀を納める金銀分析所の経営のために来阪したのであった。東京を離れる前に知人らに暇乞いに廻った時、恭平の兄元育から「定宿がないなら私の弟の宿屋に」と紹介があったのである。

益田は播磨屋の奥の一室を借りて分析所に通った。勤めから帰ると自室に夕食が運ばれる。それを食べ終わると宿の亭主、つまり恭平がやってきて雑談にふけるようになった。恭平のほうが四歳年長だが、経験も知識も雲泥の差である。恭平は特に、洋行での見聞や横浜での貿易に関する話をせがんだ。端正な顔立ちで物に動じないような益田でも、やはり海外経験は何年経っても興奮が戻ってくるようで、恭平はいつもその熱弁に魅了された。

「播磨屋さん、池田様ご一行とフランスのマルセイユに着いた時は本当に驚いたよ。街の建物は堅牢な煉瓦造りで、四階建て、五階建てがずらりと並んでいる。自分がちっぽけに見える。日本の木と紙の平たい街とは大違いだ」

「それは火事にも地震にも強そうだすなあ」

「ホテルと呼ばれる宿屋では千人もの客を泊められる。千人だ」

「しぇっ、千人でおますか」

「十数人を乗せて昇り降りする機械仕掛けの箱があって、階段を上らなくても上の階に行ける」

「それは便利な」

「汽車というものがあってな。馬車の屋形の大きなのを幾つも繫げて、馬の代わりに蒸気機関の汽車が引っ張る。石炭の力で走るのだ。何百人が一度に旅をできる」

「しぇっ、何百人も。それはすごい。」

丸い眼を大きく見開いて腹の底から驚嘆する。そのたびに恭平は息を飲むのだが、それが「しぇっ」と聞こえる。奇妙な音なのに本人が気づいていないと思うと、益田は可笑しくてたまらなかった。しかし、こんなに集中できる聴き手はいないと気づいた時、益田はあらためて、この男に宿屋の亭主をさせておくのは惜しいと感じた。

「播磨屋さんは、外国や貿易にご興味をお持ちのようだね」

「面白うございますねえ。商人は、商いの匂いに魅かれるものです」

「それなら東京でも横浜でも、いや近くの神戸でも、とにかく海外との接点を見物しに行くがいい」

「そうだすなあ。宿屋稼業だけでは世間が狭くていけまへん。また、何か新しい商売をやるつもりでおます」

亭主とはいえ、いつも粗末な木綿の布子を着ている。掛けているたすきは手ぬぐいをつなぎ合わせただけだ。節約一辺倒の姿である。しかし、幕末の戦乱に乗じて大儲けした手腕家だけに、益田の話から大きな刺激を受けているようであった。

明治三年の大阪滞在は半年ほどで終わったが、明治五年に再び益田は戻ってきた。井上馨の推薦で大蔵省四等出仕を命ぜられ、造幣権頭、つまり造幣局の局長代理という要職に抜擢されたのである。四等官は代理公使、大佐、知事などと同格で、二十五歳としては異例の待遇である。益田と再会した恭平は、人生を変える一冊の書と出会った。益田が評判の『西国立志編』を貸してくれたのだ。

これは明治の青年の心を熱くした本である。序文の「天は自ら助くるものを助く」で知られ、本文には欧米の偉人約三百人の立身出世伝が綴られている。西洋流の個人主義が一貫して主張されており、要するに「やりたいことを見つけろ。その夢を目標に突進するのが人生だ。俗世のしがらみなんか気にするな」と書いてある。明治の青年たちは旧体制の崩壊によって人生観の変革を迫られていた。その一方では、残された色々なしがらみに縛られての苦労もある。しかし「そんなものは気にするな」とこの本に説得されて、初めて新時代の指針を手に入れたのである。恭平の心にも火が付いた。

「俺の夢はなんだ。この播磨屋の身代を大きくすることが、本当に俺の夢なのか」

そんなときに嫁いじめが勃発した。恭平のあまりの愛妻家ぶりに、自分の従妹を嫁に据えた当人である養母お勝が嫉妬したのである。発端は客からお勝が悪しざまに言われたことだった。出かけようとした客が、たまたま玄関脇にいたお勝に声を掛けた。

「おい、女中。下駄を出さんか。女中」

自分のことだと気づかなかったお勝が黙って立っていると、客はいきなり怒鳴りつけた。

「貴様だ、婆あ。役立たず。下駄だと言うのが分からんのか」

あまりの大声に丁稚が飛び出して対応に当たったので事なきを得たが、お勝の自尊心はずたずたに切り裂かれた。その夜、恭平と喜久は奥の部屋に呼ばれた。

「だいたいお前たちが甘やかすから、無礼な客ばかりになるんだす」

「申し訳ございません」

「女将と女中の区別もつかない阿呆な客は断りなさい」

「いえ、そうおっしゃられても」

「近頃の客は無礼だす。播磨屋の女将を何やと思っているんや」

公事宿の頃の客は、訴訟を上手く運んでもらうために公事師の妻にも気を使っていた。お勝に土産を持ってくる客もいたのである。しかし、今の播磨屋は単なる古びた宿屋に過ぎない。だがお勝は昔の矜持を捨てられずにいた。

「ところで、前から気になっていましたんやが、いつから手水に房楊枝を何本も付けるようになったんや」

恭平がおずおずと答える。

「一年前くらいでおます」

「一年前やて。そんな長いこと無駄遣いされたら、この身代かて長いこと無いわな。誰がそうしたんや」

恭平が止める間もなく、喜久が答えてしまった。

「私です」

「何やて。嫁の分際で勝手なことを。明日からもとに戻し」

喜久が必死に訴える。

「あの、長逗留のお客様もおられます。途中から変える訳には」

「口答えするんか。近頃の嫁は、そないに偉いんか」

恭平が口を挟む。

「こら、喜久。止めんか。おっかさん、申し訳ないことでございます。私が後でよくよく言って聞かせます。お許し下さい」

するとお勝は恭平に向かって、嫁の出来が悪いのは亭主が甘やかすからだ、お前は鼻の下を伸ばすだけで嫁の言いなりか、腑抜けになったか、とねちねち締め上げた。

独身時代の恭平は、彼独特の自然な処世術としてお勝を立てていた。しかし結婚してからは喜久一辺倒である。無視されたお勝は憤懣を募らせていた。恭平はそれに気づかなかった。むしろ、従妹である喜久を可愛がればお勝も喜ぶだろう、と無邪気に思い込んでいた。

その日を境に播磨屋の空気は一変した。ささいなことで小言の種を見つけて喜久をいびりまくる。それも恭平が外出した時を狙う。帰宅すると喜久が涙ぐんでいるという事態が頻繁に起こった。

そんな中で二人目を身籠ると、お勝の言動はさらに露骨になってきた。恭平がいても気にせず、声高に喜久をいびる。具体的な落ち度があろうとなかろうと、生意気な嫁だ、勝手なことをするな、と非難する。喜久がおびえて仕事の手を止めると、気が利かない、怠けている、と追及する。挙句の果てに、二人目は実家で産め、と言い出した。さすがに養父も外聞が悪いといさめたが、お勝の暴走は止まらない。ついに喜久は里帰りさせられた。

喜久の姿がない播磨屋は、恭平には墓場のようだった。それればかりではない。なんとお勝は恭平に、喜久と離縁せよと言ってきた。別れる気はないが、隠居の身とは言え養父母の命令も無視はできない。言を左右にしている内に、とうとう恭平の承諾を得ずに離縁状が送られた。それを後から聞かされて恭平は呆然とした。

当主を継いでも養子は養子に過ぎない。何一つ逆らえないのだ。自分が選んだ嫁なのに、勝手に離縁状を送ったお勝の理不尽さにも耐えかねていた。

「こんな思いをさせられても、俺は播磨屋を守らねばならんのか」

養父母に対する怒りはあるが、それを唯ぶつけても何の解決にもならない。では、どうするか。眠れずに悩む恭平の枕頭に『西国立志編』があった。天は自ら助くるものを助く、という巻頭の言葉が浮かぶ。

「俺は、自ら助くるもの、であったのか。いや違う。力一杯やってきたことは間違いないが、それは巻き込まれた流れの中でのことだ。俺が望んで引き寄せた流れではない。そうだ。少なくとも播磨屋は俺の夢ではない。では、俺の夢はなんだ」

恭平は、自分は何をしたいのかを定めることが先決だ、と気づいた。怒りが頂点を越え、ようやく冷静さを取り戻したのである。

世界を股にかける商人

明治五（一八七二）年秋、益田孝や兄の元育の勧めもあって恭平は初めて上京した。喜久と離縁させられて一ヶ月、自分の夢を定めるための旅である。道中、喜久に手紙を書いて、突然の離縁状の経緯を詫びた。何も気づかなかった自分の不甲斐なさを責める言葉ばかり並べたが、復縁を願うとは書けなかった。

まだ若く美しい資産家の娘である。養家に絶望している自分を考えると、遠慮せざるを得なかった。

東京では霊岸島の元育の家に泊まった。医者を継ぐはずの兄は西洋医学を学んだために漢方医の父と悉く意見が衝突。慶應二（一八六六）年には家を出て上京し、武器売買や海上輸送などを行なう実業家になった。さらに驚いたことには、馬越の姓を捨て、源流である河野を名乗って河野元育となっていた。回漕業では鶴屋呈甫と称している。新時代の実業家らしく、元育の家では朝からパンにコーヒーが供された。勧められて、不浄のはずの牛肉も食した。さらに思い切ってちょんまげも落とした。文明開化の音がすると謳われたザンギリ頭になったのである。

顔が広かった元育に紹介状を書いてもらい、恭平は新進気鋭の実業家たちを訪ねて話を聞いた。横浜港の埋立て事業と高島易断で知られる高島嘉右衛門。製靴工場や製革工場を経営している西村勝三。それぞれに興味深い事業や考え方に触れることができたが、恭平が最も心惹かれたのは岡田平蔵から聴いた貿易商の話であった。西洋の新しい産物や技術を日本に紹介して売り込む。西洋人が欲しがるものを国内から調達する。いずれも目の付けどころ一つで大儲けに結びつく。時代の最先端を行く最も商人らしい商人が貿易商だと直感した。そして目端が利くと鴻池でも御用達の仲間からも評されていた自分には、天職かもしれないと思った。そうだ。俺は世界を股にかける商人になるのだ。恭平は自分の夢を見つけたと実感した。

なんとか岡田の下で貿易を学びたいと思った恭平は、岡田に奇抜な提案を持ち出した。

「私も将来は貿易商になりたいと考えます。そこでお願いがあります。私を雇って貿易を学ばせていただきたいのです。でも、ご損を掛けたくはありません。そこでご提案です。私には少しながら財産があります。そこから五千円をあなたに託しますので、毎月その利子から五十円を私に俸給として与えてください。

表向きは月給五十円の番頭です。そうして貿易商としての知識と経験を身に付けたい。いかがでしょうか」

「あなたは大変に面白い。独特のお考えがお有りなさる。分かりました。貿易商については及ばずながらご指南させていただきましょう。でも金は預けなくても構いません。いつでもいらっしゃい」

恭平は三拝九拝して岡田の下を辞した。これで大阪に帰れる。やっと夢を見つけたのである。そのための師も見つけた。師も自分を認めてくれている。これで俺は必ず世界を股にかける商人になる。この言葉を何度も口にして、恭平は自然に頬が緩むのを禁じ得なかった。恭平は意気揚々と大阪に向かった。

久しぶりに戻って来た恭平の姿を見て、養父母は驚愕した。ちょんまげが無くなっている。洋服を着ている。土産は牛肉の佃煮である。こんな不浄のものを持ち込むのかと大騒ぎになった。さらに恭平は仕事を変えると言い出した。

「東京に行って貿易をやりたいと思います。諸藩御用達は大名がいなくなりましたし、公事の仕事も許されなくなりました。宿屋だけでは先が見えています。これからは世界相手の商売です。私は貿易商になります。目指すのは、世界を股にかける商人です」

どうせ反対されるだろうと思っていたので、お気に入りの「世界を股にかける商人」という台詞で見得を切ってみせた。養父は烈火のごとく怒った。

「お前は養子の分際で家業を捨てるんか」

「家業が続けられないから、新しい仕事をやるのです」

「宿屋があるやないか。それにこの播磨屋には三万円もの身代もある。そんなに急いで東京へ出ていく必要がどこにあるんや」

「その三万円の大半は幕末に私が稼いだものですよ」

「いくらお前が稼いだとしても、播磨屋の身代は播磨屋の家業のためにあるんや。家業をお前が捨てるなら、身代ごと捨ててもらう」

「はい。そういたします」

「家を捨てるんか。そんな奴に播磨屋の身代は任せられん。離縁や。勘当や。出ていけ」

「はい。それではおっしゃる通りにいたします」

養父母は、三万円の身代を捨てろと言えば屈服させられるだろうと踏んでいた。しかし、子どもの頃からの「負けずの恭やん」である。負けないのだ。離縁、勘当という言葉をそっくり受け入れてしまった。

三万円の身代を棒に振り、愛妻との復縁も果たせぬまま、恭平は二歳の長男徳太郎を抱いて木之子村に帰ることになった。播磨屋の身代のほとんどを築き上げた恭平に、養父母が渡した餞別は五十円であった。さらに徳太郎の養育費が二十円。合計七十円という少額だ。播磨屋仁兵衛の名は返上した。そして再び馬越恭平に戻ったのである。

親族会議

帰郷した恭平は長男徳太郎を実家に預け、夢を追って上京するつもりでいた。しかし、話は簡単ではなかった。父元泉は肺癌で病床にあり、長く起きることはできない。働き手が倒れた家の窮乏は明らかで、親族会議に集まった人々の茶菓子すら持ち寄りであった。恭平は播磨屋を勘当になった一件を率直に報告し、貿易商になるために上京すると決心を披露した。しかし親戚から反対の声が上がり、想像もしなかった方向の提案があった。

「恭平。これからはお前が、おとっつぁん、おっかさんの傍で孝行しろ。二人とも年だし、体だって丈夫じゃない。ちょうど醤油屋の株が売りに出ている。みんなで頼母子講を作って千円集めたから、これで醤油屋を買って木之子に腰を据えろ」

兄元育は父元泉と意見が合わず東京に出奔したままだ。弟大三郎は父の実家である窪家を継いで窪章造と名乗っている。だから次男のお前が家を守れ、というのだ。当時としては普通の考え方である。手回し良く千円集めているのも、親戚として為すべきことが当たり前に共有されていたからだ。

しかし夢のために三万円の身代を捨てた恭平には、千円貸すから醤油屋を、と言われても受け入れられるはずがない。

「お願いでございます。上京させてください。四、五年働けば、千円くらいの金はきっと持って帰ります。この家を再建させてみせます。お約束いたします。是非とも上京をお許しください」

「馬鹿を言うな。元泉さんのこの姿を見たら四、五年なんて悠長なこと、いや、そんなことはねえけど、あの、あの」

「恭平。言わなくても分かるじゃろう。そばにおられる男はお前だけじゃ」

「親族一同、何のために頼母子講をしたと思うておるんじゃ」

多勢に無勢。恭平はすっかり立往生となった。今さら医者にもなれないし、百姓も出来ないし、という簡単な逃げ口上しか用意してこなかったのに、親族は既に金を集め終わって、醤油屋の株を買え、と具体的な提案で迫ってきている。作戦負けは明らかだった。それでも恭平は粘って頭を下げ続け、その日の親族会議は時間切れとなった。

翌日、会議は再開されたが展開は変わらなかった。恭平は、世界を股にかける商人になりたい、千円くらいの金は必ず持って帰る、馬越家を再興してみせる、というばかりであったし、親戚は、そんな夢みたいな話が信じられるか、千円はもうここに用意してあるではないか、親孝行から逃げるな、というのであった。さらに父元泉が懇願を始めた。

「恭平。私は養子の身でありながら名医とおだてられていい気になり、薬礼の取り方も甘くなって、とうとう家を潰してしまった。皆に貧乏させた。今さらお前に命令できる立場ではないが、私は妻が可哀そうでならない。わしはもう長くは無い。代わって、母親の面倒を見てくれないか。頼む。お前にしか頼めないのだ」

さすがの恭平も嫌だとは言いにくい。直接は答えられないので、回りくどい言い訳を並べている。親戚はここぞと責め立てる。ついに進退窮まって「負けずの恭やん」も負けるときがきたかと見えた。そこで初めて、二日問黙って聴いていた母の古尾子が口を開いた。

「皆様、聞き分けのない恭平に、母としてお詫び申し上げます。でも、今回ばかりはあの子の願いを聞いてやりたいと思います。兄にも弟にも相当な勉強をさせてやれましたが、恭平に出した学資は興譲館だけです。十二歳から後、恭平は一人で生きてきたのです。播磨屋さんに養子に行ってからは、毎月必ず仕送りをしてくれるようになりました。ですから、このたびは恭平の望むようにさせてやりたいと思います。孫の一人くらいはここで育てましょう。皆様のお気持ちは誠に嬉しゅうございますが、恭平の上京をお許しいただきたく、何卒お願い申し上げます」

母親に頭を下げられては、受け入れざるを得ない。親族たちは、きっと東京で一旗揚げるのだぞ、必ず故郷に錦を飾れ、と繰り返し念を押しながら、ようやく上京を認めた。恭平は、その一人ひとりに感謝の言葉を返し、必ず成功してみせる、と心に誓った。

長かった親族会議がようやく終わり、馬越家の座敷には両親と恭平が残された。次の間では徳太郎が安らかな寝息を立てている。古尾子が恭平にあらためて問いかけた。

「恭平。東京に行けるようになって良かったですね。でもその前に、やって欲しいことが二つあります。母の願いをきいてくれますか」

「は、はい。東京に行けるのですから、何でもいたします」

「播磨屋さんからお餞別として七十円もらった、と言いましたね。それをどうするつもりですか」

「はい、五十円は私のために、二十円は徳太郎のためにと頂きました。ですから二十円はお母様にお預けいたします。残りは東京への旅費と商売の元手でございます」

「商売の元手は無かったと思って諦めなさい」

「えっ」

「母の二つの願いをよく聞きなさい。一つ目は、上京の途中で岸和田を訪ねて、お喜久さんに必ず復縁すると約束しなさい。そしてもう一つ、旅費以外のお金はそっくりお喜久さんのご実家に渡しなさい」

「は、はい。おっしゃる通りにいたします」

恭平の心から迷いが消えた。岸和田に寄りたいという気持ちは強かったが、喜久の両親から、どの面下げて来たのだ、と拒絶される恐れもあった。逆に歓迎されたらされたで、喜久と赤ん坊の顔を見て決心が鈍るのでは、と心が揺れていた。しかし、母の厳命である。

「よし。拒絶されても、詫びるだけ詫びて、金だけは渡そう。義理を欠けば、自分の夢をかなえても悔いが残る。元手など要らん。裸一貫でやってみせる」

全ては整った。後は自分でやるだけだ。そう思うと、あらためて親孝行をする気になった。上京すれば父とは二度と会えないかもしれない。徳太郎がこの家に馴染むまでは一緒にいてやろう。十二歳で離れてから十六年ぶりの故郷の山河も懐かしく、大人になった友人たちとの再会も楽しかった。いつしか半年が経っていた。

そして明治六（一八七三）年七月、二十九歳の恭平は夢を叶える旅に出た。まず岸和田の喜久の実家に立ち寄り、おそるおそる上京の計画を明かし、さらに復縁を提案した。喜久も両親も、喜んでくれた。そして次男の幸次郎を初めて抱いた。旅費以外のすべてを蔵納家に手渡して単身上京。着いた時の懐にはわずか一円七十銭しか無かった。そして益田孝を頼って、彼の会社に月給四円六十銭で雇われることになる。

これを現在の金額に置き換えてみよう。十億円の身代を棒に振って、二百万円の餞別金で飛び出す。故郷では、三千万円貸してやるから醤油屋になれと勧められるが、そのくらい四、五年で稼いでみせると見得を切る。上京時の懐中は五万円。初仕事の月給は十五万円である。年収にして百八十万円に過ぎない。「世界を股にかける商人になる」という夢のために、十億円を捨てて、年収百八十万円からの再出発を選んだのだ。それが馬越恭平である。

夢の値段は自分にしか分からない。

第三章　天狗

まずは千円

明治六（一八七三）年七月、上京した恭平は備中一橋領出身者の活動拠点になっていた本所の阪谷朗廬邸に草鞋（わらじ）を脱いだ。六歳から十二歳まで学んだ師の家である。岡山の片田舎で私塾を開いていた朗廬は、一橋慶喜への進講を契機に評価を高め、今や新政府内で引っ張りだこである。最初は陸軍省、次に太政大臣の下部組織である正院、さらに文部省へと次々に異動していた。十八年ぶりの再会も嬉しいが、それ以上に東京での成功の手本として、恭平は師をまぶしく仰ぎ見た。

さて、憧れの上京は果たした。次は仕事を決めねばならない。兄元育や岡田平蔵と相談した結果、旧知の益田孝がいる東京鉱山会社に入社することにした。同社の総裁は長州の井上馨である。彼は大蔵省の副大臣格だったが、大蔵卿大久保利通が岩倉使節団に参加して外遊したため、その代行の仕事が回ってきた。しかし各省の過大な予算要求をまとめきれず、明治六年五月に辞職。そこで腹心の益田孝らと野に下って興したのが東京鉱山会社である。恭平が貿易商の手本と尊敬している岡田平蔵も経営陣の一人だった。

明治六年秋、恭平は月給四円六十銭の番頭として雇われた。そのとき井上馨は十数人で鉱山視察に出かけるところだった。郡山、福島、仙台、釜石、尾去沢などを馬で旅するのだ。入社直後の恭平は、この視察に随行して井上の秘書と全体の会計を任されることになった。

井上は三十七歳。表情が豊かで親しみやすく見えるが、がっしりした体躯と右頬の下の刀傷が威圧感を与えていた。国家の中枢にいたとは思えぬほど短気で、すぐ雷を落とすので有名だったが、鴻池仕込みの恭平が秘書を務めると雷は激減した。十数人の旅の金勘定は煩雑極まりないものだが、九月末に帰京した時に帳面と現金に全く齟齬が無かったのを見て、井上をはじめ一同が驚嘆した。この二ヶ月の旅行の評価だけで、恭平の月給は三倍の十五円になった。

翌七年一月、東京鉱山会社は新たに貿易業にも取り組むこととなり、岡田が資本を追加して岡田組として再出発した。しかし、同月十五日に岡田が急死。そこで三月に先収会社と改称して再々出発、という数奇な運命をたどった。

先収会社は米、生糸、茶などを輸出し、鉄砲、羅紗、魚肥などを輸入して業容を広げていった。地租改正の際には、換金を迫られた東北の農民から米を廉価で仕入れて大きな利益を得た。佐賀の乱や台湾出兵では軍事物資の調達で儲けた。政府の方針を読んで先回りするのが井上馨と益田孝の得意技だが、それを現場で支えたのは恭平であった。先収会社の社員の多くは士族出身で算盤(そろばん)は不得手である。物の値段や相場が分かって金勘定ができるのは恭平だけだ。物資の買付けや売込みの駆引きでも恭平に優る者はいなかった。小柄で機敏に動き回り、丸顔一杯に愛嬌をふりまきながら、敵を作らずにうまく商売を運ぶ。歯を見せるなと教育されてきた士族出身者の及ぶところでは無かった。恭平はどの事業でも重宝され、一目置かれる存在になっていった。

同年秋、妻喜久と次男幸次郎を岸和田から、長男徳太郎を木之子から東京に呼び寄せ、親子四人が初めて一緒に暮らすことになった。十五円の月給から家賃二円五十銭を引くと生活に余裕は無かったが、五歳と一歳の父親であることを実感して、恭平は幸せをかみしめていた。

さしあたっての問題は、来年からの徳太郎の学校選びである。明治五年に学制が定められ、小学校は下等、上等各四年、計八年となったが、強制力は弱かった。上流家庭では小学校に加えて家庭教師を雇ったり私塾に通わせたりする者も多く、恭平も徳太郎には小学校と私塾との併用が望ましいと考えた。妻の喜久も賛成であった。

白身も興譲館で漢学を学んでいたので、良い私塾と漢学者について弟の大三郎に手紙で問い合わせた。大三郎は、恭平の代わりに漢学者を家業とする窪家に入り、今では窪章造と名乗っている。その返事で推薦されていたのは、故郷の木之子村から七里ほど離れた松永町で私塾浚明館を営む漢学者長谷川桜南であった。恭平は困惑してつぶやいた。

「六歳の子を親許から遠くに離す気か。学者にするとでも勘違いしているのかな」

桜南は、昌平黌で学び藩校明善堂で教鞭を執った秀才で、松永町に招かれて浚明館を創立していた。小学校教員も兼ねていたため、浚明館では夜明け前と放課後に開講するという精勤ぶりである。小学校と私塾の併用に重複などの懸念を抱いていた恭平は、桜南なら一貫性があるはずだ、と思い当たった。これは良いかもしれない。

さらに恭平が気に入ったのは「子弟に厚く、絶えて叱咤鞭撻の声を聞かず」という一文であった。二人目の師後藤松蔭に冷遇された反動もあり、器の大きい師に学ばせたいと思っていたからである。いつの間にか、恭平は桜南と浚明館にすっかり惚れ込んでいた。

喜久に話すと、ただ悲しそうな顔をした。大阪で一緒に暮らしたのは三歳までで、それから岸和田と木之子に別れ、昨年やっと再会したばかりなのだ。

「徳太郎は聞き分けの良い子ですから、行かないとは言わないでしょう。でも子供ですから、思いは顔に出ます。それだけは汲み取ってやって下さい」

妻の思いも顔に出ていたが、恭平は気づかないふりをして頷（うなず）いてみせた。しかし徳太郎の反応は明るかった。来年から学校に行く、ということ自体が嬉しいのである。

「私は大きいのですから、学校が遠くても大丈夫です」

心配する両親に対して、馬鹿にするなと言いたげな顔をした。

「分かった、分かった。来年が楽しみだな」

恭平も喜久も苦笑いするしかなかった。

来春までは親子四人水入らずだと思っていたが、それもわずか二ヶ月ほどだった。兄の元育が事業に失敗して転がり込んできたのである。狭い二間暮らしなので、茶の間には喜久と二人の子が川の字になり、もう一間には男兄弟二人が寝た。兄三十一歳。恭平三十歳。十九年ぶりである。子どもの頃と同じように、ぽつぽつと話が始まる。

「恭平と二人で寝ておるのが、木之子でなく東京だから不思議じゃなあ」

「東京が一番激しく動いているからでしょう。周りが動くから自分も動けます。静かな中で自分だけ動いても摩擦が起きるばかりです」

「その通りだな。東京なら動ける。危険もあるが成功もある。医者を辞めて実業の世界に入ったおかげで、こういった面白さが実感できる。楽しいな」

「そうですね。ところで兄さんは今後どうなさるのです」

「うむ、当面は司法省の通訳に奉職しようと思う」

「当面ということは」

「益田孝が新聞をやりたがっておってな。自分は忙しいので、金は出すから俺にやらんかと言ってきた。面白そうなので検討中だ。司法省はそれまでのつなぎだよ。恭平のように先収会社という大きな傘の下でご安泰というわけにはいかん」

「ご安泰ではありませんよ。私は焦っています。まず千円の貯金が必要なのです」

「どうしてだ」

「大阪から木之子に戻った時、親戚が頼母子講で千円集めて、これを元手に木之子で商売をやって親孝行しろ、と迫ってきました。でも、私は断りました。そして千円くらい四、五年で稼いでみせる、と言って飛び出してきたのです。ですから、まず千円稼いで親孝行の約束を果たさねば、何も始まらないのです」

「まず千円か」

「離ればなれになった妻子と、今こうやって一緒に暮らせるようになりました。次は、親戚に顔向けできるように千円稼ぎます」

「なるほど。私がさっさとこの家を出ていかないと貯金もできんな」

「いやいや、そんなつもりじゃありません」

「冗談だ」

翌明治八（一八七五）年、兄元育は司法省の通訳という仕事を得て恭平の家を出ていった。恭平は一層仕事に精を出した。仕事は、できる人間の下に集まってくるものである。営業部門の責任者となり、月給は三十五円に上がった。入社した二年前の四円六十銭とは雲泥の差である。これで毎月十五円は貯金できる。手当を足せば年三百円近くになるはずだ。四、五年で千円稼ぐと親戚に見得を切ってみせたが、実際に五年で果たせる目途が立ったのである。恭平は喜んだ。しかし、事態は急変した。

開国を渋る李氏朝鮮に対して日本国内では征韓論が高まっていた。そして明治八年九月、交渉に赴いていた日本の軍艦が江華島の砲台から砲撃されるという江華島事件が起こった。朝鮮側は、西洋の艦船と誤認したと釈明したが、朝鮮に開国を求めていた日本はこれを好機として条約締結を目指す交渉に持ち込んだ。その交渉の全権大使として黒田清隆の派遣が決まり、野に下っていた井上馨が副使に指名されたのである。翌年一月の訪朝が迫ってきた明治八年の暮れ、井上は先収会社の解散を決断した。

会社を清算するためには、債権債務の洗い出しから事務所の備品の値踏みまで、さまざまに算盤を働かさねばならない。ここでも恭平の経理の手腕は冴えわたった。四月まで掛かった清算事務の結果、先収会社には十五万円以上の純益があることが分かった。一部は社員への慰労金に廻すことになった。その分配は、益田孝が一万二千円、恭平は五百円、番頭は五十円から百円、丁稚は五円であった。予想外の慰労金に一同は感激していた。しかし、分配の内訳を知っている恭平は面白くなかった。

それまでも先収会社の年毎の純益は、井上馨が三割、益田孝と吉富簡一が各二割、木村正幹と藤田伝三郎が各一割を取ると決まっていた。井上と子飼いの士族が九割を取って、残る一割を商人出身の恭平以下数十人が分配するのである。算盤もできない士族どもが、と恭平は不満を募らせてきた。今回の慰労金も、益田と自分の格差には納得がいかなかった。そんな恭平を益田が社長室に呼びつけた。

「馬越、よくやってくれた。慰労金の分配の査定も、皆が納得できるように上手く仕切ってくれたと感謝している。毎年の分配という前例があるから、公式にはお前に五百円しか出せなかったが、それではお前が割を食う」

益田は分厚い封筒を恭平の前に置いた。

「これは別の財布だ。取って置け」

拾円札の束が二つ入っていた。二千円である。思いがけない評価に涙が出た。

「ありがとうございます。これで親孝行ができます」

「うむ。まだまだお前には助けてもらうことがある。早く東京に戻って来いよ」

恭平は言葉にならないまま何度も頭を下げた。

翌五月、恭平は六歳の徳太郎を連れて木之子に帰郷した。懐には解散分配金二千五百円と貯金五百円、合計三千円が入っている。親戚が集めてくれた千円を拒否して、必ず東京で一旗上げて見せる、と啖呵を切って四年。胸を張っての凱旋だった。老父母は徳太郎の成長に目を細めた。徳太郎も二人に抱きついて喜んでいる。恭平は、自分にはここまで甘えてくれないのに、と密かに嫉妬した。徳太郎を松永町の浚明館に預けるつもりだと報告すると、二人はさらに喜んだ。

「長谷川桜南という学者はなかなか評判が良いそうだ。生徒も遠くから集まっている。そうだ。桜南は号だが、本名は恭平と言うのだ。お前と字まで一緒だ」

「そうですか。やっぱり縁があるのですね」

「松永なら木之子からたった七里だ。とは言え、うちから通うのは難しいか」

「それなら、お休みには遊びにおいで。何でもご馳走を作りますよ」

それまで黙っていた徳太郎がいきなり大声を出した。

「ありがとうございます」

その素直な食い意地に一同は大笑いした。

帰郷に際して、恭平には必ず果たしたいことがあった。それは馬越家の再興である。先祖が失った田畑の多くを買い戻した。その小作収入は三百俵にもなり、馬越家は百年ぶりに村一番の豪農に返り咲いたのである。やっと親孝行できた、親戚との約束を果たせた、と思うと嬉しかった。故郷のなだらかな山々は緑に染まり、鳥たちは春を謳歌していた。恭平は山に向かって何度も深呼吸した。

俺が掘出し物だ

先収会社の解散決定を聴いて、三井財閥の大番頭三野村利左衛門が動き始めた。三井の商社部門である「国産方」の活性化に益田孝を起用したい、と考えたのだ。国産方は政府から米価安定を期待されていた。米価が不安定になったのは、明治六（一八七三）年の改正で地租が金納に変わったからである。そこで政府は、米価安定のために御用米を売買して調整する仕組みを三井に依頼した。それを担当したのが国産方である。しかし米価の乱高下に臨機応変な対応を行なえる人材に恵まれず、上手く機能しなかった。このままでは御用商人としての沽券に関わる。

明治九年四月、三野村は益田に、金は三井がいくらでも準備するから、と先収会社と国産方の人員による新商社設立を提案した。しかし益田は、人は欲しいが金は要らない、と断った。商社は手数料が利益源だから、商社自身が過大な資本を持つ必要はない、という説明である。しかしその裏には、三井本家には経営に口を出させたくない、という益田の強い警戒心があった。こうして三井物産は、ほぼ無資産で旗揚げしたのである。

そこへ恭平が木之子から戻ってきた。帰京を知って、一緒に仕事をしてみたいと声を掛けてきたのは、辣腕家として世評の高い大倉喜八郎である。裸一貫から武器商人として名乗りを挙げ、明治七年には大倉組商会ロンドン支店を開設している。まさに恭平が憧れた「世界を股にかける商人」である。おおいに迷ったが即答は避けた。まずは恩義のある益田孝への帰京報告を優先したのだ。

恭平の顔を見た益田は、その場で三井物産での恭平の役職と業務内容を持ち出した。社長の益田、副社長の木村正幹に次ぐ地位である売買方元締、つまり営業本部長である。月給は先収会社時代の最後と同じ三十五円。恭平に選択肢など許されなかった。翌日から日本橋区兜町の事務所に通って来いと言う。恭平は苦笑しながら承諾した。

副社長の木村正幹は長州の士族で武芸の達人である。先収会社にも在籍していたが、商売は得意ではない。しかし井上馨が長州人を一人は入れろと命じたので、益田が引き受けたのである。恭平に掛かる責任はぐんと重くなっていた。当初、三井物産の主な仕事は、大蔵省の委託による山口県を中心とした米の買付と輸出である。もう一つは、鉱山局から一手販売を受けた石炭の販路拡張であった。米の輸出先はロンドン、石炭は上海を中心に売りさばいて手数料を得ていた。

六歳の長男徳太郎は松永町の浚明館に預けてきたが、次男の幸次郎はまだ三歳である。しかし喜久は、兄より早くから学ばせたいと願っていた。それを聴いた恭平は、湯島三丁目に東京女子師範学校の附属幼稚園が創設されるという情報を得てきた。日本で初めての本格的な幼稚園である。首尾良く明治九年十一月十六日の開園に潜り込ませ、幸次郎は第一期の園童となった。喜久の満足げな表情に、恭平は胸をなで下ろした。

仕事のほうけ忙しさを増していた。井上馨の口利きで陸軍の物資調達部門に窓口が開けたのである。恭平は、陸軍の会計監督である田中光顕や、調達の実務を担当する課長の野田豁通(ひろみち)の下に通いつめた。野田は軍一辺倒の堅物ではなく、陸軍に出仕する前は青森県知事を務めたほどの人物で、見識が広く、恭平と同い年で話が合った。また、恭平が戦地での生活などを尋ねると、実体験に基づいて丁寧に話してくれた。こういった情報が、気の利いた調達の手掛かりになるのである。

「馬越君は勉強熱心だし、よく気がつくね。確かに戦地では普通より塩辛い梅干が喜ばれるものだ。調達に際して、そういった細かな気遣いをしてくれるのはありがたい。これからも遠慮せず、何でも聴いてくれたまえ」

「ありがとうございます。ところで野田様は熊本のご出身でしたね。弊社にも先日、熊本洋学校を出た男が入社して来ましたが、なかなかの肥後もっこすです」

肥後もっこすとは、熊本の頑固者という意味である。

「ははは。あまり熊本出身者を決めつけてはいかんよ。でも洋学校なら英語もできるし、三井物産には適材だろう。何という男だ」

「はい、石光真澄と申します」

「えっ、石光。そいつは俺の兄貴の息子だよ。いや、東京で仕事を探していると聞いたが、そうか、馬越君の会社だったか。奇遇だなあ」

「そうですね。野田様とますますご縁が深くなれて光栄です」

「いやいや、こちらこそ。どうか甥をしっかり鍛えてやってくれ。この通り、お願い申す」

名字が違うのは野田が十五歳で養子に出たからで、旧姓は石光である。恭平は石光真澄が入社したときにすぐ同姓であると気づいて、野田との関係を聴き出していた。それを自分から言わず、野田が気づくように仕向けるのが上手なところである。

こうして恭平への注文は増加の一途をたどった。ついに三井物産は陸軍の調達の六割を請け負うようになり、大倉組や藤田組などに大きく差をつけた。

明治九（一八七六）年は神風連の乱、秋月の乱、萩の乱と立て続けに勃発したので、御用商人も多忙であった。そして翌十年二月、野に下っていた西郷隆盛がついに挙兵した。西南戦争である。すぐに征討の勅が出され、征討軍が編成された。

その人事情報を入手して恭平は目を見張った。通いつめた相手である田中光顕が征討総督府会計部長を、野田豁通が会計部食糧課長兼被服課長を拝命している。今回の注文は俺が貰った、と恭平は小躍りした。

西郷挙兵の報に、御用商人たちも動き始めた。大倉組では、喜八郎の実兄大倉定吉が長崎を拠点に定めた。藤田組でも、伝三郎の実兄久原庄三郎が九州入りしてくる。空前の大商いになると踏んで、各社とも大物を投入してきたのだ。しかし、恭平は彼らより早く動いていた。実は、挙兵前から鹿児島に渡って買い付けを始めていたのだ。食糧も日用雑貨も馬の餌も、政府軍から注文が来そうなら何でも揃えた。日常から野田に密着していたのが奏功したのだ。あらゆる物資から手数料が入るので、行軍しているだけでも日々儲かる。笑いが止まらなかった。しかし実際に戦いが始まると、笑っていられなくなった。文字通り、野営地での納品に立ち会っていたときに敵襲を受け、荷車を放り出して逃げ回ったこともあった。鉄砲玉の下をかいくぐっての過酷な仕事である。

この商戦で恭平は圧倒的な勝利をおさめ、純益は五十万円を超えた。今日なら百五十億円以上に当たる。無資産の三井物産にとって、やっと会社の基盤となる資本が定まったのである。恭平に対しても特別慰労金が出されたが、その額は五十円であった。命がけで儲けた金の一万分の一である。

「益田もいい加減ケチな野郎だな。ようし、見ておれ」

しばらくして、井上馨が会社に遊びに来た。益田と二人で事務所内を見回る途中で、井上が恭平に声を掛けた。

「おい、馬越。九州では大活躍だったらしいな」

「ありがとうございます。おかげで日に焼けて黒くなりました」

「そうだな。丸顔が茶色くなって、まるで醤油で焼いた団子のようだ。少し茶室に籠もって色を抜いたら良かろう」

明治の実業家にとって茶道は社交の場である。恭平も一生懸命に精進して、ようやく茶道具にも目が向くようになってきた。鈍翁の名で当代屈指の茶人と評された益田が、先輩風を吹かして恭平に尋ねた。

「どうだい、馬越。近ごろ何か掘出し物はあるかね」

恭平の反射神経が弾んだ。好機到来。ケチな慰労金の仇を取ってやる。

「掘出し物と言えば、月給三十五円の、この馬越恭平が一番だろう」

鋭い皮肉に益田は固まった。それを見て井上が笑った。

「何だ、馬越。お前はまだ先収会社の時と同じ月給なのか。そりゃあ確かに掘出し物だ。なあ、益田」

「あっ、はい。よく働いてくれます」

「いつまでも掘出し物じゃあ気の毒だな。馬越、頑張れよ」
井上は片目をつぶって見せた。翌月、恭平の月給は五十円に上がっていた。

三井物産横浜支店

明治十（一八七七）年秋、西南戦争で大戦果を挙げて東京に戻った恭平に、新たに横浜支店長の兼務が命じられた。次の商戦は生糸の輸出で、競争相手は三菱商会の朝吹英二であった。福澤諭吉の玄関番から慶應義塾出版社主任を務め、この年に支配人として三菱商会に入社したばかりである。朝吹二十八歳、恭平三十三歳。二人は各地から生糸をかき集め、外国商館に売りまくって「三菱の朝吹、三井の馬越」と並び称せられた。

買付けでも売込みでも、しょっちゅう顔を合わせる。愛想の良さでは誰にも引けを取ったことがない恭平だが、朝吹の愛嬌の振りまき方には舌を巻いた。子供時代に患った疱瘡のため、朝吹の顔は一面のあばたである。醜男ではあるが、それを自分から笑いの種にして周囲を明るくするのだ。恭平も表に出れば腰を低くし、誰にでも笑顔を向けていた。強烈な闘争心を隠して道化を演じる姿に響きあうものを感じ、二人はすぐ一緒に遊ぶようになった。

その常軌を逸した豪遊ぶりは、仮名垣魯文が読売新聞に十日以上も漫画入りで連載したほどである。札束を合羽でくるんで吉原に乗り込み、素裸で踊った。わざと乞食姿で遊んだこともある。素人の女性を紹介するという店に入ったら、出てきた女に見覚えがある。朝吹が「お前はウチにいた女中じゃないか」と言うと女はビックリして逃げ出した。残された二人は顔を見合わせて大笑い。二人は「マゴ」「ブキ」と呼び合って紅灯の巷を駆け巡った。

しかし朝吹は二年で三菱を退社し、明治十三年七月に貿易商会の取締役横浜支店長になった。これは産業振興と輸出奨励のために政府主導で作られた輸出機構である。貿易商会横浜支店の主力事業は生糸の輸出。また恭平の好敵手となった。仲良く遊びながら、互いに仕事では譲らなかった。

しかし生糸の輸出に習熟するにつれて、本当に戦うべき相手が見えてきた。それは横浜の外国商館である。彼らは日本人から生糸を預かっても、売り先が見つかるまで、預かり証も出さず、保険も掛けずに倉庫に放置し、売れた後も為替が有利になるまで金を支払わなかった。相場が悪いと合格品でも不合格だと言う。

悪辣な事例が目立つようになって、ついに横浜の生糸商が立ち上がった。茂木財閥の祖である茂木惣兵衛、三渓園に名を残す原善三郎、渋澤栄一の従兄に当たる渋澤喜作。朝吹も馬越も同調し、一致団結して外国商館に正常取引を訴えた。相手は強気で、それなら買わぬと言う。では売らぬということになった。日本側は明治十四年九月に生糸総合荷預所を設けた。地方から生糸が届くと預かって証券を発行し、銀行が保証する仕組みで、生糸を安定的に確保して輸出に備えるのである。外国商館側は不買同盟を結成して荷預所からの買取りを拒否した。この戦いを新聞が報じると、荷預所には全国から激励電報が殺到した。清酒の樽も届いた。持ち込んだのは茶業協同組合を率いていた大谷嘉兵衛である。広い額にどんぐり眼、太い口髭が目立って愛嬌を感じさせる。彼は自ら興した巴屋を横浜一の製茶貿易商に育てた辣腕家である。三井物産横浜支店にとっては商売仇でもあるが、時には共同仕入れなども行なっている。馬越にとっては弘化元年生まれの同い年であり、さらに養子なのに養家を飛び出して身を起こすという経験も共通している。飲めば談論風発、気のおけない仲間であった。茶と生糸という業種の垣根を越えて激励に来てくれた上に、横浜のスミス・ベーカー商会で茶の仕入れをしていた経験から、外国人貿易商の手口や対抗措置についても助言をくれた。

数十日に及ぶ取引停止の後、米国公使や渋澤栄一らが仲裁に入り、取引条件は改善された。日本の貿易関係者にとっては、僅かでも主張を通した最初の事例となり、恭平にも大きな自信となった。

西南戦争と横浜の生糸取引で名を挙げた恭平は、社長の益田孝、副社長の木村正幹とともに「三井三羽烏」と呼ばれた。一方、三井社内での渾名は「天狗」「荒大名」。学歴もなく、英語もできず、直感と人脈で商売を広げる恭平に対して、三井の本社エリートたちは反感を持っていたのだ。

一方で恭平が直轄する横浜支店は、二十人ほどの男所帯だが和気あいあいだった。四部署に分かれており、生糸と茶の専門部署、それに輸出入掛と勘定方、つまり営業と経理であった。それぞれを統括するのが番頭で、その下に複数の手代と小僧がいる。番頭たちは所帯持ちだったが、残りは店の二階で寝ていた。賄方の爺さんが作る飯を揃って食う。恭平は小僧たちを可愛がり、時には玉子焼きや天ぷらを差し入れて自分も晩飯の席に加わった。小僧たちは、人生経験の豊富な恭平の話に聴き入った。中でも、鴻池の小僧時代に浪人者を追い払った話や、西南戦争で逃げ回った話は大受けだった。

手代になると碁、将棋、謡、清元など趣味が許された。勘定方の岡村庄吉という手代は、清元に夢中になっていた。仕事中も喉の奥で小さく節回しを唸っている。同僚から揶揄されても止められない。とうとう社内での宴会で清元を披露することになった。それを聴いた恭平は驚いた。素人の域を超えている。こんな奴に算盤を弾かせているのはもったいない。

後日、恭平は岡村を呼び出した。話を聴くと、手代見習の十五歳の時から清元菊寿太夫の弟子だと白状した。それを叱られると思い込んで小さくなっている。しかし恭平はとんでもないことを言い出した。

「お前は清元に精進しろ。俺が仕事を減らすようにしてやる」

岡村は感激して芸道精進を誓った。

恭平は自ら「仕事助平」を名乗るほどで、常に新しい仕事を探していた。そして明治十四（一八八一）年になって目を付けたのは、当時盛んになってきた為替相場であった。商社だから毎日ドル相場を注視している。すると上がり下がりが見えるような気になってきた。ここだと思って買うと見事に上がった。よし、勝てるぞ、と過信して会社の金をドル相場に突っ込み始めた。しかし一進一退。勝つ日も負ける日もある。ようやく勝ちが続いた気がして、その成果を報告させようと勘定方の石光真澄を呼んだ。

「どうだ。これで通算でもだいぶ儲かっているだろう」

「いいえ、儲かっておりません」

「そんな馬鹿な。帳簿を見せろ」

恭平の思惑とは正反対で、帳簿は赤字だった。恭平の顔に悔しさがにじんだ。

「こんなもんが当てになるか」

突然そう叫んで筆を執り、帳簿に墨を塗りたくった。その暴虐に石光が怒った。

「何をなさいます。帳簿は会計規則通り作られていますから、間違いはありません。間違っているのは、支店長、あなたの胸算用です」

部下からの一喝で恭平は固まった。横浜支店全体も凍りついた。ワンマン支店長の怒りが爆発するぞ。

身動きできる者はいない。長い沈黙が続いた。やがて、すぅーっと息を吐き、恭平は冷静さを取り戻した。

「確かにお前の言う通りだ。俺が悪かった。申し訳ない。この通りだ」

恭平は机に手をついて深く頭を下げた。天狗、荒大名と呼ばれたあの支店長が、いさぎよく部下に謝っている。誰も予想できなかった展開に、その場の空気は固まったままだ。

頭を下げた恭平の目に、真っ黒になった帳簿が入ってきた。

「あっ、この帳簿はどうしよう」

石光が素早く応じた。しかし、それは不思議な提案を伴っていた。

「支店長。大丈夫です。私が作り直します。しかし、帳簿は商いにとって神聖なものだと教わりました。どうか帳簿にも謝ってください」

紙切れに頭を下げろと言うのか。周囲の人間は耳を疑った。恭平も動けずにいる。しばらくして、石光が仕事を神聖視している証だと気づいた。その気持ちに応えねばならない。

「うむ。わかった」

恭平は横浜支店全員が見守る中、帳簿を神棚に上げた。

「このたびは申し訳ないことをいたしました」

そう言って大真面目に何度も何度も頭を下げた。石光は、こんなときに冗談の通じる男ではない。だから恭平も真剣である。腹の底からの声で「申し訳ないことをいたしました」と叫び、頭を下げる。見つめている石光の眼には光るものがあった。

「支店長、ありがとうございます。これで私も心おきなく帳簿を治せます」

石光の大声に恭平が顔を上げる。暫時あって、やっと恭平も笑顔を見せた。息を呑んで見守っていた一同から、一斉に溜め息が漏れた。それが全く同時だったので、支店内は一気に笑いに包まれた。恭平は、自分の失敗を反省する以上に、それも含めて支えてくれる部下たちが嬉しかった。

化け物と号す

それから三月と経たないうちに、今度は血を見る大事件が起こった。その発端は生糸主任で、支店長の恭平より十歳近く年長の磯清五郎からの提案であった。

「支店長、お願いがあります。生糸取引に耳よりな話がありまして、最初は少し金が掛かりますが確実に儲かります」

ひと通り説明を聴いた恭平は浮かぬ顔をしていた。

「なんだか博打くさくないか」

いつになく慎重だ。まだドル相場の件を引きずっているのである。

「大丈夫です。絶対に儲かります」

「しかしなあ」

「私が大損させたことがありますか」

「それはそうだが」

煮え切らない恭平に磯が叫んだ。

「お願いします。やらせてください。損が出るようなら腹を切ります」

普段は温厚なベテランの意外な大声に気合負けした恭平は、しぶしぶ決裁印を捺した。しかし、三週間も経たない内に磯の思惑は外れ、翌月には相当な額の損失が明らかになった。

恭平は怒った。磯の予測の甘さや損失額の大きさにではない。自分が弱気だった隙を突かれたことが悔しく、その意味では、むしろ自分に腹を立てていた。しかし、その怒りは部下に向けられる。

「あのとき、絶対儲かります、と大見得を切っておいて、なんだ、このざまは」

「申し訳ありません」

「申し訳ありません、で済むような金額じゃないだろう」

「はい、申し訳ありません」

「まだ言うか。そうだ、あのとき、損を出したら腹を切る、とも言ったな。切ってみろ。磯、本当に腹を切れるのか。その覚悟があるのか」

恭平は、切ってみろ、と言った瞬間に、言い過ぎだと気づいた。すかさず、覚悟はあるか、と修正したつもりだったが、もう遅かった。

「もとより、その覚悟です。御免」

言うが早いか、磯は懐中から白木の短刀を取り出した。ワイシャツの裾をズボンから引きずり出し、腹にズブリと短刀を突き立てた。見る見る血が溢れ出す。

「わっ、何をする。誰か、止めんか」

「医者だ、医者だ」

「磯さん、短刀から手を離して」

周りが一斉に飛びかかり、短刀を奪ってその場に仰向けに寝かせた。暴れないように手足を押さえ、大量の手拭いが腹に当てられた。近所の医者が駆けつけてくる。幸い刃は内臓に達しておらず、入院すれば命に別状無しとの診断であった。医者の説明を真剣に聴いていた恭平だが、安心したのか崩れるように座り込んだ。大粒の涙が嗚咽とともに噴き出す。

「済まんことをしたぁ。うぅ、うぅ。そんなに命懸けで仕事をしているお前の、その気持ちを分からずに、馬鹿な叱り方をした。申し訳ない。うぅ、うぅ。申し訳ない」

ソファーに横たわった磯の前にべったりと座り込み、恭平は涙ながらに謝り続けた。すると大量失血で動けない磯が、青ざめた顔を微かに傾けて恭平に何かを語ろうとした。しかし、声にならない。磯はそのまま恭平と見つめあい、少し微笑んだ。

恭平は不思議な男である。自由奔放が過ぎて人を傷つけることもあるが、それに気づくと四十歳近い男が泣いて謝るのである。それは演技ではなく、心底から純粋に反省しているのだ。だから恭平の周りには、いつも人が絶えなかった。

明治十五（一八八二）年十月、恭平は九歳になった次男幸次郎の希望を汲んで、兄徳太郎の学ぶ浚明館に送ることにした。今回の付き添いは喜久である。婚礼以来、恭平の両親に会う機会が無く、幸次郎も初お目見えである。徳太郎と会うのは正月の帰省以来だが、浚明館を見るのは初めてだ。喜久は緊張と楽しみが相半ばした落ち着かない表情で出かけていった。

しかし翌年三月、恭平は二人の息子を東京に呼び戻した。十四歳の徳太郎を慶應義塾に、十歳の幸次郎を同幼稚舎に入学させるためである。時代の先端で仕事をしているうちに、漢学より洋学の必要性に気づいたのだ。また、息子不在の四ヶ月で、喜久が心配を通り越して気鬱になってきたこともある。慶應義塾は、長男を通わせている益田孝の勧めだった。高名な福澤諭吉の知己を得る機会があるかも、という下心もある。

この頃から恭平は、江戸前の遊び人の言葉を真似はじめた。朝吹英二、浅田正文、福地源一郎、益田克徳といった連中と横浜から新橋、浜町、芳町、吉原と遊びまわり、幇間（ほうかん）と悪友どもが「真っ平御免蒙（こうむ）りやしょう」「乙でげすな」などと笑いあうのを見て憧れたのである。

一方、つきあいで始めた茶が本格化してきた。江戸時代から、茶の湯は商人にも盛んであった。幕末に鴻池新十郎家で主人付きの丁稚をしていた時には、茶を挽くのも、茶道具の手入れをするのも恭平の日課であった。三井に入ってからは、周囲に茶人が多いのに驚かされた。益田孝は鈍翁、弟の克徳は無為庵と号している。しばしば茶会を催しては財界の大物を招いていた。自分も茶会に出ないと一人前の実業家として箔がつかないことに気づいた。そんな折り、益田克徳に紹介されて江戸千家宗匠川上宗純の弟子になった。茶道具も勉強しようと、有名な骨董商の山澄力蔵の勧める品を買うようになり、次第に目利きになっていった。

しばらくすると号が欲しくなった。しかし、鈍翁や無為庵といった、一歩引いて悟ったような号は嫌だった。もっと突飛で、笑いを取れるほうが自分らしいだろう。いろいろ探すうちに「化生（けしょう）」という言葉に目が留まった。化け物という意味である。芝居などで、幻術に騙された者が我に返って「さては化生の者か」などと言う、あの化生である。調べてみると本来は仏教用語だという。生物には胎生、卵生、湿生、化生という四つの生まれ方がある。最初の二つは獣と鳥。湿生とは、湿った場所に湧く虫の類。そして化生とは、無から忽然と生まれる菩薩や妖怪などである。

すっかり気に入ったが、由来を尋ねられて「私は化け物ですから」と言うのは、裏返しの自慢のようで芸がない。どうしたものかと決めかねていた。

ある日、新聞で「明治生まれは生意気で」という記事を見つけた。いつの時代も若者は批判されるものだが、明治生まれが社会に出てきたので、それが俎上に乗せられたのだ。恭平は記事を読みながら「すると俺は弘化生まれか。初めて聞くな」と呟いた。弘化元年の生まれなのである。

突然、恭平はにっこりした。弘化生まれだから化生という号を選びました、という説明を思いついたのである。化け物だと指摘されたら、そうですね、気づきませんでしたが、生まれつき私は化け物かもしれませんな、ととぼける自分の姿が目に浮かび、恭平は再び微笑んだ。

第四章　馬大尽

大倉が動く

明治十九（一八八六）年夏、馬越恭平は益田孝に北海道出張を命じられた。益田のお供かと思ったら、そんな小さな話ではなかった。内務大臣山縣有朋と外務大臣井上馨の一行で、逓信大臣榎本武揚も途中から合流するという。

北海道は、明治十四年の官有物払下げ事件によって開拓使が廃止され、函館、札幌、根室三県と北海道事業管理局による三県一局時代となり、それらが再統一された北海道庁がこの年の一月に設立されていた。一連の改革を成功させるため、三大臣など要人が現地視察をすることになり、馬越はその随行を命じられたのだ。

八月五日、横浜から薩摩丸に乗り込んだのは、山縣、井上両大臣を筆頭に内務大臣秘書官中山寛六郎、外務大臣秘書官鮫島武之助、参事官末松謙澄、技術官高峰譲吉、実業家益田孝、大倉喜八郎、馬越恭平など。さらに両大臣夫人や益田孝夫人、実業家たちの秘書、なぜか落語家の三遊亭円朝も加わった総勢三十名余である。実業家の多くは井上の知人で、北海道に投資を呼び込むためである。円朝は井上が贔屓にしており、娯楽の少ない旅先を心配してのことだった。

かつて井上が黒田清隆や西郷従道とお座敷遊びをしたとき、待合が用意した余興が円朝であった。井上はその話芸に感心し、面倒な注文を出した。

「我々は、薩摩だ、長州だと威張っていても所詮は田舎者だ。江戸の人間は勝海舟くらいしか知らない。そこで一つ、江戸っ子の心意気が分かる噺を聴かせて欲しい」

そこで次のお座敷で円朝が披露したのが後に歌舞伎にもなった『文七元結』で、その話芸と創作力に井上はすっかり円朝贔屓となった。

馬越はこの旅で初めて円朝に会った。前年に『怪談牡丹燈籠』『塩原太助一代記』が出版されて大評判だったが、出しゃばらず腰が低い。長い顔で鼻は大きく、離れた眉と細い眼が笑みを含んでいる。何より聴き上手で、馬越の与太話にも真剣に耳を傾け、驚き、大声で笑う。芸談となると一転して内向的かつ真摯になる。馬越は円朝の芸と人柄に惚れ込み、井上に比肩するほどの贔屓になった。

八月十三日、小樽で榎本武揚が合流し、翌十四日に一行は札幌に到着した。これから数日かけて開拓使の諸事業を視察し、今後の経営方針について意見を出し合う。これこそ今回の旅の目的である。

開拓使では約三十業種にわたって四十を超える工場を運営していた。木工、製鉄、鋳造、活版、製塩、製糸、農馬具、味噌、醤油、麦酒、葡萄酒、鮭缶詰製造など多種多様である。しかし馬越は、札幌近郊の三十近い工場の半分も見ない内に、これは駄目だ、と直感した。多くの製造業では原価計算がいい加減で、儲けようという意識が見られない。同行した大倉喜八郎が麦酒醸造場で熱心に質問するのを見て、別の工場に移動する途上で尋ねてみた。

「随分とご熱心でしたね。ビール醸造に将来性があると見ていらっしゃるのですか」

「いや、横浜のジャパン・ブルワリーの株を買わんかと岩崎弥之助に口説かれてな。先日、視察に行って説明を聞いたばかりなのだよ。比較してみると面白いものだ。ただし横浜は黒字だが、ここは赤字だ。改善はかなり難しいだろう」

「なるほど」

馬越は大倉の意見に納得した。やはり開拓事業は、すぐに利益が出せるものではない。三井として無理に手を出す必要はなかろう。この旅では政府要人の知己を得たことが最大の儲けだ。

東京に戻ると、また三井物産横浜支店長としての忙しい日常が待ち構えていた。その上、三井が出資した企業の役員を兼務するよう、次々に命じられた。この年には東京人造肥料会社の発起人となり、翌年の開業を目指して走り回ることになった。並行して東京電灯や磐城炭鉱への定期的な助言も求められた。やがては役員に入ってもらうから、という予告付きである。

こうした異業種に取り組むには勉強が必要だ。例えば東京人造肥料は、粉砕した燐鉱石に硫酸を反応させて熟成させ、過燐酸石灰を製造する会社である。英国留学中の高峰譲吉が見学した化学肥料工場の工程を真似ている。しかし十四歳まで漢学の勉強をしただけの馬越には、その原理も技術も理解できなかった。それでも役員として懸命に勉強し、原価計算などから全体像を理解するに至った。付け焼刃と言えばその通りだが、その蓄積は次第に馬越の財産となっていった。

その年の暮れ、馬越を驚かせるニュースが入ってきた。十一月三十日に大倉喜八郎が札幌の麦酒醸造場の払い下げを受けた、というのである。

「現地では無関心のふりをしていたのに、まったく食えない狸だ。黒字化できると思っているのかな。それとも、しばらく赤字でも我慢できるほど、ビールは将来有望なのか」

騙されたという悔しさと、自分の先見性への疑問が混じった独り言だった。そして大倉とビール事業との関連を調べさせると、さらに驚くべき情報が入ってきた。横浜でトマス・グラバーや三菱財閥の岩崎弥之助が設立したジャパン・ブルワリーの株主にもなっている、というのだ。馬越は唸った。

「うーむ。二股を掛けているということは、本気でビールの将来性に着目しているのか。大倉や三菱の動きを見ると、我が三井としてもビール事業を研究しておかねばならん」

大倉の動きは、これだけでは済まなかった。財界首脳である国立第一銀行総裁の渋澤栄一と、セメント王と呼ばれた浅野総一郎という財閥のボス二人に経営参加を求めたのである。そして同二十年十二月、二人を経営陣に加えて新たに札幌麦酒（ビール）会社が誕生した。現地支配人には鈴木洋酒店を経営する酒類販売のプロ鈴木恒吉を就任させて、本格的な経営体制を整えてきたのだ。

新しい産業が次々と生まれている。といって全部が成功するわけではなかろう。いよいよ時代を見通す目が必要になってきた。大倉が正しいのか、自分が正しいのか。ビールが一つの答を出してくれそうだ。馬越はビールに注目することにした。

日本麦酒醸造

明治二十一（一八八八）年一月末、夜九時過ぎに帰宅した馬越を徳太郎が待っていた。

「お父様、お話があります。相談に乗って戴きたいのです」

岡山の浚明館から帰京して五年、徳太郎から話し掛けてきたのは初めてである。馬越は不安を覚えながら白室に招き入れ、親子は正座で対峙した。

「どうした。何の相談だ」

「私の進路についてです。医者になりたいと思います」

「ほう、医者か。うむ。確かに私の父も兄も医者だし、馬越家は父の三代前から医者を家業にしてきた。だが今は病院がある訳でもないし、継ぐ必要も無いのだぞ」

「いいえ、西洋医学に興味があるのです。漢方とは本質的に違いますし、この東西の差を縮めることが必要だと思うのです」

徳太郎はまっすぐに馬越を見た。真剣な時の喜久に似て、視線に力がある。

「なるほど。大きく出たな」

「私はもう十九歳です。医者の修業を始めるのに早過ぎるとは言えないと思います」

「確かに医者の子弟なら、もう修業を始めている年齢だな。よし、誰か有名な医者を紹介するから話を聴きに行きなさい。さて誰が良いかな」

「結構です。実は萩原三圭先生に会ってきたのです」

「何、萩原三圭だと。内親王の侍医に抜擢されたという、あの萩原三圭か。何でお前などが会えたのだ」

「先生は、侍医の傍ら今月から麹町で小児科医として開業された、と新聞で読みました。開業直後なら患者も多くなかろうと考えて訪ねてみたのです。思った通りでした」

「失礼な奴だな」

馬越はその行動力に驚いたが、自分も若い頃は飛び込み営業が得意だったと思い出し、やはり俺の子だわい、と納得した。

「私が医者志望だと聴くと、医者の心構えや勉強法などいろいろ教えてくださいました。そして私がドイツ留学したいと言うと、ではドイツ語で話そうとおっしゃいました」

なるほど、そうやって力量不足や世間知らずを自覚させるのか。さすがは侍医を務めるだけの人物だ。馬越は内心深くうなずいた。

「それでどうした」

「はい、私としばらく会話した後、文法は正しいが発音がまずい、とおっしゃいました」

「えっ、お前はドイツ語ができるのか」

「はい。英語ほどではありませんが何とか」

長く貿易に関わり全く英語ができない自分と比較し、とても俺の子とは思えんわい、と正反対の思いが心中をよぎる。

「そうか。それで先生は他に何をおっしゃった」

「はい。若い内のほうが理解力も耳も良い。君の語学力なら留学は可能だ。早く行ったほうが良かろう、と」

「何、いきなり留学を勧められたのか」

徳太郎はいきなり前に手をついて頭を下げた。

「お願いします。私を留学させてください。先生が一昨年末までいたライプチヒ大学の医学部には、ドイツ以外の若者もたくさん学びにきているそうです。浚明館では近県から集まった若者が切磋琢磨していました。ライプチヒ大学には世界の若者が集まります。これ以上の学び舎があるでしょうか。是非とも留学したいのです。お願いします」

馬越は圧倒されていた。自分の息子に、こんなに強い思いがあったのか。しかし、自分がかつて木之子村の親族会議の際に、上京させてくれ、と何度も平身低頭したことを思い出した。そうか。やっぱり俺の子か。馬越は戸惑いの中に嬉しさを感じながら、徳太郎の背中を見つめていた。

数日後、馬越は喜久を連れて麹町に萩原三圭を訪ねた。三圭は慶應四（一八六八）年に青木周蔵とともに渡航した日本初のドイツ留学医学生である。帰国後は帝大医学部の前身である東京医学校教授や、京都療病院附属医学校校長などを歴任した。明治十七（一八八四）年に再び渡独し、森鴎外らと共にライプチヒ大学で医学を学んで一昨年帰国。昨年から皇女久宮静子内親王の侍医となっている。侍医を務めるほどの人間が無用に若者を扇動するとは思えないが、三圭の口から直接、徳太郎の留学についての意見を聴きたかった。また喜久の心配を減らしてやる必要もあった。

「萩原先生、過日は愚息徳太郎が不躾な振る舞いに及び、失礼いたしました」

四十七歳の三圭は馬越より四歳しか年上ではないが、老大家の超然とした雰囲気が漂っている。物腰柔らかで口調も穏やかだが、馬越は気圧されていた。

「いや、徳太郎さんの積極性は今までの日本人に欠けていたところで、大いに頼もしく思いました」

馬越は自らの履歴、現況、医家を家業としてきたこと、教育には金を惜しまないという方針などを説明した。萩原は真剣に聴いた上で、やはりドイツ留学を勧めた。

「徳太郎さんのドイツ語なら十分に日常生活を送れます。慶應義塾での化学の成績も良いので、ライプチヒ大学の医学部の授業にも半年もせずに付いていけるでしょう」

「そんなにできますか」

「できる力はあります。ただし、ご両親の支えが必要です。何しろ留学には金が掛かりますから」

三圭はライプチヒ大学で学んでいた昨年の経費、生活費一切合財だと言って、ある金額を口にした。それは予想以上で、馬越の年収の半分近くに当たる。しかし、教育に金は惜しまない方針だと啖呵を切った手前、引っ込みはつかない。

「それなら何とかなりますな」

何食わぬ顔で応えた馬越だが、内心は動揺していた。うぅむ、しばらくお座敷遊びは控えなきゃならんか。しかし、それで商売の切っ先が鈍るのも考えものだなあ。

「恐れ入ります」

言葉を失った馬越に代わって、喜久が下宿、食事、洗濯など細々としたことを尋ね始めた。三圭は嫌な顔一つせずに応えている。その会話を遠くに聞きながら、馬越は頭の中で金策を考えていた。五、六年の留学として年収三年分を工面しなければならない。しかし今は忙しすぎる。仕方ない、また益田孝に借りを作るか。

そして三ヶ月後の四月五日、十九歳の徳太郎は横浜港からドイツへと旅立って行った。


日本麦酒（にほんビール）醸造という会社があった。明治二十（一八八七）年九月に鎌田増蔵という陶器貿易商が設立したのだが、酒の素人だった鎌田では工場建設資金が集まらず、半年後の二十一年三月には牛鍋チェーン「いろは」を経営する木村荘平を社長に迎え、さらに同六月には北海道で花菱葡萄酒を経営していた桂二郎へと社長を据え直した。

桂二郎の兄は、次世代の長州閥を担うと噂の陸軍次官桂太郎である。明治二十二年四月、三井財閥は桂太郎との人脈づくりを狙って、弟二郎の日本麦酒に四十万円の資金を投入することを決めた。大倉財閥の大倉喜八郎が渋澤栄一や浅野総一郎と組んで札幌麦酒の経営に注力しており、三菱財閥は横浜でキリンビールを造るジャパン・ブルワリーに投資している。三井財閥としてもビール産業に拠点を持つ必要があったのだ。そしてこのとき、馬越も同社の株主に名を連ねている。

この三井の四十万円によって資本金は四十五万円に膨らんだ。十五万円と見積もられた工場建設資金にも十分対処できる。目黒に近い荏原郡三田村に洒落た煉瓦造りのビール工場が建てられ、最新のビール醸造設備がドイツから取り寄せられた。ドイツ人醸造技師カール・カイザーを招聘し、麦芽もホップもドイツから輸入された。全てに最高のものを揃えたのである。そして明治二十三年二月二十五日、ついにヱビスビールが発売された。四月に上野で開催された内国勧業博覧会では、出品八十三銘柄の中で最高の評価を得た。キリンとヱビスの二銘柄だけが「最良好」と特筆されたのである。

しかし、肝心の売上はついてこなかった。金融恐慌による不景気が足を引っ張ったのだ。当時のビールの価格は十三銭ほどで、今日に換算すると約五千円という贅沢品である。不景気になれば、味の評価に関わらず、贅沢だというだけで売れなくなる。結局、初年度は赤字であった。

この金融恐慌はビールの総需要を激減させた。前年の明治二十二年には初の二万石に迫る勢いだったのに、二十三年はヱビスビール千七百石の新規参入を含めても、一万五千石に届かなかったのである。キリンとサッポロの二股を掛けている大倉喜八郎はさぞ慌てているだろう、と馬越は思った。

明治二十四（一八九一）年三月末、馬越家では喜久が慌ただしく次男幸次郎の引っ越し荷物をこしらえていた。昨年、慶應義塾から正則予備校に移って準備を進め、見事に仙台の第二高等中学校に合格を果したのである。仙台での下宿も決まり、明日はいよいよ旅立ちである。

「この着物も入れると、少し荷物が多いかねえ。どうしましょう」

長男徳太郎がライプチヒ大学に留学して三年が経ち、夫恭平は相変わらず仕事とお座敷遊びで忙しい。幸次郎の仙台行きは喜久に淋しい思いをさせる。それが分かっているから、幸次郎は喜久に逆らわない。

「その着物も入れてください。持って行きます」

「重くないかねえ」

「大丈夫です。寒い仙台でも温かくして、しっかり勉強します。そうして帝大に入って、すぐに東京に帰ってきます」

幸次郎の婉曲な気遣いに、喜久は黙って頷いた。

この年も日本麦酒の不振は続いた。上期も赤字の見込みと聴いて三井財閥が動いた。経営のプロを送り込もうというのである。同社株主でもある三井物産副社長木村正幹や日本郵船社長森岡昌純らが協議して、馬越に白羽の矢を立てた。

しかし馬越は断った。大倉喜八郎は将来有望と見たが、自分は困難だと考えたビール事業である。その自分の判断にこだわる気持ちも働いて、その場で断ったのである。ただし本音は言わずに、ビール会社側の厳しい状況を理由にした。

「私は、見切り品は買わないことにしている」

森岡らは諦めず、熱心に口説き続けた。ある時は、この事業を再建して桂太郎との関係強化という裏の目的を果たすことが三井財閥として大切なのだ、と説いた。また、三菱など他の財閥が成功させつつあるビールで三井だけ撤退するのは口惜しくないのか、と煽った。四十万円という出資の無駄を嘆いて見せた。「お知恵だけでも拝借したい」と言って具体的な相談を持ちかけたこともあった。通うこと三ヶ月、ついに馬越は自分から再建に取り組むと言い出した。財界の会合で大倉喜八郎から「苦戦続きだった札幌麦酒だが、昨年ようやく黒字転換し、今年は大きく利益を伸ばせる」と自慢されたのが、負けず嫌いに火を付けたのである。

翌明治二十五（一八九二）年五月、馬越は三井物産専務委員と横浜支店長兼務のまま、日本麦酒の委員長となった。再建に際して一時的に委員会制を採用したためで、委員長は実質的には社長であり、実際にも社長と呼ばせた。

改革に乗り込んできた馬越は、経営幹部や社員と対話をし、帳簿を調べ、現場作業を視察して説明を受けた。簡単な作業は体験してみる。取引先に挨拶に行って要望を聴く。週に一日か二日しか目黒に来られないのに、知るべきことは山ほどある。どうやら放漫経営らしいのだが、核心に近づくと誰もが口を閉ざしてしまう。さすがの馬越も孤軍奮闘では無理だと分かってきた。

腹心の誰かを日本麦酒に出向させることも考えたが、自分が週一日抜けるだけで横浜支店は混乱している。誰かいないか。帳簿が読めるだけでなく、生え抜きの連中から信頼を得られる男が望ましい。

「そうだ。石光がいい。あいつはまだ浪人中だったはずだ」

横浜支店の会計主任のときには、ワンマン支店長の馬越をやりこめて帳簿に頭を下げさせた硬骨漢である。あまりに真っ直ぐな気性が災いし、社長の益田孝と衝突して三井物産を馘首（かくしゅ）されていた。石光なら経理の専門家だし、頑固なほど誠実な人柄はきっと信頼を勝ち取れる。馬越は石光を呼び出した。

「久しぶりだな、石光。どうした。何だか元気がないぞ」

「はい。なかなか良い仕事が見つかりません。同居する弟たちの学費もありますし、浪人は辛いものです」

「そうか。大変だな。それなら私の仕事を手伝ってもらいたい。石光の経理の知識と誠実さが活きる仕事だ。忙しいとは思うが、給料も相場より出す。それに家付きだから家賃も助かるぞ」

「ありがとうございます。何でもやります。やらせてください」

石光は感激していた。益田孝の逆鱗に触れて三井を追い出されて以来、元同僚たちは揃って石光を避けていた。益田に、石光の仲間だと思われたくないからだ。しかし馬越は違った。益田の威光など気にせず、一緒に仕事をしようと持ちかけてくれたのだ。ドル相場の件で馬越に赤っ恥をかかせたのに、そんなことは気にも留めず、苦境にある自分に仕事を世話してくれる。石光は感謝で胸がいっぱいになった。

「実は日本麦酒の再建を託されたのだが、横浜支店長をやりながら毎日目黒に通うわけにはいかなくてな。石光はビールをどう思う」

「ビールですか。確かに有望な産業だと思います。明治に入って、座る生活から腰かける生活に変わってきました。立ったままの会合も増えており、こういった場で飲むのはビールに限ります」

「その通りだ。日本麦酒という会社は苦境にいるが、ビール産業全体は必ず成長する。そのように暮らしが変わっていくのだ。それを分かってくれているのは心強い」

馬越は石光を支配人に抜擢し、工場内の社宅に住み込んで経営再建の現場責任者となってもらいたいと依頼した。給料も想定以上だ。石光に迷う理由はなかった。

「ありがとうございます。必ずやご期待に沿う働きをいたします。明日からでも参ります」

「助けてくれるか。ありがとう。ちょうど明日は私も目黒に顔を出す。幹部と一緒に昼飯を食って、午後から早速仕事に取りかかろう」

涙ぐみそうになっていた石光だが、馬越の性急な提案のおかげで、反対に苦笑させせられてしまった。

翌日から石光が日本麦酒で帳簿を調べていくと、やがて赤字の主因が判明した。麦芽もホップも相場以上で調達しているのである。購買担当の幹部は「最高の品質ですからな」と胸を張って説明したが、石光は納得しなかった。早速、馬越経由で三井物産横浜支店に依頼し、ここ数ヶ月の最高級の輸入麦芽の値動きを調べてもらった。すると、日本麦酒の仕入価格はそれより常に高く設定されている。石光が手紙をその幹部に見せると、彼はみるみる真っ赤になった。

「あいつめ、騙しやがったな。今日会ったら何と言ってやろう」

「今日会うのですか」

「はい、柳橋の亀清楼で。あっ」

慌てて口を抑えたが間に合わない。高級料亭での接待を白状してしまったのだ。

倉庫料や保険料、輸入手数料などを調べてみると、どれも値切った形跡がない。相場を調べる方法を知らないので、言い値で買っているのである。石光は次々に問題を指摘した上で、価格交渉のテクニックから実務家の心得まで、幹部たちに一から教えていった。石光の誠実な人柄と三井物産のノウハウはたちまち彼らの心をとらえた。仕事の面白さに目覚めたのである。

おかげで馬越は安心して次の課題に取り組むことができた。それは営業の強化である。明治二十三（一八九〇）年にエビスビールが発売された時、特約店は三軒しかなかった。特約店とは、継続的に取り扱う契約を結んだ問屋のことである。エビスの特約店は発売前に大々的に新聞で公募したのだが、まるで応募がなかった。人気がなかったわけではない。日本酒の蔵元たちに妨害されたのである。彼らはビールを敵視し、エビスの特約店になるなら日本酒を卸さない、と問屋を脅迫した。

ここで敢然と手を挙げたのが、日本一の食品問屋である国分だった。国分は江戸時代から百七十年以上続く老舗で、当主九代目國分勘兵衛は常に時代の先取りを目指す積極的な経営者だった。ビールは必ず伸びる。彼の商人としての直感はそう告げていた。また彼は義侠心に厚く、徒党を組んで問屋を脅す蔵元たちのやり口が気に入らなかった。

とは言え、日本中の蔵元を敵に回すのは国分にとっても危険である。蔵元側も国分の流通網を失えば困るはずだ。どう考えても正面突破はお互いに傷が大きい。

そこで彼が考えたのは子会社の設立だった。親会社の国分ではヱビスビールを扱わず、今まで通り各地の日本酒で商売を続ける。その代わり、恵比寿ビール商会という子会社を設立して、そこでビールの商売をする。それでも蔵元が何か言ってきたら、そこからが勝負だ。徒党を組んで現状維持を企むような輩に未来はない。時代は動いているのだ。

しかし蔵元たちは何も仕掛けてこなかった。勘兵衛の気迫に負けたのである。こういう人物と馬越が響き合わない訳がない。馬越は着任直後に勘兵衛を訪ねて、ビールのことだけでなく商売全般について語り合った。彼らは互いの経営哲学を披瀝（ひれき）しあって、商売を超えた同志となったのだ。

勘兵衛は、問屋の醍醐味とは無名の良品を世に知らしめることだ、と言ってヱビスビールに注力した。馬越もこの思いに共鳴し、自ら味の素を国分に推薦した。カルピスを国分に紹介したのは馬越の部下上野金太郎である。

戦前に国分が育てた三大ブランドといわれるヱビスビール、味の素、カルピスは、九代目國分勘兵衛と馬越恭平の友情の証しでもあった。

四者作戦

「何が、おめでとうございます、だ。これっぱかりの黒字で喜ぶ奴があるか」

いきなり馬越から雷が落ちた。支配人石光真澄ら一同は首をすくめる。明治二十四（一八九一）年から始めた経営改革のおかげで、明治二十五年の決算は黒字の見通しが立った。その報告の後に一人の幹部が発した「おめでとうございます」の一言が馬越の勘に触ったのだ。

「喜んでいる暇なんかないぞ。いいか、この黒字は節約が奏功したに過ぎんのだ。売上を伸ばす当社流のやり方が成功したら、そのときは喜んでもよろしい。分かったか」

現代風に言い換えれば、オリジナルの勝ちパターンを確立せよ、ということだ。確かにその通りだが、まさに、言うは易く行うは難し、である。「当社流」の一言に一同が考えこんでしまった。特約店の新規契約、販売奨励金の増加、飲食店への売り込みなど、明年度の販売政策として幹部たちが列挙したものは、片っ端から馬越に否定された。よそと同じことをやっても駄目だ。案が出尽くしたのを見て、馬越がとんでもないことを言い出した。

「問屋、小売、飲食店。そこしか見ていないのか。その先を見ろ。飲兵衛だ。つまり一人の客だ。まず客を育てよう。そもそもビールを知らない人間が多すぎる。日本人にビールを教える必要がある。ビールの美味しさ、楽しさ、素晴らしさを知ってもらうのだ」

「恐れながら、社長。少しばかり遠回りではないでしょうか」

「味を知ってもらうための試飲会は、上野の内国勧業博覧会でも何社かがやっておりましたが、無料で飲まれるだけで経費が大変だったそうです」

「それはそうだろう。闇雲に飲ませても無駄だ。では、どうするか、それが宿題だ。次の会議で聴くぞ」

試飲は、嗜好飲料のプロモーションとしては使い古された手である。そんなものをどう工夫すれば、馬越が求める「当社流」になるのか。誰も回答を持たないまま、次の会議が始まった。

「前回の会議で社長は、闇雲に飲ませても無駄だ、とおっしゃいました。だったら狙い撃ちですね。誰に試飲してもらうかが糸口ではありませんか」

「それなら金持ちを狙いましょう。ビールは高級品です。貧乏人には買えません。買ってくれる人こそ飲ませる価値があります」

「しかし金持ちは貰い慣れている。そう簡単に釣られないだろう」

「実業家はどうです。馬越社長の交遊関係の広さは抜群です」

「悪くないな。だけど、札幌麦酒会長の渋澤栄一や、麒麟の大株主である岩崎弥太郎なんかが同じことを始めたら、金がいくらあっても足りなくなるぞ」

珍しく馬越は発言をしない。それぞれの腹案が出尽くすまでは聞き役に回るつもりのようだ。

「政治家はどうです。発言力があります」

「彼らは、自分の発言の値段をよく知っている。安値では口を開かない。まして品物で動くはずはない」

「学者はどうでしょう。外国の知識があるし、上流階級にも発言力があります。見栄を張る割には世間知らずですから、たっぷりビールを飲ませる機会を作れば、自分からふれまわってくれるでしょう」

「なるほど。飲む奴より、飲んだぞと人に話す奴を狙うのか。それなら広がりが期待できるな。それに学者の言葉には重みがある。うむ。それなら医者も同じではないか」

しょう」

「ドイツ留学から帰ってきた学者や医者なら、本場で沢山ビールが飲まれていることも話してくれるでしょう」

「私も思いつきました。役者はどうでしょう。芝居の初日などに劇場に清酒の四斗樽を積んで景気を付けていますね。あれならビールでもできます。その後に役者たちがご贔屓筋と飲んでもらえば噂になるでしょう」

「それも悪くないな。有名な神社に御神酒として飾ってもらうか」

あの職業はどうか、この連中も発言力があると甲論乙駁、百家争鳴。結局、彼らが出した結論は、学者、医者、役者という三つに絞って、行事や季節の贈答にビールを使い、また視察と称してビール工場に招待して宴会を行う、というものだった。特に幹部社員たちには、掛かりつけの医者や子弟の恩師など私生活の義理も活用させる、という提案も含まれていた。

ここまで会議を進行してきた石光支配人が、沈黙を守る馬越に意見を問うた。

「他社にはない仕掛けかと思いますが、社長、いかがでしょうか」

「うむ。学者、医者、役者を狙うのは賛成だ。幹部社員の活用も良いが、全社一丸となるには一般社員も一人一件くらいは贈答を認めたら良かろう。ところで、学者、医者、役者という三者だが、もう一つ足りない者がある」

こう言って馬越は居並ぶ面々を見回した。その眼が微かに悪戯っぽい笑いを含んでいる。一同は息を止めて馬越を見つめた。

「もう一つ足りないのはな、芸者だよ」

「ええっ、芸者ぁ」

若手の素っ頓狂な反応に笑いが起きる。馬越の芸者好きは有名である。親友の朝吹英二との遊興の過激さは、仮名垣魯文が新聞に連載したほどだ。者の字が付く職種が三つ並んだので、馬越がまぜかえしたのだろうと誰もが思った。

「社長、ご冗談を」

「僕らは面白がって、者の付く商売を集めたのではありません」

すると馬越が叱った。

「馬鹿者。真面目な話だ。芸者の仕事場はどこだか忘れていないか。ビールが売れる現場にいるのだぞ」

「えっ」

「ええっ」

「あっ」

「ああ、そうか。なるほど」

馬越は楽しそうに一同の顔を眺め回した。

「よし、学者、医者、役者、芸者の四つを攻める。名付けて四者作戦だ。全社一丸で取り組むぞ」

「はいっ」

一同の声が揃った。それに被せるように馬越の声が響く。

「但し」

会議室の空気が緊張する。その中で馬越は堂々と宣言した。

「芸者を担当するのは私だけだ。分かったな」

一同から歎声が漏れ、その中に「ずるいな」という囁きがあった。すかさず馬越がたたみかける。

「ずるいものか。私は会社の金を使わずに芸者を担当する。自腹なら文句あるまい」

馬越は益田孝、木村正幹とともに三井三羽烏と呼ばれている。天下の三井物産だ。さぞかし給料も高いのだろう。ビールを売り込むために自腹で芸者遊びをするなんて、赤字だった日本麦酒の社員にはまるで発想できない。そんなに凄い人が会社再建に来てくれたのだ、と社員たちは今更ながら驚いた。

早速、大きな好機が訪れた。薬礼とともにビールを届けに行った幹部社員が医学会の情報を入手してきたのだ。来春の明治二十六（一八九三）年四月に東京で第二回日本医学会が開催される。医科大教授や陸海軍の軍医や病院長など全国から千三百人の医者が集まるという。馬越は旧知の医学博士の紹介で事務局に接触し、日本麦酒の工場視察とビールの試飲を日程に組み込ませることに成功した。

堅苦しい学会の期間中、唯一気楽な場である。全国から集まったので初対面も多いのだが、ビール飲み放題のおかげで懇親が深まる。医者たちは、青空の下で工場の中庭に並べられたベンチに腰を掛け、三々五々ビールを楽しんだ。あちこちで、粋な計らいだねえと言う感謝の声が聞かれた。馬越も会場くまなく挨拶に回り、何百枚という名刺を集めた。これさえあれば御礼状とビールを送って、次の工作の拠点ができるのだ。

医学会の次は薬学会である。一般に小石川植物園と呼ばれる帝国大学付属植物研究所で薬学会が開かれたときには、園内での出店許可を取り、七日間で三千杯のビールを無料でふるまった。これで学者から製薬会社、薬種商までヱビスビールの評判は大いに高まった。蔵元に遠慮して酒販店がビールを扱わなかった地域では、代わって薬局がビールを販売していたので、想定外の販路獲得までもたらしてくれた。

馬越も社長として率先垂範せねばならない。芸者担当である。連日のように料亭に繰り出し、必ず女将に「俺の知らない芸者を呼べ」と命じた。初顔の芸者と一対一でビールの酌をさせながら四方山話をする。三味線を褒め、愚痴も聴いてやる。粋な旦那の遊びである。打ち解けて来たところで「お土産だよ」と言って銀のかんざしを差し出す。一目で高級品だと分かる造りなので、芸者が「ありがとうございます」と手を伸ばしてくる。すると馬越はその手を捕まえてしまうのだ。

「よいか。どこのお座敷でもヱビスビール、ヱビスビールと言うんだぞ」

相手が「はい」と言うまで手を離さない。もちろん「はい」と言っても手を離さない。そのまま「この後、どうだい」と口説くのである。なにしろ生涯で千六百人の芸者を口説き落としたという伝説的プレイボーイである。花柳界を制する者はビールを制す、とばかりに芸者を口説きまくった。

千六百人という数字には根拠がある。馬越は、口説き落とした百人目に当たる小菊という芸者が気に入ったので、置屋に相応の金を払って芸者を辞めさせ、柳橋に小料理屋を買い与えた。籠の鳥から女将になったのだから大出世である。小菊はあけっぴろげな性格で「あたしは馬越さんの百人目だから」と開店の経緯を面白おかしく語り、それが評判になって店は繁盛した。

馬越は艶福家として冷やかされたが、評判や人脈が広がるのは商売にとって悪いことではなかったので、さらにこれを増幅することにした。つまり二百人目の芸者も同じように小料理屋の女将に仕立てたのである。それがまた新たな噂を広めていく。東京中の芸者たちは、何とか三百人目、四百人目に当たりたいものだ、と馬越の座敷に呼ばれるのを心待ちにするようになった。

大阪商人として鍛えられただけあって、陽気で座持ちがよく、時には自ら「松尽くし」といった宴会芸も披露する。芸者や幇間にも威張ることなどなく、何百人目には大きな幸運をもたらす。まさにお大尽である。こうして馬越は「馬大尽」と呼ばれ、花柳界の人気者になった。

後年、馬越が芸者に持たせた店が十六軒あるという噂が広がり、それが千六百人という伝説になったのである。

五百石の大宴会

明治二十六（一八九三）年二月四日、馬越が初めて議長を務める日本麦酒の株主総会が開催された。昨年初めて総会に出席した馬越は、質問と称して一時間以上も演説を続ける一人の株主に呆れかえった。毎回来ているのだという。調べてみると、他の会社では質問しないことを条件に車代を出しているらしい。「うらも出しましょうか」と問われた馬越は言下に「誰が出すものか」と一喝した。そして会場を浜町の日本橋倶楽部に指定した。

総会の当日、その株主は最前列に陣取っていた。開会前から会社側の人間に話しかけたりして、しきりに存在を主張してくる。車代を出させるきっかけ作りのつもりなのだ。しかし会社側は対応せず、総会は予定通りに始まった。

まず会社側から、今夏の商法改正に備えて例年の総会と異なる議案があるので先に説明したいと提案があり、株主の承認を得た。その内容は、日本麦酒醸造会社から日本麦酒株式会社への社名変更、そして委員制を再び役員制に戻すという定款改正である。その後は通常通り事業報告と会計報告があり、質疑応答を挟んで議案へと進んでいった。例年より進行が遅く、質疑に入る前に既に一時間以上が経過していた。

会場である日本橋倶楽部の大広間は、畳敷きの座敷である。会社側も株主たちも座布団に正座している。質疑が始まった頃には、ほとんどの人間が痺れを切らしていた。例の株主が分厚い紙の束を握り「質問」と手を挙げた。そして立ち上がろうとした時、議長の馬越から制止の声が掛かった。

「どうぞ座ったままご質問ください」

係員が低い書見台を持ってきて株主の前に据えた。そこに紙の束を置くと、また正座せざるを得ない。一度立ち上がって足に少し血が通ったため、一層痺れが激しくなったようだ。

「それでは質問を始めたい。昨年度の事業報告をお聴きしたところ、ええと、ええと」

質問を始めてみたものの、足が気になって調子が上がらない。軽い冗談をぶつけても会場は静まり返っている。全員が痺れに負けて、早く終われ、早く終われ、とだけ念じているのである。五分も経たないうちに会場の後方から野次が飛び始めた。

「冗談無用」

「早く質問に入れ」

「長い」

議長として演壇に立つ馬越だけは余裕しゃくしゃくである。悪戯っぽい眼で会場を見渡してから、ゆっくり発言した。

「ご静粛に。ご静粛に願います。質問者も、手短かにお願いしますよ」

足が痺れきっている上に、会場全員から憎悪を買っては続けられるものではない。営業努力や品質向上など月並みな要望を出して引っ込んでしまった。その後は質問もなく、議案説明と全議案一括承認によって株主総会は一気に終了した。この時代にしか通用しない奇策である。いや、この時代でも二度は通じないだろう。それを思いつくのが馬越恭平である。

この年は日清戦争を目前にして軍需景気が高まり、ビール総生産量は前年の八千石から二万三千石へと急拡大した。しかし日本麦酒は二千七百石から三千五百石と三割増に留まった。危機感を覚えた馬越は、麦芽を自社製造する製麦場の建設を決定し、さらに設備増強のための増資を検討させた。

しかし一方、馬越は七月に三井呉服店の現場責任者である元締役の兼任を命じられ、さらに改組改称される三井物産合名会社の常務理事が内定し、目の回るほど多忙になった。日本麦酒への出社は週一日が精一杯である。少ない時間を効率的に使うために、朝一番に支配人石光真澄と二人だけの会議を持つことにした。その場で問題点を抽出して解決策を示すのである。

七月はビールの最需要期である。この年は軍需景気もあって生産が追いつかなくなってきた。石光の報告を受けて馬越は歯噛みした。根っからの営業マンだから、営業しなくても売れる時の品切れが殊更に悔しいのである。

「おい、石光。生産量を増やす手は打っていないのか」

「はい。各職場に改善策を打診していますが、なかなか」

「工程毎の半製品製造実績を算出してみろ。それが一番少ない職場が足を引っ張っているはずだから、そこに応援を入れろ」

「私もそう思いました。でも、この一覧表をご覧下さい。半製品実績は、どこも大差ないのです」

「すると全職場の能力を同時に上げないと、生産量は増えないのか」

「たぶん、どの職場も限界に近いのかもしれません」

「馬鹿を言うな。作業中に冗談を言って笑いあったり、仕損じで廃棄品を出したりしているのに、何が限界なものか。腹立たしい奴らだ」

石光は、まずいことになったと思った。ここは三井物産横浜支店ではない。週一日出社の馬越が厳しく叱責したら、日本麦酒の古参組が離反するかもしれない。すると馬越は、石光の心配とは正反対の提案を持ち出した。

「全社員に伝えろ。八月の生産目標は五百石だ」

「五百石ですか。まだ四百石を超えたことが無いのに、ですか」

「構わん。五百石だ。その代わり、達成できたら全社員で宴会だ。そうだ。はる本が良かろう。目黒駅前の料亭はる本を貸し切ってやる。芸者も幇間も呼んでやる。もちろん社長の奢りだ、と伝えろ」

「はい。では各部長と課長を呼び集めまして」

「いや、こういう話は全社員の前で派手にぶち上げろ。明朝一番に全員集合だ」

「えっ、明日もご出社いただけるのですか」

「馬鹿。派手にぶち上げるのは、俺じゃない。石光、お前がやるのだ」

「いやいや、私は社長みたいに皆を盛り上げたりできません」

「大丈夫だ。教えた通りにやればよろしい。お前に花を持たせてやるからな」

「はあ」

悪戯っぽく笑った馬越は、盛り上げるためのシナリオを石光に伝授した。

翌朝、石光は全社員を前に演説を始めた。パフォーマンス嫌いとしては一世一代のことである。

「諸君、私は昨日、馬越社長から厳しく叱られました。俺はエビスビールが日本一の味だと思うが、なぜ売上日本一になれんのか、と聞かれて、生産量が追いついていませんと正直にお答えしたところ、強く叱責されたのです。そして、それなら造れ、八月の生産目標は五百石だ、と厳命されました」

社員一同から溜め息が漏れた。三井物産で「天狗」「荒大名」と呼ばれた恐ろしい社長が激怒して、とんでもなく高い目標を突きつけてきたのだ。達成できなければ減給されるかもしれない。

「私は、現在の作業状況を詳細に説明し、五百石は高すぎるのではないかと主張しましたが、どうしても聞き入れていただけませんでした」

一同の落胆の色が濃くなった。

「馬越社長は、来年にはキリンを抜いて売上日本一、生産量日本一になるつもりだ。日本一になれば給料も上げられる。どうだ、日本一になりたくないか、とおっしゃいました。もちろん私は、日本一になりたいです、と答えました。たぶん、皆さんも同じでしょう。日本一になれば給料が上がります。待遇も変わってくるのです」

石光は言葉を切って全員を見回した。話が前向きに変わってきたのを感じて、皆が石光を見つめている。

「馬越社長は、日本一には年産五千石が必要だとおっしゃいました。それなら夏場は、月産五百石が当たり前だ。小学生でも分かる算術だ、分からんか、と言われました。私は、分かります、とお答えしました」

再び一同の顔色が曇る。石光は仕上げにかかった。

「その代わり、私は思い切って馬越社長にお願いしました。八月は五百石を目指します。全員で必死に働きます。ですから五百石を達成したらご褒美をお願いします、と言いました。厳しい社長ですから、馬鹿者と一喝されるかと思いましたが、にっこり笑って、よろしいと即答されました」

一同が期待を込めて石光の口許を凝視している。

「目黒駅前の料亭はる本を知っていますね。あの高級料亭を貸し切って、全社員で大宴会をさせてくれるそうです」

誰一人、身じろぎもしない。空気が凍ったようだった。石光は一瞬、大失敗かと懸念したが、実は全員が嬉しさと驚愕で動けなかったのである。

「やったぁ」

「すげぇ、はる本かよ」

「貸し切りとは豪勢だなぁ」

「よし、大宴会、絶対に勝ち取ってみせるぞ」

「おぉ」

お調子者が叫んだ。

「芸者も来ますか」

石光が笑顔で答える。

「心配するな、芸者も幇間も呼ぶ。第一、馬越社長が芸者無しで宴会するわけがなかろう」

全員が笑い崩れた。

五千石達成

明治二十六（一八九三）年九月二十日、目黒駅前の料亭はる本では日本麦酒の大宴会が開かれた。見事、五百石は達成されたのである。

この成功がもたらしたものは大きかった。第一に、各職場の協力体制が生まれた。ある職場の業務が滞れば次の職場が遊んでしまう。それを防ぐために、渋滞しそうなときには余裕のある職場から応援を出すことにした。このアイディアは現場から提案され、各職場のリーダーたちの自主的な打合せで決められたのである。七月の最終週に試験的に始まり、すぐに生産量の向上が確認された。これが五百石達成の主因である。

第二には、石光のリーダーシップが確立したことだ。馬越から褒美を勝ち取ったことにより、ワンマン社長と交渉できる唯一の存在と認められたのである。

第三には、馬越は信賞必罰の幅が大きい、という認識が広まったことだ。結果を出せば評価される。鞭も痛いが、飴の甘さは格別だ。これが社員のやる気を引き出した。

宴会の後、目黒工場内の社宅に住む石光の家で、二人だけの二次会が始まった。

「どうだ、石光。上手くいったじゃないか」

「けあ。しかし、社長のお考えであるご褒美を、私が要求したように話すのは良心が痛みました」

「ふむ。いいか、よく聴け。俺は週一日の出社だが、お前は毎日会社にいる。どっちが人心を集めれば、会社は上手くいくのか。そう考えれば当たり前だろう」

「けあ。でも、五百石達成すれば社長がご褒美を下さる、と素直に言っては駄目なのでしょうか」

「それでは、お前は単なる社長の操り人形だ。それでは困るのだ。俺はもう五十歳だ。まだまだ、やりたいことが沢山ある。それに三井の仕事が増えたから、いつまでもビール会社に関わってはいられない。早く経営を安定させて、お前に社長を譲るつもりだ」

「えっ、私に、ですか」

「そうだ。お前ももう三十五歳だ。そろそろ本格的に人の上に立ってみろ。もう少し俺が悪役になって、お前を引き立ててやるよ」

「悪役なんてとんでもない」

「俺は、悪役は得意だよ。ほら、三井物産でもお前たちは、陰で俺を天狗と呼んでいたじゃないか」

「あっ、あれをご存知でしたか」

馬越は吹き出した。

「石光。そういう時は、そんなことはございませんと否定するものだ。まあ、その正直さがお前の良さなのだがな。しかし、社長になったら正直一辺倒ではいかんぞ。今回で、少しは嘘のつき方が分かっただろう」

「はい。修業します」

馬越は、日本麦酒での自分の仕事は再建であって、あくまで繋ぎ役だと思っていた。幸いにも着々と再建は進んでいる。これで五千石生産の体制を整えれば、責任は果たしたと言えるのではないか。それまでは頑張る。後は石光に託す。

そんな筋書きを考えて、馬越は自分に喝を入れてきた。それをようやく石光に伝えられたのである。いよいよ日本麦酒での最後の一踏ん張りだ、と再び気合いを入れ直した。

その年の暮れ、日本麦酒の文字を大きく染め抜いた紺の法被(はっぴ)が全社員に配られた。馬越の発案で、正月の初荷は揃いの法被で大行列しようというのである。

当日は牛に牽かせた荷車にビールを積み、馬越はその上に仁王立ちになった。両手の日の丸の扇子を煽って、行列する社員たちを先導する。行列は「初荷だ、初荷だ」の掛け声と手拍子で人を集め、引き札と称するチラシを手渡してゆく。初詣の客で賑わう寺社の近くになると行列を止め、荷車の上から馬越が大声を張り上げる。

「ヱビスビールでございます。皆々様にはお健やかに初春を迎えられ、誠におめでとうございます。本年も一段のお引き立てを、御願い、たぁてぇまぁつぅりぃまぁすぅ」

最後は歌舞伎の調子を真似て大げさに御辞儀をすると、時ならぬ見世物に沿道の群衆から大きな拍手が起こった。この初荷の行列は恒例化し「ヱビスビールの初荷を見ないと正月気分にならない」と渋谷一帯で噂されるほどになった。

この明治二十七（一八九四）年一月、馬越は相変わらず忙しかった。一月十一日には日本麦酒の株主総会で再選された。三井物産創立十七年に際しては、精励の功により三井家同族会から金一封を贈られた。また、前年暮れに引き受けた東京帽子株式会社の監査役の引継ぎもあった。渋澤栄一や益田克徳らと二年前に創業したのだが、業績不振のおそれがあると経営診断を託されたのである。

また横浜支店長時代に建てた根岸の自宅を引き払い、芝区西久保桜川町に敷地千坪の邸宅を構えた。京橋区入船町にも別宅と茶室がある。転宅だけなら家族に任せられるが、茶道具や骨董の振り分けは馬越本人にしかできない。深夜や早朝に時間を作るしかなかった。

その忙しい一月某日、日本麦酒の社長室に石光が若い社員を連れて入ってきた。

「ご覧戴きたいものがあります」

それはヱビスビールのラベルであった。使用後のものらしく一部が折れて千切れている。それだけではなく、どこか違和感がある。英文字が小さいようだし、恵比寿様の表情も暗く見える。

「何だ、これは。偽物か」

「はい。偽物だと思われます。詳細は担当からご報告します」

発端は、渋谷の後楽亭という洋食屋に関する酒販店からの相談だった。毎月二ダースくらいはあったビールの注文が無くなって三ヶ月ほど経つと言う。しかし、相変わらず品書きにはヱビスビールと書いてある。おかしい、と言うのだ。そこで営業担当者が後楽亭を訪問したが、特に変わったことはない。しかし、何となく店主の態度が不自然なので、帰りがけに店の裏に回って空き瓶からラベルを剥がしてきたという。

「そうか。よく気づいた。偽物を作っている奴がいるんだな。よし、誰かを張り込ませて、運んでくる現場を抑えよう」

「しかし社長。月二ダースの店ですから、納品も月一度でしょう。簡単には見つからないと思われます」

「そうか」

一旦は引き下がった馬越だが、すぐに立ち直った。

「よし、何人かで宴会をやって在庫を飲み干してしまえ。そうなれば翌日には注文するだろう。悪くても二、三日で決着がつく」

「なるほど。すぐ手配します」

そして三日後に社内屈指の飲兵衛五人が後楽亭を訪れ、二十本ほどの在庫をすっかり飲み干してきた。翌日から数人がかりで張り込みを始めた。地元の警察署に相談して、現場を抑えて最寄りの交番に引き渡す手順まで打ち合わせた。

二日後、後楽亭の前に一台の大八車が現れた。店内にビールを届けると同時に日本麦酒の社員が踏み込んで押し問答になった。駆けつけた巡査が割って入り、あっさり現行犯逮捕となった。警察の調べによると、真犯人は神田区五軒町の米田清三郎という印刷屋で、本郷のビール醸造所からラベル無しのビールを廉価で仕入れ、自分で偽造したラベルを貼って販売していた。

警察でこの事情を聴いてきた石光は、馬越に報告した後で憤激した面持ちで訴えた。

「社長、実にけしからん話です。告訴して刑務所にぶち込みましょう。偽ラベルが続発しないように見せしめが必要です」

「確かに再発防止は大切だが、告訴はどうかな。それに、服役させたら損害賠償が十分に取れない恐れもある。損害は確定できるかな」

「警察から貰ってきた得意先名簿には二百軒以上の飲食店が記されています。月二ダース程度の小さな店ばかりですが月四百ダース、一年で五千ダースの売上損失です」

「そうか。そんなに賠償させるなら告訴は止めよう。先方が払う訴訟費用も節約させて、少しでも多く当社が貰ったほうがよい」

「再発防止の見せしめはどうしましょう」

「それだ。見せしめは偽造業者だけじゃ済まないからな」

「えっ、どういうことですか」

「大事なのは二百軒の飲食店のほうさ。買う奴がいるから偽造しようという奴が出てくるんだ。飲食店に釘を刺しておく必要がある」

「なるほど。しかし後楽亭の店主も、偽ラベルとは知らなかった、と言い訳するばかりで、告訴しても証拠があるかどうか」

「告訴は匂わせるだけで良いのだ。それに彼らには末永くヱビスビールを販売して貰わにゃならん」

結局、馬越は告訴せず、損害賠償の他に謝罪広告を求めた。そして同年二月二十七日の都新聞に「恵比寿ビール偽造の謝罪」という長文の広告が掲載された。

「貴社の醸造に係る恵比寿ビールは其需用者日を逐て増加し、販路甚だ広きを奇貨とし拙者私に貴社専用の商標を偽造し、之を粗悪なるビールを詰めたる瓶に貼用し、貴社の恵比寿ビールと偽称し江湖に販売し、或は其偽造商標を他の銘酒店に売り渡したるを発覚し、已に貴社に於て商標侵害の告訴御準備中、只管謝罪を乞ひ将来決して斯の如き不正の事を為さざる旨を誓ひ、幸に貴社に於ても拙者に対する告訴御見合被下たるに就、爰に貴社専用の商標を偽造し恵比寿ビールと詐称販売したる顛末を記し、以て其罪を謝す

東京神田区五軒町十九番地　米田清三郎

恵比寿ビール醸造元　日本麦酒株式会社御中」

馬越はこの新聞を大量に購入し、厚紙で裏打ちして営業担当者に持たせた。これを飲食店に見せて「買った飲食店も警察に呼ばれたそうだ」「ヱビスが好評なので、一種の有名税だ」と話題にするのである。しかし、こんなことで再発防止はできなかった。この後、明治三十五（一九〇二）年頃まで日本麦酒は偽造商標に悩まされ、数十件の訴訟を抱えることになるのである。

日本麦酒の経営を安定させるために避けて通れない課題がもう一つあった。それは醸造技術者の問題である。最初からドイツ人のカール・カイザーに任せていたが、尊大で日本人を馬鹿にした態度があからさまで、部下に手を上げることも珍しくない。何より困るのは秘密主義で、日本人には技術を教えない。馬

越が、部下の教育は上司の責務だと叱ると、醸造技師の他に教師として契約するなら、と追加の報酬を要求する始末だ。カイザー更迭の声が出るのは当然だった。馬越は代わりとなる外国人技術者を探すとともに、日本人技術者を自社で育成する方針を固めた。

日本にビール醸造学を教える学校が無い時代に、その適性がある人間を探すのは困難である。ドイツ語や化学の知識のある者を、と聴きまわっている内に、帝国大学医科大学薬学科の大学院で薬化学を教えていた長井長義から、院生の上野金太郎を紹介された。幕臣の家に生まれたが、維新で貧窮生活となり、薪割りなどで働きながら本郷菊坂のドイツ語学校に学び、予備門を経て帝国大学医科大学薬学科の唯一の第二回生となった。しかし薬学士となっても専門性が高すぎて就職先が無く、大学院で研究を続けながら東京薬学校などの講師で食いつないでいた。面接した馬越は、苦学しながらも明るさを失わない人柄が気に入った。ビールを飲んだのは大学の創立記念日の一度きりだと言ったが、ドイツの文献によく出てくるので馴染みはある、ぜひ造ってみたいと眼を輝かせた。何事にも臆せず、好奇心の旺盛なところも馬越好みだった。

機械技師も欲しい。近い将来には必ず工場の大規模化が必要になる。そのための人材を確保しておきたかった。馬越と同郷の岡山県出身で、東京高等工業学校機械科を今春卒業する者がいると聞いた。それが橋本卯太郎であった。話を聴いてみると、高梁川の氾濫で吉備郡秦村の実家が水没して貧苦にあえいだという。それでも向学心は止みがたく、わらじを作って小銭を溜めて上京。新聞配達や牛乳配達をし、雪を食べて空腹を癒し、新聞紙のふとんで寒さをしのいで高等工業学校に通ったという。その話の一つひとつに馬越は涙した。情に流されてはいかんと石光真澄にも面接させたところ、馬越以上に橋本に惚れ込んでしまい、妹の真都を橋本に嫁がせたいと言い出した。二人は四年後に馬越の媒酌で結婚するのだが、この夫婦の孫が後の総理大臣橋本龍太郎である。

馬越は明治二十七（一八九四）年の生産目標を五千石と定めた。工員たちも精励して四月から三ヶ月連続で月産五百石を達成した。当然はる本での宴会も三ヶ月連続となる。するとその宴席で、石光が突然馬越に直談判に及んだ。

「社長。お願いがあります」

「何だ、薮から棒に」

「この宴会も毎月恒例になってきました。励みになってはおりますが、最初の頃の感激はありません」

支配人が何を言い出すのだろうと、全員が飲み食いを止めて聞き耳を立てている。石光は続けた。

「この宴会は、今回限りで止めてはいかがでしょう」

一同は驚きで声も出ない。しかし、その沈黙の中から深い落胆が伝わってきた。馬越はぐるりと一同を見回してから口を開いた。

「確かに宴会ばかりでは能がないな。今度はどんな褒美が欲しいのだ」

「ご賢察ありがとうございます。生々しくて恐縮ですが、やはり金で頂戴したく存じます」

「なるほど。よし、五千石を達成したら、この宴会半年分の臨時手当を支給しよう」

この発言に一同が沸いた。

「やったぁ」

「ありがとうございます」

「よぉし、やるぞ。五千石だ」

一同が口々に礼を述べる中で「社長、ありがとうございます」と同じくらい「支配人、ありがとうございます」があることを聞き分けて、馬越はほくそ笑んだ。今回も馬越の筋書きで、石光に芝居をさせたのである。

そしてこの年、日本麦酒は五千石を達成した。社員たちは約束の臨時手当を支給され、さらに念願の生産量日本一を喜んだのである。

馬越自身はこの年の五月、三井物産に新たに設けられた綿花部の初代部長の兼任も命じられた。十二月には、これも新設の北海道漁業部の初代部長も兼任となる。三井呉服店の調査委員、さらに日本煉瓦製造や上海紡績の監査役にも就任した。

仕事の幅がどんどん広がっている。日本麦酒にいつまでも関わってはいられない。幸いに業績は順調で、石光もたくましく育ってきた。馬越の眼には、ビール事業から離れる日がいよいよ見えてきた。

喪失の日々

馬越がひたすら忙しがっていた明治二十七（一八九四）年七月、母古尾子逝去の報が飛び込んできた。貧しい中で三男四女を生み、慈しんで育ててくれた。夫が病に倒れて困窮が極まった時にも、自分たちは大丈夫だから恭平の上京を認めて欲しい、と親族会議で頭を下げてくれた母である。その上京が馬越の運命を切り拓いてくれたのだ。少しは親孝行らしいこともできたが、まだまだ足りてはいない。以後、馬越は成功の理由を尋ねられると必ず「私が今日あるのは全く母のおかげである」と答えるようになった。

涙も乾ききらない十月に、今度は兄の元育が亡くなった。西洋医学を学んだが漢方医の父と意見が合わず、ついに出奔して東京で回漕問屋を起こした。一時は盛業だったが、不運にも破産して馬越の家に転がり込んできた。その後、司法省の通訳を経て、益田孝とともに日本経済新聞の前身である中外物価新報を創刊した。大磯で旅館を経営していたこともある。馬越に負けず劣らず波乱万丈の生涯であった。享年五十三。たった一歳違いなのに、馬越には常に兄の背中が遠かった。父元泉が十六年前に亡くなったときには感じなかったが、母と兄を失ってみると、いきなり荒野の真ん中に一人で立っているような気がした。弟妹や妻子があっても、自分の前を歩いてくれる人はもういない。そう思うと無性に寂しかった。

翌二十八（一八九五）年四月九日、馬越をさらに青天の霹靂が襲った。石光真澄の突然の死である。勤勉な石光が珍しく風邪で休み、その三日後に急性肺炎で帰らぬ人となったのだ。馬越は一人になって泣いた。

ビール事業は、馬越にとっては頼まれて始めたことに過ぎない。それがようやく軌道に乗り始め、後任にと頼む人間も生まれた。それが石光である。武士の真っ直ぐな気持ちを保って、現場の連中から強い信頼を寄せられている。石光を見ていると、ビール事業を引き受けて良かった、と心から思えた。真面目一方で頑固だ、偏屈だと言われてきた石光が、日本麦酒という場所を得て活き活きと働いている。人が存分に働ける場所を得ることは、何と素晴らしいことか。それを準備してやるのが経営者の喜びである。いつも自らが看板役者であった馬越に、裏に回って人を育てる楽しみを教えてくれたのが石光だった。

しかし、思えば石光は働き過ぎた。前月の休日、馬越は予告なしに石光の住む支配人社宅を訪ねた。すると、夫人の佐家子が「工場におります。すぐ呼んでまいります」と言うのを制して自ら工場を覗いた。

弟の真清と真臣の三人で重たい機械を持ち上げている。そこに潜って機械の下を清掃し、落ちている針金や古釘を拾うのだという。

「機械の故障の原因として塵埃は見逃せません。逆に手入れ次第では十年の機械が三十年も保つそうです。会社の利益に直結します。それに屑鉄も近頃は高く売れますから、会社の雑収入になります。一石二鳥ですよ。社長、いい手だと思いませんか」

こう言って汗を拭った石光の笑顔が脳裏をよぎった。あの時、賞賛するだけでなく、働き過ぎを少しでも注意しておけば良かった。悔いばかり胸にこみあげる。

石光には老母がいる。未亡人と、社会に出たばかりの弟や妹がいる。せめて残された家族の面倒を見てやろう。それも石光本人になったつもりでやろう。馬越は固く誓った。

石光の葬儀から三ヶ月経った七月某日、馬越が三井物産本社に出社すると、横浜支店時代から子飼いだった一人が寄ってきた。

「実は、悪い噂が立っておりまして」

「何だね」

「馬越さんが、三井ご本家の承諾を得ずに中国鉄道の役員に就任したことが内規に触れる、と言いふらす者がおるのです」

「何だと」

馬越は故郷岡山のことになると、つい熱が入る。上京してきた岡山県人の就職の世話などは日常茶飯事だ。岡山から米子まで中国鉄道を敷設しようという構想も、備前西郷と呼ばれた杉山岩三郎から話を聴いた時に、その場で発起人に名乗りを挙げた。それが去年のことである。そして同社創立の際には役員に就任した。これまでも十以上の他社役員を引き受けていたが、三井に命じられたものが大半だったし、承認の必要な場合にはきちんと届け出ていた。今回は発起人承諾から創立まで時間が経っており、とうに届け出たつもりになっていたようだ。

「しくじったかな。まあ、名前を貸すだけで三井に迷惑を掛ける訳でもないし、むやみに規則を振り回す小役人みたいな輩は相手にするのも面倒だ。放っておけ」

常識に縛られない大胆な戦略で成功を勝ち取ってきた馬越は、いちいち規則や前例を口にする三井の古参が大嫌いで敬遠していた。三井物産にいる時は、それでも済んだ。同社は三井本家から出資を受けていないので、口出しも少なかったのである。しかし馬越が出世して三井呉服店などの役職も任されるようになると、勝手が許されなくなってきた。

しかし、馬越には自覚がない。故意に規則を破る気はないが、届け出を忘れるくらい問題ないと思っている。だからこの件も無視を決め込んだのだが、火種はくすぶり続けたのである。

三井との訣別

明治二十九（一八九六）年一月十日、馬越が三井物産の社長室に入っていくと益田孝が困った顔をしていた。

「まあ、座ってくれ。申し訳ないが立場上、したくない話をしなければならない」

「何でしょう」

「良い話と悪い話がある。良いほうは昇給だ。月給が四百円に上がる」

「なるほど」

「悪いほうは転勤だ。全ての役職を解き、三井元方内事掛主任を命じる」

「そりゃあ何です」

「国内の特命事項担当だ」

「で、具体的な特命事項はあるのですか」

「いや。何もない」

「極めつけの閑職ですな」

「三井本家は、届け出無しで中国鉄道の役員になったことを内規違反として謹慎処分を言ってきた。俺は厳重注意で十分だと反対したのだが、聞き入れられなかった。せめて社外に飛び出したりしないよう昇給させてくれと掛け合ったら、こっちはすんなり通った。要するに大人しくしろ、ということなのだ。少しの間、辛抱していてくれ。俺が必ず復活させてやる」

「分かりました。お話はそれだけですか」

「そう怒るな。今だけの辛抱だ」

「ありがとうございます。失礼します」

「おい、ちょっと待て」

　馬越は頭を下げて社長室を出た。給料は上がったが、仕事は取り上げられた。飼い殺しである。仕事助平を自称する馬越には耐えられない状況だ。悔しかった。金儲けの種を探し出し、実際に事業を起こして利益を出してきたのは自分なのだ。上の顔色を見るだけの茶坊主は何も生んでいない。

しかし一方では限界も見えていた。三井の商売は海外依存度を高めている。次の世代は国際的なビジネスに通暁して、外国人と直接英語で渡り合っている。しかし馬越は英語ができない。読み書きも会話もまるで駄目だが、今さら学ぶ気はない。

それなら三井を出よう。蓄財もあるし、日本麦酒社長という職もある。今すぐ路頭に迷うことはない。一人で自由にやってみよう。

一月末に馬越は辞表を出し、一ヶ月で全ての引き継ぎを済ませた。三月二日に三井を去った。慰労金一万五千円。三年分の月給である。

これっぽかりか。この千倍も儲けさせたはずだが、これが雇われの身ということなのだ。

思えば、明治九（一八七六）年に三井物産に参加して以来二十年、常に三井の看板が付いて回った。益田孝、木村正幹とともに「三井三羽烏」と呼ばれた。朝吹英二とは「三菱の朝吹、三井の馬越」と並び称された。その看板が外れるのだ。

三井を去る前日、馬越は思い立って本郷区西片町の阪谷芳郎邸を訪れた。芳郎は師阪谷朗廬の四男で、東大から大蔵省に進み、二十代で造幣支局長を任されたエリートである。二人が出会ったのは、馬越が上京して本所の阪谷朗廬邸に草鞋を脱いだ明治六年の夏であった。二十八歳の馬越は、十歳の芳郎が論語などをすらすら素読するのを見て驚いた。その後、芳郎は洋学者箕作秋坪の三叉学舎で英語を学び、東京英語学校、東京大学予備門、東大文学部と進んだ。会うたびにその教養に圧倒され、馬越は十九歳の年齢差にも関わらず、芳郎を尊敬するようになっていた。特に十五年前に師朗廬が逝去してからは、馬越の心中の芳郎は朗廬を継ぐ存在であった。

あいにく芳郎は留守で、代わりに母恭子が馬越を応接間に迎え入れてくれた。

「まあ、お久しぶり。お忙しくていらっしゃるのでしょう。三井物産で大活躍だと芳郎から聴いておりますよ」

「いや、実は明日で三井を辞めるのです。何のしがらみもない素浪人になりました」

「まあ、何としたことでしょう」

「会社も大きくなると規則ずくめになっていけません。故郷の仲間の手助けをしただけで、会社に内緒で何をしていると難癖を付けられる。窮屈ですから飛び出しました」

「あらまあ。昔から、負けずの恭やんですものねえ。注意されても逆らってばかり。朗廬も困っていましたよ。それでも可愛くて仕方ないのね。いつも噂しておりました」

「もったいないことです。でも奥様、私は喧嘩して辞めたのではありません。いつかは三井の傘の下でなく、自分の力で思う存分、事業に取り組みたいと願っていたのです。いわば独立の門出ですから、お祝いしてください」

「それで安心しました。おめでとうございます」

恭子と話すうちに、芳郎にも朗廬にも報告が済んだ気がした。喧嘩別れだとか、馘首されたとか、世間は勝手に噂をするだろう。でも何人かが分かってくれれば良い。

喜久は「お好きになさいませ」と微笑んでくれた。反対されるとは思わなかったが、肯定されれば嬉しいものだ。長男徳太郎はドイツ、次男幸次郎は仙台にいるので手紙を書くことにした。三井を辞めても仕送りは変わらないから心配するな。しっかり勉強しろ。それだけを強調した。いつもは喜久が彼らの手紙に返事を書いていたので、馬越自身が手紙を出すのは初めてであった。

三井を去った週末、馬越邸に朝吹英二がやって来た。馬越は笑顔で迎え入れたが、朝吹は怒っている。

「おい、貴様は何で三井を辞めたのだ。俺はマゴと仕事が出来ると思って、楽しみで三井に来たのだ。それがどうした。入れ替わるようにお前はいなくなる。とんでもない話だ」

三菱の朝吹と言われた男が三菱を離れ、明治二十五（一八九二）年から鐘ヶ淵紡績の再建に取り組んでいた。明治二十七年からは三井工業部の専務理事に就任していたが、実際は鐘紡に掛かりきりだった。四年がかりで再建にめどが立ち、ようやく三井に全力投球できる状態になったのだ。

当時の三井は、工業化を推進する三井銀行の中上川彦次郎と、商業中心を主張する三井物産の益田孝の対立が深まっており、朝吹はその調整を期待されていた。自分は工業部専務理事であるが、益田孝の下には親友の馬越がいる。二人が組めば商工両路線は必ず融和できるはずだ。そんな青写真を描いていた朝吹だから、怒るのは当然だった。

「まあ、怒るな。ゆっくり話をするから、まずは一服どうだ」

馬越は朝吹を茶室に招いた。朝吹は素直に従う。馬越が腹を据えて話すつもりだと悟ったのである。

「とにかく、よく来てくれた。今日はゆっくりできるのだろう」

茶室から応接間に移り、ビールで乾杯してから馬越は切り出した。

「三井に二十年いた。面白くて、面白くて、夢中で仕事をしてきた。三井の名前に助けられることも多かったが、最近は手かせ足かせになってきた」

「益田社長と衝突したのではないのか」

「いくら衝突しても商売上のことだから、何のわだかまりもない。益田は、俺を東京に導いてくれた恩人だ。その代わり俺も精一杯の恩返しをした。三井物産の資本金を稼いだのは俺だからな」

「知っている。本家に対して、金は不要、口出し無用、と言えただけでも、益田社長には十分な恩返しだろう」

「とにかく、俺は三井を離れて自由にやってみたかったのだ。三井という看板無しの馬越恭平の実力を、自分でも知りたいのだ」

「マゴよ、今でもお前の実力は天下一だ。ヱビスビールを日本一にしたのだって、三井の看板とは関係ないだろう」

「それだって、三井が公式行事でヱビスを使ってやっているからだと、恩着せがましく言われるのだ」

「くだらん。そんな奴らは放っておけばよい」

「その、くだらん奴らが大きな顔をしているのだ。ブキよ、お前も気をつけたほうがいいぞ」

「はっはっは、俺はお前に、三井に戻らんかと誘いにきたのだ。逆の話をされるとは思わなかったよ」

一人は夜が更けるまで語り合った。仕事のこと、家族のこと、互いの人生観。そして朝吹はあらためて、馬越の門出を祝福するに至った。馬越も朝吹の友情に報いるべく、この門出を大きな飛躍につなげることを誓った。

馬越はしみじみ、自分は友人に恵まれていると感じた。

新時代の諸藩御用達

日本麦酒にとって、支配人石光真澄の突然の逝去は大きな打撃となった。その対処策を馬越と協議したのは取締役の三浦泰輔である。三浦はドイツ公使青木周蔵の実弟で、日本麦酒の三代目社長桂二郎とともに留学した仲間であった。その縁もあって、日本麦酒では馬越が入る一年前から監査役に就任していた。そして明治二十六（一八九三）年に馬越が全権を握った時にはナンバーツーの地位に就いた。ただし、三浦には甲武鉄道の経営という本業があり、日本麦酒には金曜日に顔を見せるだけである。しかし、支配人不在という危機には時間を割いて日参してくれた。

相談の結果、創業当時からの幹部社員高木貞幹を抜擢することにした。二人で高木を呼んで支配人就任を告げたのだが、予想外のことに固辞されてしまった。高木は真面目で才能もあるのだが、たった一度の失敗が自信を喪失させていた。

かつて販売代理店獲得のために東北に出張したことがある。有力問屋を盛大に接待して大量注文を取り付けたのだが、彼が帰京した時には、ほとんどの問屋から発注取消の手紙が会社に届いていた。飲み逃げされたのである。これで高木は人間不信に陥った。

しかし、内勤にまわった高木は税制の研究に没頭して頭角を現した。明治二十六年には『内国麦酒ニ課税ガ不可能ナル事情理由』という書籍を出版し、後にビール税導入反対運動の旗頭となる馬越にとって大切なブレーンとなる。

高木以外の人選はありえないと考えた二人は、肩書は副支配人とし、早期に支配人を任せられる人物を探すという条件で、当面の支配人の業務代行を承服させた。

自分には荷が重いと訴えていた高木だが、真面目な人柄は皆に慕われている。支配人代行として社内を上手く制御することができた。しかし、高木の動向を観察していた馬越は不安を覚えた。極度に失敗を恐れて自分の仕事を増やしてしまう神経質な高木の姿が、馬越には石光のように見えてきたのだ。もし二の舞になれば、高木にも石光にも申し訳ない。馬越は三浦に有能な人物のスカウトを依頼し、やがて日本鉄道から藤村義苗を迎えて支配人に据えた。

明治三十（一八九七）年七月、馬越の次男幸次郎が仙台の第二高等学校を卒業して東京に戻ってきた。母の望み通り、東京帝国大学農学部農芸化学科に晴れて合格したのである。赤門に近い本郷三丁目に下宿して、日曜には洗濯物を抱えて桜川町の馬越邸に来る。その日の晩餐は親子三人で囲みたいと喜久に懇願され、馬越もしばらくは付き合うことにした。

その晩餐会の三回目、八月最初の日曜である。馬越邸には庭師が入って木々がすっきり剪定され、打ち水の上を風が吹き抜けて座敷にまで涼を届けていた。馬越はビールを、幸次郎は麦茶を飲んでいる。二人の間には旬の枝豆が湯気を立てている。競争のように豆に手を伸ばす二人を前に、喜久は「丸顔で目のくりっとしたところは前から似ているけど、話に熱が入ると口が尖るところも似てきたわねえ」などと言ってはしゃいでいた。

「ところで幸次郎、帝大農学部にはきちんと通っているか」

馬越の問いに幸次郎の動きが止まった。しばし静寂。喜久も不安そうに見つめている。幸次郎は目を上げて二人を見回し、口を開いた。

「通っておりません」

「何だと」

「薬学部に通っております」

「薬学部だと」

「はい。帝大では他の学部の授業も聴けるので、薬学部の下山順一郎教授の講義に出たのです。先生はドイツ留学中にキニーネの研究で世界を驚かせた方です。講義は、漢方の生薬を西洋の技術で分析すると効能が科学的に証明されることから、洋の東西を問わず、長所を集めて真実に迫ることが新時代の君たちの使命だ、というお話でした。感激のあまり、すぐに研究室を訪ねたのですが、既に外出されており、代わりに長井長義教授が応対してくださいました」

「長井教授だと」

「はい、エフェドリン抽出で世界中の喘息患者を救った大先生です。ご存知ですか」

「うむ。日本麦酒に上野金太郎という優秀な大学院生を推薦してくれた方だ。しかし、長井先生がよく相手をしてくれたな」

こう言いながら馬越は既視感にとらわれていた。同じような会話をしたことがある。いつだろう。ああ、そうだ。徳太郎だ。萩原三圭に会ってドイツ留学へと突っ走った、あのときと同じ空気なのだ。馬越は幸次郎もドイツ留学したいと言い出すのか、と警戒した。

「でも、長井先生は弘化二（一八四五）年生まれですから、お父様の一つ下です」

「そうだったかな。で、長井先生は何を教えてくれたのだ」

「はい、日本は東洋の辺境ではない、とおっしゃいました。最も精進した研究者がいる場所が時代の最先端なのだ、と」

「そんなものかな」

「私も疑問でした。率直にそう申し上げたら、古代の逸話を教えてくださいました。昔、ギリシャの王が演劇を観に行ったとき、満員で玉座を作れないと劇場主が謝罪したのに対し、王は気にせずに庶民と同じ席に座って、こう言ったそうです。玉座にいるから王なのではない。王がいる場所が玉座である。だから、日本も学問の玉座たりうるのです」

「ふうむ」

言葉を飲んだ馬越の代わりに喜久が口を挟んだ。

「何だか禅問答みたいですわね」

「いや、なかなか含蓄のある話だ」

突然、幸次郎が食卓に手を付いて頭を下げた。

「お願いがあります。薬学部への転学を認めてください。長井先生からは、ご両親の許しが出たら、いつでも推薦状を書くと言っていただきました」

馬越は一瞬驚いたが、承諾することにした。兄のような、突然のドイツ留学と比べればたいしたことは無い。

「手回しの良い奴だな。まあ、同じ帝大であることだし、構わんだろう」

「ありがとうございます」

「しかし、推薦状を書くとは、先生もお前を気に入ってくれているのだな」

「けい。確かに認めて戴いているとは思います。でも、学生を増やしたいという思いもあるでしょう」

「何。薬学部は人気がないのか」

「学生には、まだ価値が分からないのです。私の一級上は二人で、同級は五人です」

馬越と喜久は吹き出した。

「何だ、お前。先生に釣り上げられたのではないか」

「いいえ、素晴らしい先生なのです」

「そうね、そうね。それは幸次郎が惚れ込んだ先生ですものね」

「あ、うむ。それだけ惚れ込める学問に出会ったのは素晴らしいことだ。本当だ。おめでとう。頑張れよ」

「はい。ありがとうございます」

二人はビールと麦茶で乾杯した。喜久もにこにこしている。しかし、馬越には少し不満があった。徳太郎も幸次郎も、父親の仕事に全く無関心なのだ。むしろ実業家という職業から目を背けているように感じる。若さゆえの潔癖症で、金儲けを嫌っているのだろうか。まあいい。ある程度は時間も必要だろうし、いつかは経済の大切さを分からせてやる。負けてなるものか。

馬越は勝手に想像を膨らませた挙げ句、久しぶりに負けずの恭やんとなっていた。


嬉しい知らせが届いた。三井物産横浜支店で可愛がっていた岡村庄吉が訪ねてきたのである。岡村は馬越に清元を激賞され、稽古を優先しながら仕事をすることを許された。その後、情感豊かで高潔な語り口を四世清元延寿太夫に認められ、二十八歳でその養子となった。三井物産はそのときに辞めている。延寿太夫は、清元一流派の一つ宗家高輪会の家元である。

「よく来たな、岡村。いや、失礼。今は清元榮寿太夫だったな。立派になった」

「ありがとうございます。これも支店長の、いや馬越社長のおかげです。今日はご報告があって参りました」

「報告か。どうした」

「はい。五世清元延寿太夫を継ぐことになりました。襲名披露は歌舞伎座で行ないますから、ご都合の良い日をご指定ください。桟敷を用意いたします」

先代は既に隠居名の延寿翁を名乗っていたから、いつでも五世を継げる状況ではあったが、岡村はまだ三十代半ばである。しかし、人並み外れた精進が認められたのであろう。馬越はわがことのように喜んだ。

「幟を作ってやろう。あっ、奉加帳はどうした」

「今日はお知らせだけなので、また後日」

「いいか。一番に俺のところに持って来い。必ずだぞ」

「ありがとうございます」

奉加帳とは、名前と祝儀の金額を相手に書いてもらう帳面である。祝儀は前に書かれた金額を参考にするので、最初に書かれる金額で相場が決まってしまう。馬越は五世延寿太夫の奉加帳に、相場を超えた金額を書いてやると請け合ったのである。

それから二人は昔話にふけった。三井物産横浜支店は二十人ほどの小所帯だったので、一人ひとりに懐かしい思い出がある。あいつは今も横浜支店で生糸を担当している。こいつは子供が六人もできた。

三井にお世話になってよかった、支店長のおかげだ、と榮寿太夫は何度も繰り返した。そのたびに馬越は涙をぬぐった。横浜支店の二階で小僧たちと夕飯を共にした時のように、話が止まらぬままに夜は更けていった。

それほどに思いの詰まった三井を離れたことは、馬越を弱気にさせた。例えば、料亭の女将が客同士を紹介する時に「こちらは三井の、あっ、ヱビスビールの馬越さん」と言い直したりすることがある。そのたびに看板の大きさを痛感させられた。自分の力で突っ走ってきたつもりの馬越だが、組織の一員に過ぎなかったかと自省するようになった。

友人たちとお座敷で騒いでいても、聞き役にまわることが増えた。もともと聞き上手として座を盛り上げるのにも長けているのだが、旧友には元気がないように見えた。それを特に気にしていたのが浅田正文である。浅田は三菱出身で、岩崎汽船と共同運輸の戦いを通じて三井物産横浜支店長の馬越と互いを認めあう仲となった。馬越は、浅田のよく動くつぶらな瞳や豊かな表情に好感を持った。二人とも丸顔で陽気なのも共通している。年齢は浅田が十歳も下だが、馬越は同年代のように接してくる。敵味方、年齢差を超えて、茶道もお座敷も共にしていた。

その浅田が、日本銀行総裁だった冨田鉄之助の還暦祝いで馬越と同席した時のことである。宴半ばで小用に立った浅田は、手水場に先客がいるのに気づいた。馬越である。何か呟いている。耳を澄ますと「落ちぶれて袖に涙のかかるとき」と聞こえた。本来は「人の心の奥ぞ知らるる」と続くのだが、それが思い出せないらしく、しきりに「落ちぶれて」を繰り返している。三井を離れた馬越の心が見えたような気がした。

それから半月後、馬越邸に浅田正文と冨田鉄之助がやって来た。浅田四十一歳、馬越五十一歳、冨田六十歳。年齢は離れているが気心は知れている。相好を崩して馬越が出迎えた。

「いやいや、これは珍客到来。親子ほどもお年の離れた二人が揃うとは、どんなご趣向ですかな」

浅田が応える。

「二人揃って約束の時間通り、というのが趣向です。謎解きは後ほど致しますので、どうぞお楽しみに」

応接室に落ち着いた二人に馬越が問う。

「時間通りが謎とは何のことでしょう」

「その前に馬越さんにお聴きしますが、日本麦酒だけで時間をもて余してはいませんかな」

「さすがは冨田翁。いささか退屈しております」

「それならば来た甲斐がありましたな。では浅田さん、ご説明を願います」

「かしこまりました。実は新しいお仕事を持って参りました」

それは帝国商業銀行の役員であった。浅田が第百銀行頭取の原六郎とともに、兜町の証券会社向けの金融機関として明治二十七（一八九四）年に創立した銀行である。今は三重県知事だった成川尚義が会長だが、馬越には役員で入社してもらい、やがては成川の後任として代表取締役会長をお願いするつもりだ、との要請であった。社長や頭取を置かない方針なので、会長は一枚看板である。

「銀行ですか。初めてのことで務まりますかどうか」

「馬越さん、あなたは大阪で諸藩御用達として大儲けしていた。あれと同じことです」

「冨田翁、そんな昔のことをよくご存知で」

「井上馨閣下から聴いておりますよ。ところで、諸藩御用達とは闇雲に大名に金を貸すわけではありますまい。片側では踏み倒されぬように。片側では藩の経営の後押しができるように。銀行も同じです。商売の後押しをして儲けさせればよい。馬越さんの眼力があれば必ず上手くいきます」

「それは買い被り過ぎでしょう」

「いや馬越さん、冨田翁も私も、商売人としての眼力を信頼してお願いしているのです」

「いや、参りました。お二人の眼力に見込まれては恐縮です。分かりました。及ばずながら尽力致します」

「ありがとうございます」

「いや、かたじけない」

「ところで浅田さん、二人が約束の時間に来たという謎解きは、どうなりました」

「あっ、あれですか。あれは、定刻に職業の斡旋に来たという、つまりテイコクショクギョウ銀行という駄洒落です」

「何、テイコクショクギョウ、あははは、馬鹿馬鹿しい、あはははは」

「あはははは」

馬越は久しぶりに涙が出るほど笑った。笑いながら友達のありがたさが身にしみた。笑い過ぎての涙だが、少し違う涙も混じっていた。

落下傘候補

三井を辞めた馬越を担ぎ出そうと考えたのは浅田正文だけではなかった。明治三十一（一八九八）年三月の第五回普通選挙で立候補してはどうか、と元衆議院議員の坂田警軒から打診されたのだ。坂田は、馬越の師である阪谷朗廬の甥で、朗廬の後を継いで第二代興譲館館長を務めた人物である。同志社、慶應義塾、東京高等師範学校などの講師も歴任している。恩人の甥であり、郷土を代表する碩学の言葉に馬越の心は動いた。

馬越には選挙の経験があった。明治二十五年の第二回衆議院選挙にも岡山県第三区から立候補していた。反政府系であった立憲改進党の犬養毅を落選させるために、井上馨から三井を通して馬越が指名されたのだ。確かに馬越は岡山県出身だが、第三区は都宇（つう）、窪屋、賀陽（かや）、下道の四郡であって、馬越の故郷の後月郡とは接してもいない。いわゆる落下傘候補である。それでも、犬養に対抗できる唯一の存在だ、と政府に見込まれたのだから断れなかった。しかも、選挙運動は任せろ、金も出してやる、という話である。

この選挙は、政府による干渉が最も激しかったことで知られる。日本全国で四十三万人強の高額納税者だけが選挙権を持っており、その名簿を預かる県庁の命令によって役人が一人ひとりに工作するのである。だから馬越が選挙区に行く必要はなかった。買収も盛んに行なわれたが、馬越に詳細な報告はなかった。

一方、犬養は演説会場の前で暴漢に襲われるなどの激しい妨害を受けた。これが地元民の反感を買い、犬養人気を煽る形となった。馬越は、知らないうちに敵役にされたのである。そして開票結果は犬養千四百十四票、馬越は六百二十一票と大差で敗れた。徒労感だけが残り、馬越は二度と選挙には出るまい、と思った。

しかし今度は話が違う。馬越の出身地後月郡を含む岡山県第四区は、第一回、二回と坂田警軒を衆議院議員に選んできた。しかし坂田は、第三回、四回の選挙で犬養毅率いる中国進歩党の守屋此助に敗れていた。応援してきた馬越は残念でたまらない。その坂田が、自分はもう出馬しないので、と声を掛けてきた。よし、立候補してみるか。三井を辞めて新天地を求める馬越に、再び政治の世界と関わる機会が訪れたのである。

当時の岡山県は自由党と進歩党に二分されていた。坂田を破った守屋の進歩党は敵である。一方の自由党は第二次伊藤内閣から政府協調路線を歩んでおり、これは実業家の馬越に都合が良かった。そこで自由党の推薦を得て第四区で立候補しようと考えた。

ところが守屋が突然、引退を表明した。後継は田辺為三郎で、進歩党から出るという。田辺も同郷岡山出身の実業家で、漢詩を書くことで知られていた。旧知の仲なので戦いたくはない。そこで倉敷出身の高名な漢学者三島中洲に仲裁を依頼した。その結果、第四区は田辺に任せ、馬越は後月郡に隣接する川上郡を含む第五区に回ることとなった。またしても落下傘候補だが、隣村の出身ですと言えるのは心強かった。

相手は西村丹治郎という山陽新聞の元記者で、知名度では馬越に遠く及ばない。三井を離れて時間に余裕のできた馬越は、存分に地元を遊説できた。今回の選挙では、過去の反省から暴力による妨害や買収などが厳しく監視されたので、有権者は自由に両陣営の演説会に行くことができた。そのため、東京で大成功した実業家を一目見ようと、馬越の演説会はいつも満席であった。

明治三十一年三月十五日の投票は予定通り行なわれ、開票もまた翌日から粛々と進められた。馬越は高梁本町の旅館の大広間に陣取って、支援者たちと郡役所からの開票の知らせを待っていた。退屈しのぎに傍らの支援者に話しかける。

「この投票が同数のときはどうなるか知っているかね」

「さあ、記名投票ですから、やり直しても同じ結果ですものね。どうするのでしょう」

「私が当選なのだよ」

「なぜです」

「衆議院議員選挙法五十八条にね、同数ナルトキハ生年月ノ長者ヲ以テ当選人トナス、という規定があるのだ。私のほうが二十二歳も上だからね、ははは」

一同が笑いに包まれる中、朗報が届いた。馬越恭平七百四十四票、西村丹治郎三百三十五票。堂々の圧勝である。待ち構えていた新聞記者に、馬越は意気揚々と声明を発表した。

「まず支援者ご一同に深甚なる感謝を申し上げたい。私は衆議院議員として任期全てを日本のため、故郷岡山のために尽くすことをお約束する。特に最初の一年は岡山の声を十分に聴き、岡山の将来構想を作りたい」

当選すれば関係者に御礼参りをするのが恒例である。いの一番に坂田警軒邸を訪ねた。型通りの当選報告と祝辞の後、坂田がおもむろに切り出した。

「ところで馬越さん、あなたは自由党にいつ入党なさったのか」

「いえ、推薦は受けましたが入党はしておりません」

「おかしいな。新聞に、そう出ていたが」

坂田が家人に新聞を持ってこさせた。三月十九日付の朝日新聞である。確かに馬越恭平の名前の後に括弧書きで「自由」の文字があった。今朝、旅館で読んだ二十日付の読売新聞には「無属」と出ていたはずだ。

「おかしいですな」と言いながら、馬越には思い当たることがあった。取材を受けた時、朝日の記者が自由党びいきだと察したので、つい当選後の入党の可能性を示唆するような発言をしてしまったのである。馬越一流のサービス精神だ。

しかし坂田にとっては自由党もまた敵である。彼が落選したのは、自由党と進歩党双方が候補者を立て、その対立に注目が集まったため、旧世代に属する彼が置き去りにされたからだった。馬越が自由党に入党したなら裏切りと感じて当然である。

馬越は、記者の思い込みだと主張し、読売新聞には「無属」と出ていたと証拠を挙げ、なんとか坂田を納得させた。馬越は、新聞記者に調子を合わせるのは危険だと改めて肝に銘じた。また、坂田ほどの人物に誤報を信じさせる新聞の説得力を思い知らされた。

山下倶楽部

　衆議院議員になってみたものの、何をしてよいか分からない。一方、二月に取締役に就任した帝国商業銀行にはいくらでも仕事があった。同行はもともと株式市場を活性化するため、株式仲買人向け融資を目的に設立されたのだが、株取引の隆盛により同行の内部留保は充実してきた。この資金を一般企業などに融資すれば一層の利益創出が見込める。兜町の中だけでの商売から飛躍するために、馬越の人脈は大いに有効だった。帝国商業銀行取締役の名刺を持って人に会うだけで、いろいろな仕事に繋がっていった。

　銀行業界の集まりにも積極的に顔を出した。すると馬越同様、今回の選挙で初当選という銀行家たちが近寄ってきた。安来銀行頭取の並河理二郎や、米子銀行取締役の野阪茂三郎たちである。

「皆さん、何か議員らしい活動をしていらっしゃいますか」

「いやあ、銀行の仕事が忙しいのでね。政治の勉強は、まだ始めたばかりです」

「当たり前ですが、一人でいる限り質問の機会も回ってこない。一つ実業家同士で仲間を募って会派を作りませんか」

「なるほど。銀行関係だけでも、静岡実業銀行の福島勝太郎や、日本勧業銀行の松尾寛三さんがいます。早速、声を掛けてみましょう」

「そうだ。渋澤栄一夫人の妹の亭主の、ほら、東京電燈の支配人の皆川四郎さん。あれも初当選です。豊川鉄道の西川宇吉郎さんや、阿波国共同汽船の川真田市太郎さんも」

「この間、堺電灯の社長の北田豊三郎さんに会ったら、やっぱり仲間を集めて会派を作ったらどうだ、と言われました。その時ははっきり返事をしなかったのですが」

試しに三人で、会派に加わりそうな実業家の名前を書き出してみると、三十人ほどの名前が挙がった。三人はこの名簿を共有し、財界の会合などで誰かに会ったら会派設立を提案してみようと言いあった。

それから一週間で、馬越は複数の実業家議員と会うことができた。すると、驚いたことに同じような名簿が幾つも出てきた。皆、考えることは一緒だったのである。

結局、政治経験のある高梨哲四郎、大三輪長兵衛、片岡直温などが幹事の役を引き受けて、中立的な立場の実業家の会派を取りまとめることになった。弁護士の高梨は無所属で五回連続当選を果たしている。第五十八国立銀行頭取の大三輪長兵衛は初当選だが、大阪府議会議長を経験している。日本生命保険会社副社長の片岡直温は四回連続当選中で、内務省で官僚経験もある。いずれも一年生議員には頼りになる先輩である。

五月七日、烏森の湖月楼に四十一名が集合し、山下倶楽部の設立総会が開催された。名称は、事務所をおく工業倶楽部のある京橋区山下町にちなんだ。中立的な実業家たちが中心ではあるが、アジア主義を標榜する政治団体玄洋社の平岡浩太郎や小野隆助、スイスで博士号を受けた法学者の野澤武之助、日出新聞編集主幹の雨森菊太郎など多士済々で、思想や政策では命名できないからである。それでも馬越は仲間たちと「とにかく一歩前進だ」と喜びあった。衆議院三百名中の四十一名なら無視されることはなかろう。

ところが五月十一日の読売新聞に「山下倶楽部の毛嫌ひ」という記事が出た。同会派では、井上角五郎や竹内綱、山田喜之助、児島惟謙といった中立派の大物議員を入会させるかという議論の末、政党臭を帯びているとして否決されたが、そもそも河村淳と佐々木正蔵は国民協会、前川槙造と降旗元太郎は進歩党、田村順之助と時岡又左衛門は立憲自由党ではないか、と揶揄した記事である。

衆議院では議長と副議長の選挙が迫っており、立憲自由党百五議席、進歩党百四議席という切迫した状況で、他派への工作が日々激しさを増していた。両党とも正式に山下倶楽部に連携を呼びかける一方、水面下では個人を狙った切り崩しもあり、この新聞記事もどちらかが揺さぶりを掛けてきたものと思われた。倶楽部内では議長選挙について会議が行なわれ、会派としての拘束は行なわず自由投票と決まったが、実は不毛な議論に疲れ切って誰もが投げやりになって決着したのだった。

政治家の心は読めないが実業家同士なら、と思って始まった山下倶楽部なのに、他党や新聞から手を出されただけでぎくしゃくする。腹のさぐり合いのようで会話が進まない。これが政治の魔力というものか。馬越は面倒くさくなってきた。

同年五月十九日、第十二回帝国議会が召集された。馬越にとっては初登院である。有名な先輩議員に会ったら何と挨拶しようかとわくわくしていたが、その当ては外れた。開会前に集められた新人議員たちは、衛視に拉致されるように自分の席に座らされ、長々と事務連絡を聴かされる羽目になった。あまりの退屈さに、馬越は見事に爆睡した。隣席の議員に起こされたのは議長選挙の時であった。その後の形式的なやりとりも退屈で、馬越はずっと居眠り寸前であった。

二日目は活発な討論や野次もあって面白かったが、馬越自身はただ聴いているだけである。地租改正論議では増税幅を決める妥当性が全く理解できなかったし、選挙法改正について大選挙区に変更する効果が想像できなかった。とにかく専門用語をメモするので精一杯だった。

「これじゃあ、時間の無駄だな。どうしよう」

馬越はとりあえず議会を休んで勉強することにした。議会の様子は、出席した同僚議員から聴取する。それを学者や評論家に伝えて解説をしてもらうのである。付け焼刃だが、即効性を求めるには、それしかない。ビール会社も銀行にも顔を出さねばならないので、議場で居眠りする時間を減らすことにしたのである。

その間に議会では大変なことが起きていた。この第三次伊藤博文内閣では、大連立を目指して野党の進歩党党首大隈重信と自由党党首板垣退助の入閣を要請したのだが、彼らの希望する内務大臣のポストを拒否したため、逆に反発を強めてしまった。その対立の中で迎えた衆議院議員選挙では、なんと進歩党と自由党がともに百議席を超える圧勝となった。野党が三分の二を占めたのでは、まともな政権運営は期待できない。にもかかわらず、前の松方正義内閣が苦戦した地租増税の方針をそのまま法案として提出したのだから、玉砕して当然である。六月十日の衆議院本会議で地租増徴法案は賛成二十七、反対二百四十七という記録的大差で否決された。

すると伊藤は、いきなり衆議院を解散したのである。この議席数では何もできない。伊藤は、選挙に負けた時点で政権継続を諦め、新党を結成して再び選挙に持ち込むつもりでいた。つまり、早期解散のタイミングを図っていたのである。

しかし、馬越たち一年生議員には大変な衝撃であった。五月十九日から六月十日まで、第十二回帝国議会は僅か二十三日で解散となった。馬越は勉強を優先して議会を欠席していたので、登院したのはたったの三日だった。もう少し行っておけばよかったと後悔したが、もう遅い。これでまた選挙か、と思うと馬鹿々々しくなった。

議会解散の翌日、山下倶楽部は新聞記者たちに解散を宣言した。馬越も今後の立候補を見送ると発表した。記者に問われると「政治は計算が成り立たない。商売なら投資と利益には一定の因果があるのだがね。商売人は商売人の世界に戻ることにする」と説明した。負けず嫌いの馬越が、失敗を認めるような発言をするのは珍しい。それほど、政治に懲りたのである。

福翁の叱責

「社長、ご報告したいことがあります」

議員になってますます少なくなった馬越の出勤日を待っていたかのように、日本麦酒の社長室に三輪光五郎が飛び込んできた。中津藩出身で福澤諭吉に選抜されて慶應義塾に学び、海軍兵学寮の教授などを務めて四十三歳で日本麦酒に入社した幹部候補である。

「福澤先生から手紙が来たのですが、ビールについて厳しいことが書いてあるのです」

「そうか。見せてみろ」

馬越は嫌な予感がした。明治三十一（一八九八）年に入ってから、ビールの味がおかしい、泡立ちが悪い、といった苦情が五月まで毎週のように続いていた。

先週も醸造技師のカイザーに注意したのだが「いつも品質は確認している」と木で鼻をくくったような返事である。馬越は怒りを込めてカイザーを睨みつけた。さすがにカイザーも察したらしく、その日の午後にあらためて社長室に瓶入りビール数本を持ってきた。そして自らコップに注いで見せた。これが見事な泡立ち。馬越はおおげさに喜んで見せたが、その裏ではカイザーを疑っていた。意気揚々と社長室を出て行くカイザーを見送り、馬越は支配人の藤村義苗に指示を出した。

「あいつ、何か小細工をしたに違いない。すぐ調べろ」

藤村が足早に出て行った後、馬越はドイツ留学中の上野金太郎に、カイザーに代わる醸造技師を至急に探せ、と命じる手紙を書いた。カイザーは既に〈十年ノ古物〉であり、ビール醸造に〈再度ノ不結果〉を呈しており、解雇する方針だと明記した。代わりの技師については、能力に加えてわざわざ〈人物ノ品位ニ就キ十分ニ御取調べ〉という注文を付けた。

手紙を書き終えた後、藤村から報告があった。カイザーが社長室に向かう前、瓶ビールを湯煎していたのを見たと証言する社員が出てきたのだ。

「やっぱりそうか」

怒った馬越はカイザーを呼びつけて、痛烈に面罵した。通訳が間に合わないほどの早口である。言葉は分からなくても小細工が露見したと悟ったカイザーは、自分より頭一つ小さい馬越に気圧されて及び腰になった。そして何かを口走ると頭を下げ、社長室から飛ぶように逃げ出した。

「あいつは何と言ったんだ」

「はい。あの、ごめんなさい、と言いました」

「子供じゃあるまいに」

これだけ叱責すれば、少しは真面目に品質向上に取り組むだろう。そして新しい技師が決まり次第、契約を打ち切って入れ替えてやる。

こんなことがあったばかりなのに、福澤諭吉から手紙が届いたという。開けてみると案の定であった。

〈近来恵比寿ビールの風味著しく下等に相成、老生誠に困り候〉

〈老生は晩酌に用ひ候事故（ゆえ）、せめて拙宅丈でも好き品を御遣し被下度（くだされたく）〉

馬越は青くなった。福澤はあちこちの新聞に寄稿している。ヱビスビールは味が落ちた、などと書かれては大変である。

「すぐに代品をお届けするのだ。丁寧な手紙を添えるように。もし返事に少しでも気になることが書いてあったら、銀行でも自宅でもいいから私のところに大至急届けるのだぞ。分かったな」

そして一週間後、帝国商業銀行の執務室を三輪が訪ねてきた。困り果てた顔つきである。

「福澤先生から私宛にお返事をいただきました」

読んでみると事態は深刻化していた。

〈過日甲斐織衛氏よりアメリカのビールとて少々贈り呉れ、之を試るに実に何とも云はれぬ上々の味なり。然ば即ち恵比寿ビールが品位を落としたるに相違なしと断定致候〉

厳しい内容に馬越はため息をついた。

「やれやれ、駄目だと断定されてしまった」

「社長、自宅の在庫を進呈するので〈不良を証する為め〉に飲んでみよと書いてありますが、受け取りに行きましょうか」

「それより問題はここだ。〈新聞紙上に一説を書けと申居候〉とある。つまり不良品を放置するなら新聞に書くというのだ」

馬越は目を閉じ、しばらく沈思黙考していた。やがて立ち上がると秘書に社用車を準備させた。

「三輪、福澤先生のご自宅は知っているな。これから工場でビール一箱積んで、先生のお宅にお邪魔する。案内しなさい」

「はっ」

相手が天下の福澤諭吉とあっては捨ててておけない。以前に財界の集まりで挨拶したことを頼りに、馬越は三輪を連れて福澤邸を訪ねた。案内を乞うと「どおぉれ」と剣術指南のような挨拶で長身の美青年が出てきた。

「なんだ、三輪さんか。あいにくと先生は留守なんですがね。いつ帰るとも聞いていないし、今日は無駄足ですよ」

「いえ、是非ともお会いしたいので待たせていただきます」

「そちらの方は」

「私が勤めております日本麦酒の社長の馬越恭平です。社長、こちらは福澤先生のお嬢様のご主人で、福澤家に入られた桃介さんです」

「ああ、北海道炭鉱鉄道の」

「あれは辞めました。今は失業中。まあ、お入りください」

桃介は三輪と噂話を二つ三つして応接間を出ていった。その間、馬越はギリシャ彫刻のような桃介の美男ぶりに見とれていた。五尺に足りない丸顔の自分とは大違いだ。文明開化は人の容貌や体型まで変えてしまうのか。馬越は何となく敗北感を覚えた。

ほどなくして福澤諭吉が現れた。

「これは、これは。ヱビスビールの社長じきじきのご到来。愛飲者としては光栄だね」

「福澤先生には一別以来、ご無沙汰をいたしております。また弟窪章造、愚息徳太郎、幸次郎などが慶應義塾にてお世話になり、深く感謝しております。このたびは、手前どもの三輪にご指導のお手紙を賜りましてありがとうございます。これは、ほんのお口汚しで」

馬越の目くばせで三輪がビール一箱を差し出した。工場でわざわざ抜栓して検品した箱から選りすぐった良品である。しばらくは、馬越への当選祝いや教え子である三輪の昔話など、当たり障りのない話題が続いた。そして馬越が切り出した。

「さて、本日お伺いしましたのは、ビールの品質不良のことでございます。実は、手前どものドイツ人醸造技師が近ごろ怠けるようになりまして、しばしば不良品を出します。そこで新しい技師をドイツから呼ぶことにしました。申し訳ありません。今少しお時間を頂戴いたします」

てっきり、専門家ぶって曖昧に言い訳をするのだろう、と思い込んでいた福澤は、あっさり馬越が非を認めたのに驚いた。

「えっ、やっぱり味が変だったのかい。いや、こちらも素人だ。三輪には品質不良だろうと強気で書いたけど、内心はヒヤヒヤしていたのさ。でも、さすがは社長だね。潔いもんだ」

「ビール通の福澤先生に舌先三寸が通用するとは思っておりません」

「おだてなさんな」

「いえいえ、あの『西洋衣食住』の中でビールについて〈其味至て苦けれど、胸膈を開く為に妙なり〉とお書きでしたね。あれこそビールの本質だ、と胸を打たれました。私がビールの仕事に誘われたのは五十歳近くになってからですが、そのときに福澤先生の言葉を思い出して、人と人を繋ぐ良い仕事だと考えて、引き受けたのでございます」

胸膈を開くとは、腹を割って話す、友達になるという意味である。つまり福澤は、ビールの本質はコミュニケーション活性化力だ、と紹介したのだ。馬越が『西洋衣食住』を知ったのは最近だが、感動したのは事実なので平然とお世辞に転用した。

「そりゃあ嬉しいね。あれに気づいたのは咸臨丸で初めて渡米したときさ。大統領官邸の晩餐会で美味しいビールが出た。誰かが短く挨拶して乾杯する。挨拶では、ちょいと笑わせるような警句を吐くのだね。次から次と挨拶と乾杯が続く。笑いも起きる。すぐに一同が和気あいあいとなる。これがビールの効用だ。こんな美味しいのは二度と飲めないかも知れない、と思って一生懸命飲んだ」

「大統領官邸のビールなら特別なのでしょう。うらやましいことです」

「それが大笑いさ。次の日にニューヨークの下町の安い居酒屋に入ったら、それと同じビールが出てきた」

「ええっ、なぜですか」

「馬越さん、それが文明なのだよ。大統領も庶民も同じビールを飲んでいる。それだけ高品質なものが安価に広く流通しているのだ」

「なるほど。それが文明ですか。日本のビールは贅沢な値段なのになあ。しかし、技師一人に振り回されているようでは全く駄目ですな。深く反省いたします」

「あはは、そう恐縮せんでもいい。馬越さん、あなたのような人が社長で、この三輪がお世話になっている以上、いつまでもヱビスビールを愛飲するよ」

「ありがとうございます」

馬越は身を捨てて福澤の懐に飛び込み、活路を開いた。傍で見ていた三輪光五郎の心の中は、二人の度量の大きさへの喝采で溢れていた。

水泥棒始末

ビール市場が急成長を続ける中、日本麦酒も生産量拡大が急務であった。そのために製造設備の拡充や技術者の育成に取り組んできたが、さらに深刻なのは水の確保であった。醸造の他、容器や設備の洗浄、温湯での殺菌など、当時の技術では生産量の十倍以上の水が必要だが、その供給源は工場内の井戸と三田用水であった。

三田用水は江戸時代に玉川上水から下北沢村で分水され、三田や白金あたりまでの農業用水、生活用水となっていた。日本麦酒は三田用水組合との契約で明治二十二（一八八九）年から水積七・八四坪の水を使用してきた。水積とは水量のことである。水積一坪は一寸四方の正方形の断面から流れ出る水の量で、毎秒約〇・三リットルに相当する。明治二十九（一八九六）年には敷地内に追加の井戸を掘ったが、生産量の増加に追いつけない。そこで三十一年、水利組合に水積二十五坪への増加を申し出た。

そこで大問題が勃発した。組合が検討のために水路調査を実施したところ、認可していない引込管が日本麦酒に向けて敷設されていたのである。水利権は農業の命綱であり、水泥棒は昔から大罪である。組合の怒りは激しかった。

報告を聞いた馬越は青くなった。馬越家は武家を捨てて農家に転じ、さらに医者を家業としたが、現在でも井原では小作人をおく豪農である。農家の水争いの苛烈さは十分に分かっていた。

「そんな大切なことをなぜ俺に黙っていたのだ」

しかし、水利組合に指摘されて初めて知ったという社員ばかりである。記録も無ければ記憶も無い。埋設状況から見て近年のものとは思えない。陳謝するのは当然だが、原因不明では相手も納得してくれまい。古参社員に事情を聴くうちに、工場建設時にドイツ人エンジニアたちが井戸の試掘を繰り返していたが水量不足がなかなか解消できなかった、という話が出てきた。馬越は、この話に飛びついた。引込管の設置は、水量不足をごまかすために彼らが日本人に内緒でやった、と決めつけたのである。水利組合との交渉は、原因を彼らに押し付け、後はひたすら平身低頭という戦略で進めることにした。

そして社内調査はここまでとして、先方の状況を探らせることにした。目黒在住十年以上の古参社員もおり、村内の情報集めには苦労しない。すると、経費の目処が立たずに宙に浮いたままの水路拡張計画があることが分かった。一方、馬越は親しい官僚から目黒村の税収の内訳などを聴取して作戦を練った。

そして八月五日、水利組合の役員五名が目黒村の助役らとともに日本麦酒に乗り込んできた。大会議室で馬越ら幹部が応対に当たった。型通りに全員が着席し、助役が「このたびは」と口を開きかけた瞬間、いきなり日本麦酒側の全員が直立不動の姿勢をとった。馬越が叫ぶ。

「このたびは誠に申し訳ありませんでした。積年に渡る用水無断使用は万死に値する重罪であります。日本麦酒全社を挙げて償わせていただきます」

全員で直角に腰を折り、平身低頭のまま一分以上も姿勢を崩さない。固まった空気の中、ふと我に返ったように助役が声を発した。

「まあ、あの、頭を上げて、ええと、とにかくお座りください」

「では、失礼いたします」

座り直した馬越が口を切った。

「本日はご足労をおかけして申し訳ありません。まずもって私どもの窮状をご理解賜りますようお願いいいたします」

馬越は、まず近年のビール需要の増加と増産の必要性を説明し、日本麦酒が取引業者を含めて目黒村の一割近い雇用に貢献していること、さらに納税額も村の四割を占めることを説明した。

「弊社と目黒村は一心同体とも言える関係ですが、それも弊社が健全経営を続けられてのことです。しかし、生産量拡大が果たせなければ、それはかないません。今回の水積二十五坪のお願いを認めていただけなければ、私どもは工場移転まで検討せねばなりません」

一同は驚愕した。水泥棒をとがめて賠償金をせしめてやろう、という目算とは全く違う方向に話が進んでいる。水をよこさなければ日本麦酒は移転し、村の財政は傾くぞ、と脅されたのである。助役がおずおずと質問した。

「工場移転の先は見えているのですか」

「複数ございますし、歓迎の感触を頂戴しているところもございます。しかし、水の問題以外は目黒村を去る理由はありませんので、まずは皆様とのご相談を優先いたします」

「なるほど。それでは水利組合にお尋ねします。水積二十五坪は提供可能ですか」

状況を察した助役は工場移転阻止を優先し、質問を組合に向けた。

「組合員全員の確認は取れていませんが、概ね調整は可能と考えています」

「ありがとうございます」

素早く馬越が立ち上がり、深々と頭を下げる。会社幹部も同じ行動をとって、また話し合いは途絶えた。

しかし今度は助役が落ち着いて反応した。

「まだ、話し合いの途中ですから、どうぞお座りください。次に引込管についてのご説明をお願いします。

組合にとって最大の関心事です」

うなずいた馬越は、予定通りドイツ人エンジニア主犯説を主張し、日本人社員をかばった上で全ての責任は馬越にある、と平身低頭した。幹部たちも連なり、また沈黙の時間が生じた。

「それで賠償はどうなる。十年も水泥棒して何も無いでは済まされないだろう」

組合役員の一人が突っ込んできた。

「もちろんご用意しております。賠償とは損害をつぐなうものですから、まずは損害額を教えていただきたく、お願いします」

「損害って、水を盗まれたら損害だろう」

「おっしゃる通りです。そのために野菜が不作になったとか、そういった金額があると思うのですが」

「いや、それは」

口ごもるのも当然で、工場竣工の明治二十三年以来、水不足に陥ったことはなかったのである。

「損害が無ければ賠償金は出さないつもりか」

「いえいえ、誰かの畑で特に大きな損害が出たという話でもあれば、別に上積みが必要かと考えただけです。公平に賠償したいと思いますから。皆様もそうお考えでしょう」

「それは当然だ。不公平はあってはならない」

「しかし難しいですな。単純に頭割りなのか、耕作地の広さによるのか。そもそも、私どもの取水口より川下の方々の水を奪ってしまったのですが、川上の方々に損害はあるのか」

馬越の言葉が内輪もめを誘った。

「そういえば、お前の畑は川上だったな」

「馬鹿言え。そんなことが関係あるか。組合員は一緒だ」

「だって、川上に遡って取水できるわけがなかろう。水を盗まれたのは、俺たち川下の者だぞ」

「組合として一緒に交渉に来ていて何を言い出す」

しばらく眺めていた馬越が声を掛けた。

「確かに公平な分配は難しいですね。誰もが満足することなんかあり得ません。どうでしょう。全く別の考え方をしませんか。何か新しいこと、この村の将来のためになることにお金を使いたいと思うのですが」

馬越の言葉に組合役員の一人が誘い出された。

「なるほど。そう言えば一つ、懸案になっていることがある」

ここで、三田用水の水路拡張計画が頓挫していることが披露された。目黒村周辺約二・五キロ分の水路の底を深くし、幅も広げようというのだ。馬越は初めて聴いたような顔をして、大げさに賛意を示し、その工事費一切の負担を申し出た。それを聞いて助役が素早く反応した。

「それなら揉め事にはなりませんな。組合もその方向でまとめてくださいよ。日本麦酒さんに出ていかれたら、目黒村全体が貧乏になる。そうなると、水利組合だけの問題じゃなくなります。どうだね」

現金を夢見てきた組合役員たちにとっては想定外の流れだった。しかし賠償金の分配が厄介だと気づかされた今、馬越の提案は極めて現実的だった。村全体のためという大義名分もある。飲み込まない手はなかった。

馬越は馬越で、ここで賠償金を払った上、近い将来に必ず起きる水路拡張にも応分の負担を求められる、つまり二回払うほうが高くつく、と考えていた。

その後、馬越は組合役員たちを工場見学に誘い込み、さんざんにビールを飲ませた。一同は上機嫌となり、最後には「俺たちは目先の銭に転ばなかった」「村の未来のために知恵を絞った」とお互いに讃えあっていた。

コブリッツ来日

明治三十一（一八九八）年十月、待望の新しいビール醸造技師ウイルヘルム・コブリッツが来日した。スイスやミュンヘンの醸造所で働いてからベルリン高等専門学校で醸造を学び直した勉強家だが、年齢は二十八歳とまだ若い。長身で威圧的だったカイザーに比べると、西洋人にしては小柄で丸顔。人なつっこい笑みを浮かべている。馬越は横浜のホテルで面会して、悪くないと直感した。しかし、人柄も技術も慎重に見極めなければならない。まず、カイザーが帰宅した後を狙って、午後六時にコブリッツを目黒に招いた。そして工場の設備を見せた上で率直に質問をぶつけた。

「実は、今年になって泡立ちが悪いという苦情が後を絶たない。何か対策が考えられるか」

コブリッツは即答した。

「対策は簡単だ。ここに欠けている新しい設備を足せばよい」

そして通訳を介した長い説明が始まった。ビールを大量生産するには、酵母を純粋培養する必要がある。純粋培養とは一つの酵母を選抜して増殖させることだ。増殖させた多数の酵母は、元の酵母と全く同じ性質を持つ。この酵母を使えば、複数の樽で同時にビールを仕込んでも同じタイミングで発酵が進むので、一人の技師が大量の樽を管理できる。だから、同一品質のビールが大量生産できるのだ。デンマークのカールスバーグ研究所でエミール・クリスチャン・ハンゼン博士が開発した技術だが、ここ十数年で世界の先進的なビール会社のほとんどが採用している。お分かりいただけただろうか。

　つまりクローンの技術なのだが、そんな概念のない時代に、科学教育を受けていない馬越に通訳を介して説明するのである。通訳の顔色をうかがい、通訳から説明を聴く馬越の表情を読みながら、コブリッツは笑顔を絶やさずに説明し続けた。ビールの話をするのが嬉しくてたまらない、という表情である。

　馬越は率直に感動していた。最新技術をすんなり理解できたのだ。今なら、なぜ設備導入が必要か、自分の言葉で説明できる。初めてビール会社の経営者になれたような気がした。この一事だけでも、本当に良い人材を得た、と感じられた。

　馬越が深く納得して質疑が一段落した時、同行した社員の一人が大きなくしゃみをした。寒いわけだ。火の気の無い工場の中、十月の夜は既に零時を回ろうとしていた。

　その翌日、カイザーは正式に解雇され、コブリッツが醸造技師となった。馬越が日本麦酒に出勤するのは週一日だが、その日は幹部社員とコブリッツを連れて昼食に行くのが通例になった。ビールの本場ドイツの習俗を聴く勉強会なのである。

　ドイツは普仏戦争に勝って以来、世界の主役に躍り出ていた。日本人留学生の主流も、明治二十年代にはロンドンからベルリンに移り、ドイツ帰りの官僚、学者、軍人が増えた。彼らが宣伝したこともあって、日本でも英国流のエールよりドイツ流のラガーに人気が集まった。香味が淡く軽快で、和食に合うという長所もある。北海道のサッポロ、東京のヱビス、横浜のキリン、大阪のアサヒと四大銘柄はすべてラガーである。準大手は三社あり、愛知の丸三麦酒（ビール）はラガーだった。東京の浅田麦酒（ビール）はエールだが、同じくエールを製造していた桜田麦酒（ビール）は東京麦酒（ビール）と改名してラガーを造り始めていた。

コブリッツからドイツの情報を聴くことは、日本麦酒の幹部たちに知識以上に自信を植えつけた。俺たちはコブリッツとヱビスビールを通して、世界最強の国ドイツの文明に触れているのだ。他の会社ではできない経験だ。

幹部の反応は馬越の狙い通りだったが、馬越自身は満足していなかった。ドイツの話から画期的な販促策を探すつもりが、ヒントすら見えないのである。例えば、学生の宴会での早飲み競争の盛り上がりを聴いても、日本のビールは高価なので学生は飲まないし、早飲みなどの遊びに使うという発想が理解されないだろう。要するに日本のビールは贅沢品で、生活必需品であるドイツとは違い過ぎるのだ。

翌十一月、上野金太郎がドイツ留学から帰ってきた。その手土産は、待ち望んだ酵母の純粋培養器である。コブリッツはすぐ工場に純粋培養器を設置し、使い方を多くの社員に教えた。上野も補助するので皆の飲み込みが早い。秘密主義のカイザー時代と違って、みるみる工場全体の技術レベルが上がっていく。

培養器で作られる純粋培養酵母とは、今日で言うクローンである。タンク中の全ての酵母が同一の優良な遺伝子を持つなら、発酵制御は容易になり、品質は向上する。これが大量生産を実現しコストダウンに繋がるのだ。

日本人とビールを遠ざけている理由は価格である。ビール大瓶の小売価格十七銭は、そば十杯分にも相当する。なんとかコストダウンして庶民が飲める価格にしたい。しかし、単なる値下げは危険だ。卸や酒販店が利幅を拡げるだけかもしれないし、メーカー同士の安売り合戦になる恐れもある。

ビールの大衆化のためには、いつかは値下げをする時期が来る。だが、値下げを売上増に直結させるためには、まず日本人とビールの距離を縮めなくてはならない。まだ光は見えなかった。

同年十二月二十二日、馬越は三年ぶりに茶会を開いた。益田孝らに導かれて茶道不白流五世川上宗純の門をくぐってから足掛け十七年。芝桜川町の本宅、京橋区入船の別宅の双方に茶室を持ち、財界人のサロンとなった明治茶道の中で東都茶人十六羅漢の一人に数えられる存在なのに、三井を辞めてからは茶会を開かずにいた。それが帝国商業銀行の役員となり、短時日とはいえ衆議院議員にも当選し、日本麦酒も順調に売上日本一を続けている中で、ようやく茶会を楽しめる心境になったのである。

ビールとの距離

新しい販促策を馬越は必死に考えていた。ヒントは、日本人とビールの距離を縮めること。ここに風穴を開ければ飛躍が望める。そのためには、無理な値引きをせずにビールを安く飲ませたい。

馬越はコストダウンの可能性を探るために、原価を細分化して書き出させた。まず瓶ビールの原価を一項目ずつ丁寧に確認していく。しかし値切れそうな匂いはしない。やがて溜め息をつき、もう一枚の紙を取り上げた。樽詰めビールの原価表である。大容量なので瓶より二桁上の数字が並んでいる。こちらも一項目ずつ確認したが、何も出てこない。ふと思いついて、二つを比較するため一リットル当たりに換算してみた。すると樽詰めのほうが思ったよりずっと格安である。瓶、コルク、ラベルが高価なのだ。

よし、樽詰めビールを安く飲ませる飲食店を直営してみるか。そういえば去年の夏から大阪麦酒(ビール)がアサヒ軒という店を出している。よし、高木貞幹に視察させよう。

翌週の馬越の出勤日、大阪出張から戻った高木が報告しにきた。

「アサヒ軒の報告に参りました」

「うむ。どうだ、繁盛していたか。献立は写してきただろうな」
「はい。客は七分ほどですが、なかなか活気がありました。実業家や軍人などが多く、芸者連れも目立ちました。皆、盛んに食べておりました」
「ビールは売れていたか」
「そこそこでした。樽詰めビールの一杯売りもありますが、芸者連れの席は瓶ビールばかりでした。芸者にお酌させるのが楽しみだからでしょう」
「なるほどな。献立はどうした」
「ボーイに見つからないようにしましたので、全部は無理でした」
高木が筆写してきたメニューを手渡した。
アサヒ生ビール小硝子六銭、中硝子九銭、大硝子十八銭
アサヒビール瓶詰大瓶一本二十三銭、同小瓶十四銭
御食事　ゆき一人前六十銭、つき八十銭、はな一円、
サンドイッチ折詰一人前二十五銭、洋食弁当折詰コールミート一人金三十五銭
軽便御食事アントルコント一人前三十銭
内訳　シチュー又はオムレット、ビーフステツキの内一皿、パン一斤、
ビール小硝子、野菜種々
スープ、フイシユ、ビーフオムレツ、ハムエツキス、ハムオムレツ、
ビーフシチウ、ビーフカツレツ、チキンカツレツ、ビーフステキ、カレイライス
葉巻各種四銭以上、紅茶、コーヒ、ケーキ類各種五銭以上、果実類時価

「大グラスは一リットルくらいか。中はその半分で」

「さようでございます。かなり安いのは、食事で儲けてビールの値段を下げる戦略だと思います」

「洋食には値段が付いてないのか」

「はい。そこだけは値段が書かれていません。定食を注文させる狙いでしょう」

「これで平均的な客単価はどのくらいだろう」

「きちんと食事をしてビールを飲む客が中心なので、一円以上でしょうか」

「高いな」

「ですから客は実業家や軍人ばかりです」

「貧乏人はお呼びでないか。さてどうするか」

「はい、何でしょう」

「いや、こっちの話だ。ご苦労だったな」

社長室で一人になった馬越は考え込んでしまった。直営飲食店は駄目かもしれない。金持ちばかり来て、ちっとも日本人全体とビールを近づける役を果たしていないようだ。この方向だと直感したのになあ。

突然、馬越は気づいた。違う、違う。この店はフルコースの料理でビールの贅沢感を楽しませるのが売り。つまり俺の考えの真逆なのだ。そんな店から、俺が望む結果が出るはずはない。

そうだ。手軽にビールが飲める店を創るべきなのだ。それなら小売で一本十七銭もする瓶ビールは置けない。樽詰めだけを売る。お酌させるために芸者を連れてくるような客はいらない。

いっそのことビールを飲んで十銭で済む店にしよう。蕎麦五杯分の値段で話に聴いたビールとやらが飲める、となれば庶民でも一度くらいは、と手を出してくれるだろう。

でも十銭では、中ジョッキ一杯を出すのが精いっぱいだ。それなら、思いきって料理を出すのを止めよう。席料も取らない。下足番も置かない。チップも不要。座敷でくつろがせてはいけない。テーブルの相席で、回転を上げよう。薄利多売なら利益も出せる。そもそも、一人でも多くにビールを体験させることが主眼なのだから、他のものはすべて切り捨ててしまおう。

とにかくビールを飲んで十銭で帰れる店。来年の目玉はこれだ。日本人とビールをぐっと近づけてみせる。

馬越はようやくパズルを解いた。後は実行あるのみである。

ビヤホール誕生

樽詰めビール一杯売りの店を開くにあたり、まず話題となりそうな銀座や浅草で賃貸物件を探させた。

すると、年をまたいで京橋区南金六町で見つかった。川をはさんですぐ新橋という銀座のはずれである。向かいは博品館という勧工場だった。勧工場とは多様な店の集合体、つまり一種の百貨店で人気が高かった。だから南金六町は銀座のはずれでも人通りが多い。その角地に明治初期からある二階建ての煉瓦造りで、その二階の三十五坪をそっくり借りた。一階は果物屋で、家主は安田銀行だった。

店の内装は、目黒のビール工場も設計した建築家妻木頼黄（よりなか）に依頼した。大のビール好きで、ドイツ留学中に多くの酒場でビールを飲み歩いてきた、本場の飲兵衛の気持ちが分かる最高の人材である。妻木も大喜びで馬越の依頼に応じた。

同年七月、その店の内装がほぼ完成したと聴いて、馬越は喜んで見に行った。扉を開けると、すぐ左にカウンター。床はリノリウム貼り。椅子やテーブルはビヤ樽と同じナラ材を使っている。二階の手すりに張られた板には丸窓が設けられ、その中に店名が一文字ずつ嵌め込まれる段取りであった。予想以上に近代的で、日本ではないような気がした。

馬越は、この店のネーミングについて取締役の矢野次郎に相談していた。矢野は東京高等商業学校の校長を経て日本麦酒に迎えられた人物で、学歴コンプレックスのある馬越には頼りになる相談相手である。

「矢野さん、この店は全く他に類例のない新しいものです。だから、その斬新さが一目で分かる名前が必要だと思います。何か知恵はありませんか」

「ははあ、名前といっても、アサヒ軒の向こうを張ってエビス亭、みたいな話ではありませんね。つまり、割烹とか洋食といった業態を示す新しい呼称を命名しよう、ということですね」

「ああ、そう。そういうことです。さすがに私の考えをよく分かっていらっしゃる」

「そうなるとビールという言葉を含む必要がありますね。ならば英語の専門家に当たりましょう」

矢野は東京高商の英語教師佐藤顕理に相談し、ビヤルームとビヤバーが提案された。一方で、青山学院の宣教師ジュリアス・ソーパーに意見を求めたところ、ビヤサルーンから「O」を一字省いてビヤサロンとする案が出された。サロンの五文字がビヤの四文字と釣り合いが取れる、と言う。馬越はビヤサロンが気に入った。『恵比寿ビールＢｅｅｒＳａｌｏｎ』を店名とし、それを店内に掲示したいと妻木頼黄に連絡が飛んだ。妻木は二階の手すりの板に十個の丸窓を打ち抜き、ビヤの四文字とサロンの五文字、その間の丸窓には恵比寿様の絵を嵌めるよう準備を進めた。

ところが、気になる情報が入ってきた。横浜辺りでサロンと称する卑猥な営業が流行り始めている、というのだ。慌てて調べると確かにその通りである。その情報をくれたイギリス人に意見を求めるとビヤホールという案が示された。

馬越は、ビヤホールは流行りそうだ、と直感した。『恵比寿ビールＢｅｅｒＨａｌｌ』とすれば語呂もいい。よし、これだ。

早速これが建築現場に伝えられ、今度は妻木が頭を抱えた。文字数が減って、丸窓が余ったのである。そこで当時の人気画家小林習古を呼び、空いた窓に大麦とホップの絵を描かせた。ついでに壁画も注文した。小林は、ドイツのボックビールを題材にした絵に「恵比寿様にはボックも閉口」と洒落を添えて馬越や妻木を喜ばせた。

開店に当たって馬越は各紙に新聞広告を打った。

恵比寿ビールＢｅｅｒＨａｌｌ開店

今般欧米の風に倣（なら）ひ本月四日改正条約実施の吉辰（きっしん）を卜（ぼく）し、京橋区南金六町五番地（新橋際に於て）ビール店（ＢＥＥＲＨＡＬＬ）を開店し、常に新鮮なる樽ビールを氷室に貯蔵いたし置、最も高尚優美に一杯売　仕（つかまつり）候間、大方の諸彦（しょげん）賑々敷（にぎにぎしく）御光来、恵比寿ビールの真味をご賞玩あらん事を願ふ

売價　半リーテル　金拾銭

四半リーテル　金五銭

日本麦酒株式会社

吉辰とは吉日のことで、欧米列強との不平等条約が改正された当日なのである。国を挙げての祝賀ムードに合わせての開業を狙ったのだ。

明治三十二（一八九九）年八月四日の金曜日、銀座では全ての商店が国旗を掲げ、或いは紅白の幕を張って条約改正を祝っていた。帝国ホテルは、翌日の政府主催の祝賀会に向けて全館で装飾の真っ最中である。銀座周辺には多くの人々が繰り出している。その中を汗みずくになってチラシを配っている男たちがいた。恵比寿ビールビヤホールの開店を昼に控えた日本麦酒の幹部社員である。

「さあ、本日開店、本日開店。エビスビールのビヤホール。ビールが一杯十銭だ。料理は無い。席料も無い。心付けなどお断り。ひたすらビールを飲むだけだ。だから、たったの十銭だ。本邦初のお目見えだ。条約改正、めでたいな。エビスビールで乾杯だ」

大声で囃し立てているのは社長馬越恭平その人である。台本もないのに七五調のセリフがポンポン飛び出してくる。社員たちも一生懸命にチラシを配っている。受け取った男が社員に尋ねた。

「あのう、ビヤホールって何かね」

「ビールだけを飲ませるお店ですよ。本邦初、本日開店。いかがです」

「だけど、銀座でビールなんて贅沢は出来ねえな」

「贅沢じゃない。一杯十銭だけ。他には一銭も掛かりません。お約束します」

「そうかね」

男はまだ半分納得できないような顔で、それでも南金六町の方向に歩いていった。

午後二時過ぎ、チラシ配りと遅めの昼食を終えた馬越たちが南金六町に着くと、ビヤホールの周りに行列が出来ていた。チラシを手に楽しそうに談笑している。店を出てきた客に「本当に十銭こっきりかい」などと尋ねる者がある。「そうともよ。まあ、俺は二杯飲んだから二十銭だったけどな」と答えると、今度は味についての質問がある。その一問一答に行列中が聞き耳を立てている。

この光景を見て馬越は喜んだ。すぐに順番が回ってくる人間でも話を聞きたがっている。それだけ魅力がある証拠だ。ここにいる人々は皆、銀座でビールを飲んだぞ、とあちこちで自慢話を振りまくだろう。俺も行ってみたいと、話は広がっていくはずだ。

馬越はビヤホールの成功を確信した。そして、これが日本人とビールの距離を縮めてくれる、という手応えを得ていた。

それから連日、ビヤホールは満員盛況が続いた。いかにも銀座らしい洒落者の紳士も来たが、軍人や西洋人、大学生などもいた。威勢良くお代わりしているのは日本橋の魚河岸の連中だ。つまみを取らず、ただビールを二、三杯飲んでさっと引き上げるという飲み方は、いなせな職人気質に合致した。気取らない彼らは相席を嫌がらず、むしろ積極的に協力してくれた。おかげで常に満席で活気があるビヤホール独特の雰囲気が生まれた。馬越の狙い通り、庶民も来る店となったのだ。

初日、二日目は二百リットル強を売った。三日目にはアメリカ義勇艦隊の水兵たちが大挙して訪れ、売上は四百五十リットルを記録した。ビヤホール大盛況の噂は広がり、本所や深川あたりから来る客もあった。第二週目には千リットルを超える日もあり、ビールが売切れてお客に陳謝する日も出てきた。満席が続けば客単価が低くても黒字が出せる。宣伝だから少々の赤字は目をつぶるつもりだったが、嬉しい誤算だった。

黒字以上に馬越を喜ばせることが起こった。九月四日付けの中央新聞に出た記事である。ビヤホールについて「四民平等とも言ふべき別天地」と褒めている。「車夫と紳士と相対し、職工と紳商と相ならび、フロックコートと兵服と相接して、共に泡だつビールを口にし、やがて飲み去って共に微笑する」とある。士農工商がなくなって三十年以上だが、現実の社会的格差はまだまだ大きい。しかしビヤホールはその隔てを超えてみせた、と記事は褒めているのである。

馬越が、客層が幅広いと見ていた光景に、この記事は新たな意味を教えてくれた。ビールも魅力だが、それ以上の魅力がビヤホールに生じていたのだ。

上位階層の人間と同席することが庶民には衝撃だったのである。記事のように、フロックコートの紳士とジョッキ越しに微笑を交わすことなど、車夫には思いもよらないことだった。しかし、ビヤホールには人を浮かれさせる何かがある。相席になった紳士に「旦那、ビールってのは美味しいものでございますねえ」などと声を掛けても、ビールで上機嫌になっている紳士は嫌な顔などしない。笑顔で乾杯してくれる。「銀座でビールを飲んできたぜ」という車夫の自慢話は、「フロックコートの紳士と乾杯もしたんだぜ」とさらに大きく輪を広げるだろう。

今や銀行の会長、ビール会社の社長であっても、丁稚からの叩き上げである馬越には下の者の気持ちが良く分かっていた。

「いける。ビヤホールは化けるぞ」

来年は世界だ

馬越が思い描いた通り、日本のビール市場は成長を続けていた。ヱビスビールが発売された明治二十三(一八九〇)年から昨三十一年までの九年間で全生産量は十倍近く、平均三割弱の増加である。その牽引車となったのが、北海道のサッポロ、東京のヱビス、横浜のキリン、大阪のアサヒという四大銘柄であった。二十三年から四年間はキリンが業界首位。ヱビスは二十七年に初めて五千石を超えて首位になったが、翌年はキリンに逆転された。しかし、ヱビスはその翌年に一万一千石を出荷して首位を奪回し、それから三連覇中である。

年平均三割弱の成長を支えるには、営業面だけでなく生産設備の拡張が必要になる。それを見越した馬越は、三十万円だった日本麦酒の資本金を二十八年に六十万円に、二十九年には百三十万円に増資した。二十七年には麦芽製造設備をドイツに発注。二十九年にはアンモニア製氷機を設置し、さらに蒸気の煮沸釜と洗瓶機を新設した。また、馬越が着任した時には六千五百坪だった敷地は、二十八、二十九年に買い増して一万三千坪近くに増えている。日本麦酒の首位の陰には、急速に設備拡張を図った馬越の先見性があったのである。

ビヤホールの順調な門出を見届けた馬越は、すぐに二号店の候補地を探すよう高木貞幹に命じ、その報告を聴く前に朝鮮から満州、シベリアへの視察に旅立った。国内での競争だけではなく、その先を見ているのだ。今はまだ大阪の横山助次郎が太陽ビールを細々と満州や上海に出荷しているくらいだが、やがて輸出は重要になっていくだろう。馬越は、日本郵船の社長近藤廉平が航路調査のためにシベリアに行くと聴いて、同行を願い出た。朝鮮を経由してウラジオストックに腰を据えると、手帳にカタカナで書き写したロシア語の簡単な会話例を頼りに酒販店や酒場を視察し、ヱビスビールを売り込んだ。

ある日、馬越は陸軍中尉の石光真清が来ているという情報を得た。真清は、早逝した石光真澄の弟で、目黒工場の中の支配人社宅に住んでいたので馬越とは顔なじみである。懐かしさも手伝って、真清が滞在している日本旅館を訪ねた。

「あっ、馬越社長。どうしてこちらへ」

「ビールの売り込みだよ。もう一月もいるから、明日はこの街を案内してやろう」

真清は諜報活動という密命を帯びていたのだが、そのエリート軍人が馬越の行動力に毒気を抜かれた。日本麦酒の社長なのに、全くの単独行だったからである。

十一月に帰国した馬越は、ビヤホールが大評判で連日満員だと高木から報告を受けて悦に入った。そればかりか、九月八日に本郷元富士町で天下堂というビヤホールが開店し、同十五日には神田小川町に東京麦酒が直営ビヤホールを出してきた、という。東京麦酒とは、準大手の桜田麦酒が明治二十九年に改称した会社である。つまり同業者がビヤホールに参入してきたのだ。しかも一杯十銭という値段も、料理を出さないことも全く一緒で、両店とも大盛況だという。

「社長、けしからんと思いませんか。そっくり真似ています」

社長室に報告に来た高木はしきりに憤慨している。東京麦酒は京橋にも出店予定があり、札幌麦酒も浅草にビヤホールを出すという噂ですぞ、とんでもない奴らだ、としきりに言い立てる。しかし、それを聴いても馬越は動じない。むしろ上機嫌だ。

「いやいや。それには及ばん。同業他社が我がビヤホール戦略の正しさを証明し、応援してくれているのだ。ありがたいじゃないか。こうしてビヤホールが盛んになれば、ビールを飲む客が増える。そのほうが大事だ。それより、二号店の場所は決まったか」

「上野近くの良い場所が確保できそうです。しかし、二号店についての社長のご決断が早いのには驚きました」

「驚くことはない。男はな、成功するとすぐ二号を欲しがるものだ」

女好きの馬越らしい冗談であった。

一方、馬越が昨年から役員となった帝国商業銀行で、大きな異変が起こった。十一月二十七日に、肝臓病で療養中だった会長成川尚義が急逝したのだ。そして四日後の読売新聞には「故成川尚義氏ノ後任ハ同行重役浅田正文氏ナルベシ」と憶測記事が出た。これを読んだ馬越は一瞬カッとなった。役員就任の際に、やがては会長をお願いするつもりだ、と言われていたからだ。しかし、無理もない、と思い直した。二年弱の銀行経験では不足だと世間は見るのだろう。その点、浅田は十歳も年下だが、明治二十七年の創業時からの役員である。そう考えて馬越は自分を納得させた。

しかし数日後、帝国商業銀行関係者の懇親会の場において「馬越を会長に」という声が高まった。言い出したのは東京株式取引所理事長の中野武営(たけなか)である。役員ではないが株式市場を預かる立場なので、その基幹銀行である帝商には影響力がある。中野は新聞報道など無視して、経験と人脈で勝る馬越を推した。非公式の場にもかかわらず馬越は快諾し、嬉しさの余りつい「読売新聞には気の毒だったな」と軽口を叩いた。その場は笑いに包まれたが、浅田が笑っていないのに馬越は気づいた。しまった、早まったと思ったが取り繕いようもない。馬越の帝商会長就任は、そのまま取締役会を経て社外にも発表された。浅田を傷つけたのではないか、という苦い悔恨が馬越の心の底にいつまでも残っていた。

馬越は日本麦酒でも新しいアイディアを思いついた。それが人脈の活用である。大物政治家に工場を視察してもらうのである。明治二十七（一八九四）年には現職の貴族院議長である近衛篤麿を、三十年には天皇を輔弼する元老井上馨を工場に招待した。高位高官による民間工場の視察は珍しく、さすが生産量日本一のビール工場だ、と話題を呼び、ヱビスビールに箔をつける良い宣伝になった。

次は大隈重信を呼ぼうと工作を開始したが、これまで同様、何年もかかることが予想された。相手任せの面が大きく、即効性などは期待できない。とはいえ、新聞広告など金次第で誰でもできることでは面白くない。自分で自分の商品を褒めても信憑性はない。もっと日本一に相応しい話題づくりができないものか。馬越は今日でいうブランド・ビルディング、それも多角的なブランドづくりを考えていたのである。

ある日、馬越は新聞で一九〇〇（明治三十三）年のパリ万博に関する記事を見かけた。

「そういえば、これには我が社も申込んでいたたな」

思い出されるのは二年前の夏である。馬越は財界の集まりで大谷嘉兵衛に会った。本業の製茶貿易商はそっちのけで、パリ万博の実業各団体連合の評議員の仕事に掛かりきりだと言う。農商務省に頼まれたから仕方ない。日本茶の輸出という商売もあるが、それより日本の精緻な美術工芸作品を世界に見せつけてやるのだ、と快気炎を上げた。馬越も超絶技巧と賞賛される真葛焼の花活けを入手したばかりであり、その作者宮川香山も出品すると聴いて興味を持った。さらに、磁器の香蘭社は出るのか、日本画の橋本雅邦や上村松園はどうか、と話に花が咲いた。

話が一段落した時、大谷が急に声をひそめた。

「内密で頼みがあるのだが、まあ、簡単なことだ」

「おお。何でも言ってくれよ」

それはエビスビールに万博参加を申込んで欲しいという依頼であった。美術関係は高水準の出品希望が多くて安心なのだが、産業関連に優良企業の参加が手薄で困っているという。

「本当にパリに行ってくれとは言わない。申込みだけでも助かるのだ。とにかく申込みを集めて勢いをつけないと」

パリ万博開催は三年も先なので新聞報道は少なく、巷の噂にもなっていない。ヱビスビールとして損得の見えない状態だが、旧友から真面目に頼まれては否と言えない。申込みだけなら、と引き受けた。高木に、書類を出しておけ、と命じた記憶はあるが、その後どうなっているのだろう。

高木を呼んで尋ねると、届けは出してあるので、参加でも辞退でも可能だという。これは面白いかもしれない。馬越は大谷に会いに行った。

「どうした風の吹き回しかね。銀行とビールで忙しい人が」

「からかっちゃいけない。実はパリ万国博の話を聴きに来たのだ」

「そうか。以前、申込みだけでもと無理を言ったっけな。おかげで出品希望が増えて助かったよ。もう、無理に出て貰わなくても大丈夫だ。ありがとう」

不人気だったらどうしようかと懸念していたが、逆のようである。食品だけでも醤油、酢、小麦粉、素麺、水飴、蜂蜜、鮭の缶詰、雲丹の瓶詰など、多様な出品希望があるという。やはり大谷率いる日本茶の組合が補助金を獲得し、万博会場内に喫茶館を開くという報道が奏功したらしい。しかし、日本酒のほうは大変らしい。全国酒造組合が日本茶と同様の補助金を申請したのに対し、曾禰荒助農商務大臣が「日本酒をフランス人が好むとは思えない」と却下して採めたのである。「日本茶だってフランス人に合うかどうかは分からないけれど、我々は前任の大石正巳大臣の時に許可を得ていたからね」と手柄話を楽しそうに語る大谷に、馬越は尋ねた。

「今、名前が出た酒造組合の総代の二人目は何と言ったかな」

「鳥井駒吉だ。大阪の堺で春駒という酒を造っている。知り合いかね」

「うむ。その男にはもう一つ、顔があってな。アサヒビールを造っている大阪麦酒の社長だ」

「何だ、商売仇か。気になるだろうが、今の話は日本酒の組合の総代だよ」

「そうは言っても、アサヒビールを出品する可能性だってあるだろう。ところで、先ほど酢の出品もあると言ったが、どこの会社か憶えているかい」

「半田の中埜酢店だったと思う」

「中埜又左衛門か。こいつは剣呑になってきた」

「どうしたのだ」

「中埜の子会社が丸三麦酒だ。カブトビールを造っている」

「ははは。そりゃあ大変だ。アサヒとカブトが出品して金牌でも取ったら、売上日本一のヱビスビールは形無しだ。どうだい、御社も参加したら」

「煽るなよ。しかし、銀牌でも取られるのは痛いな。第一、ヱビスが品質で負けるわけがない。彼らが銀牌を取るなら、ヱビスは金牌を取らねばならぬ。これは風向きが変わってきたぞ。うん、ありがとう」

大谷に別れを告げて、馬越はその足で目黒に向かった。幹部社員たちと醸造技師のコブリッツを社長室に呼び集めた。そして上野金太郎を通訳に「来年のパリ万国博に参加しようと思うがどうか」とコブリッツに質問をぶつけた。彼は最初こそ驚いたようだが、すぐに嬉しげな表情に変わった。

「馬越社長に私の見解を申し上げる。万国博への出品は名誉であり、挑戦できるのは嬉しい。しかし課題もあるし、費用も掛かる。社員の技術水準も向上させる必要がある。フランスは、赤道を越えて二ヶ月の船旅の先にある。その間の高温と振動に耐えるビールを造らねばならない。麦芽を多めにしてエキスもアルコールも高くする必要があるし、ホップも二倍近く使うことになる。コルク栓も現在の三割増の長さに変えるべきだし、ラベルもフランス語表記を加える必要がある。ラベルを貼付する位置も全て正確に揃えなくてはならない。他にも課題はたくさんあると思う。万国博は五月から始まる。あまり時間は無い。しかも十月までの長丁場だ。きちんと仕組みを作らないと完遂できない。とても難しい。しかも、全ての条件を満たしても入賞できるとは限らない。でも、やりたい。是非やるべきだ」

コブリッツが徐々に興奮して早口になったので、どこまで上野が正確に訳しきれたかは分からない。だが、熱意は馬越に伝わった。そこで馬越はもう一つ質問した。

「万国博への挑戦で当社が得るものは何か」

コブリッツは少し考えてから微笑んで指を三本立てた。

「第一に、技術水準が上がる。第二は、参加したという名誉だ。そして第三。皆で夢が見られる」

馬越は喜んだ。

「夢か。よし、分かった」

幹部社員たちを見回して叫ぶ。

「来年は世界を目指すぞ」

皆、新しい夢に興奮していた。

問題山積

相変わらず馬越の料亭通いは続いていた。女将から仲居、調理場、下足番まで祝儀を配る。芸者を呼んで銀のかんざしを渡し、エビスビールの応援を依頼する。さらに小遣いをたっぷり渡して枕を共にする。稀には、気に入った芸者の前借金を払って自由の身にしてやり、小料理屋を買い与えて女将にする。最近では柳橋に出ていた鈴也という芸者を落籍して、吉原土手に「鈴の井」という料亭を開業させた。鈴也は三味線も唄も達者で、歌舞伎役者や噺家の声色という飛び道具もある。ちょいと生意気だが、才気があるので店の切り盛りは上手いはずだ。

しかし鈴也には困った性癖があった。高島嘉右衛門の『高島易断』や『易占大意』を読みふけって易占に凝ってしまい、鬼門や厄日を無闇と気にする。開業の日取りも、どうしても年内でなければ、と言って馬越が来られない日に決めてしまった。これが馬越には面白くない。

明けて明治三十四（一九〇一）年正月三日の午後、あちこちの挨拶廻りを終えた馬越は、浅草で会社の幹部と別れた。仲見世の脇にたむろしている円太郎馬車の中から、ひときわ汚いのを選んで乗り込む。御者に祝儀をはずみ、馬にたっぷり水を飲ませて、一路吉原土手を目指した。

やがて、瀟洒な店が立ち並ぶ中にある鈴の井の前に汚い馬車が停まった。店の若い者が追い払おうと出てきた途端、扉が開いて馬越が出てきた。

「あっ、旦那」

若い者は慌てて会釈して店の中に戻り、奥に声を掛けた。

「女将さん。旦那がお越しですよ」

奥でバタバタと音がして鈴也が飛び出してきた。馬越は「馬車に祝儀をやって待たせておけ」と言い捨てて二階の座敷に上がってしまった。

「はい、はい。まあ、せわしないことで」

ている。

御者に祝儀を渡した鈴也が二階に上がってくると、馬越は表通りの見える窓に腰を掛けて葉巻をふかしている。

「ここへ来て下を見てみろ。妙な見世物が始まるぞ」

鈴也が見たところでは何の変わりもないようだ。しばらく見ていると、馬車の下の地面に黒いものが見えた。それが見る見る広がる。

「旦那。あの黒いのは何でしょう」

「小便さ」

「あら、随分たくさんねえ。すっかり水たまりだわ。あっ、お客様が入れない。どうしましょう。ちょいと誰か」

「まあ、聴け。馬は、人間の言うことを何でも聞くように思うだろう。だが、馬が本当にしたいことは止められない。この馬もな」

そう言いながら自分を指差して鈴也の顔をじっと見た。

「甘い顔をして何でも言うことを聴くわけではないぞ」

馬越の隠された怒りに気づいて、鈴也は素直に謝った。馬越もしつこくは言わない。鈴也に立場を確認させれば良いのだ。

その翌月、鈴の井でのことである。宴の途中で小用に立った馬越は、仲居が隣の座敷にサッポロビールを運ぶのを見て驚愕した。恩知らずなことをする奴だ。馬越はいきなり帳場を襲った。

「鈴也、お前、何でサッポロを置いたのだ。いつからだ」

「あら、旦那。実はあれ、無料なんですよ。酒屋が見本だといって一箱まるまる持ってきたの。丸儲け」

「些細な儲けの問題ではない。万が一、客がサッポロの味を気に入ったらどうするのだ。それが相手の狙いなのだぞ」

「大丈夫ですよ。うちで出すサッポロは美味しくありませんから」

「どういう意味だ」

鈴也は悪戯っぽく笑って声をひそめた。

「台所でビールの栓を開けるでしょ。お客様には見えませんから、その時に一滴だけ糠味噌の汁を足しているのよ」

「何だと」

馬越は絶句した。この女、とんでもないことをする。

「見本を断れば角が立ちますでしょ。うちの店は儲かるし、やっぱりサッポロは不味い、エビスは美味いと言われるし、良いことずくめよ」

この女は怖い。しかし、もっと怖いことが明らかになった。エビスも試飲用に無料で配ったことがあるが、どう扱われているか分からない。まして、敵方の手に渡ったら悪用されることだって有り得るのだ。

翌朝、いつものように読経しながら前夜のことを思い返していると、さらにとんでもないことに気づいた。そもそも札幌麦酒が鈴の井のように小さな店まで工作を仕掛けてきている、という事実が一番重大なのだ。女は怖い、試飲品は慎重に、といった表面的な注意で満足している場合ではない。今日は銀行に行く日だが、午後にはビール会社に顔を出して札幌麦酒の動向を調べさせよう。

その日の午後、馬越はさらに驚くべき情報に接した。政府内でビールへの課税が検討されている、という。これまでは輸入ビールを減らして貿易赤字を少なくするため、国産ビールは無税であった。しかし近年、輸入ビールはほぼ駆逐され、国産ビールは大きく育ってきた。一方で、朝鮮半島の権益を狙うロシアとの緊張が高まり、軍備拡張の必要性が叫ばれ始めた。そのため、昨年は日本酒が大増税されたが、それでも足りないらしい。この件については高木貞幹が『内国麦酒ニ課税ノ不可ナル事情理由』という書籍を出版したほどの専門家である。動静監視と対策を、引き続き高木に委ねた。

札幌麦酒が工作を進めている件については、昨三十一（一八九八）年八月に東京出張店を開設してきた時から警戒していた。しかし、その店を調べさせると同社役員の自宅を登記しただけという付け焼刃であり、それを聴いて馬越も油断していたのだ。

そもそも東京進出の原因は昨年の鰊（にしん）の不漁であった。北海道経済の中心は水産業、特に鰊である。大儲けした網元たちは鰊御殿と呼ばれる豪邸を建てるほど潤った。贅沢品であるビールの消費者は彼らだったのである。しかし昨年の鰊不漁は北海道経済を冷え込ませた。それまで五年で五倍という成長を続けてきた札幌麦酒の売上も、前年割れが危ぶまれるほどの状況だった。そこで、売れ残った在庫を東京で叩き売ったのである。

東京進出を企画したのは札幌麦酒専務取締役の植村澄三郎であった。植村は開拓使や大蔵省、逓信省などを経て北海道炭鉱鉄道の創立に関わった。札幌麦酒は、渋澤栄一、大倉喜八郎、浅野総一郎と財閥創業者三人が揃った経営陣は素晴らしいが、彼らは多忙過ぎて北海道には行けない。そこで鈴木洋酒店を経営する鈴木恒吉に現地支配人を任せていた。しかし鈴木にも本業がある。ことあるごとに辞任をほのめかしていた。そんな時、北海道炭鉱鉄道の創立の祝宴で植村を紹介された渋澤が、札幌麦酒の経営をお願いしたいとスカウトしたのである。植村は急増するビール市場の流れを読んで積極的な販路拡大と製造能力増強を進め、サッポロビールを四大銘柄の一角に成長させた。

その植村が、いよいよ本格的に東京市場に進出を仕掛けてきた。鈴の井への試飲品提供もその一環であろう。聴いてみると、最近は札幌麦酒と得意先獲得で競合する事例が頻発しているという。さて、どうするか。

一方で、万国博出品の準備もコブリッツの指導の下で着々と進められていた。二ヶ月の船旅に耐えられるように、麦芽をたっぷり使ってエキス分を高め、さらに防腐作用を持つホップも増量する。その結果として生まれた濃醇なドルトムントビールのような仕上がりに、馬越も目を細めた。

ビヤホールを成功させて首位固めは万全のように見える。しかし、麦酒税、札幌麦酒の東京進出、万国博出品、三田用水問題、偽商標問題など、これからの日本麦酒には問題山積である。それを一つ一つ指折り数えた上で「やっぱり今夜もどこか花街に出かけるか」と馬越はつぶやいた。

「植村澄三郎が何をしてくるか、現場でしっかり見届けないとな」

もちろん、遊ぶための言い訳である。

金牌広告合戦

創業当時から日本麦酒を悩ませていたのが輸送問題であった。荏原郡三田村は幕府が弾薬庫を置くほど人跡まばらな寒村だったので、大きな道路は通っていない。そこで東京市内に出荷するために、門前から渋谷村大通に通じる専用道路を自社で整備した。渋谷川には橋を架けて恵比寿橋と名付けた。ビールは牛や馬が牽く荷車に積まれ、その道路で出荷された。

しかし、需要が高まると効率化が求められる。そこで目を付けたのが、工場の脇を走る日本鉄道品川線である。明治十八（一八八五）年に品川から赤羽までの路線として開業していた。しかし日本麦酒は渋谷停車場と目黒停車場のちょうど真ん中なのである。「せっかく目の前に線路があるのに」という幹部たちの愚痴を聞いた馬越は「それなら俺に一ヶ月ほど預けろ」と胸を叩いた。

日本鉄道の創業者である高島嘉右衛門を訪ねた。高島は横浜港の埋立事業で名を挙げた横浜財界の重鎮で、三井物産横浜支店長だった馬越とは旧知の仲である。高島は横浜港の埋立事業で名を挙げた横浜財界の重鎮で、三井物産横浜支店長だった馬越とは旧知の仲である。馬越より一回り年かさだが、商人としての腕力は互いに認め合っていた。馬越は「鈴の井の鈴也があなたの易占に凝って困っているのですよ」と軽口をたたいてから、日本鉄道の幹部を紹介して欲しいと依頼した。それに応えて高島が推薦したのは、日本鉄道の理事委員白杉政愛である。熊本藩士出身で熊本鎮台長代理まで務めたが、薩長ばかり出世する軍に見切りをつけて、高島とともに日本鉄道創設に参加した人物である。同社では運輸課長、会計課長などを務めて実務にも長けているので、相談するにはうってつけだ。

翌日、馬越は白杉を訪ねた。高島の紹介状を出すだけでなく、さらに縁を感じさせる話題を用意していた。白杉が熊本鎮台を守護していた時、三井物産の馬越は軍需物資を供給していた、という話である。つまり同じ弾の下をくぐってきた仲だ、と強調したのだ。一種の戦友だと知って、白杉はすぐ打ち解けてくれた。

そこで馬越は、工場と接する地点にビールを積み込むためのホームを建設できないか、と正面から相談した。出荷だけではなく原料や資材の搬入もある、と言うと、それだけの貨物量なら試算してみよう、となった。その結果、土地の無償提供と一定の売上保証だけという破格の条件で、ビール専用積み卸し駅の建設が決まったのである。

明治三十三（一九〇〇）年一月二十四日に建設契約が締結され、その専用ホームは恵比寿停車場と命名された。日本麦酒の幹部たちは、今更ながら馬越の人脈と交渉力に驚かされたのである。

パリ万博出品の準備は着々と進んでいた。二月には先発隊がパリに入り、展示台の組立てを始めた。日本麦酒の目玉は、中央に積上げた巨大なヱビスビールの飾り樽である。想定通りアサヒビールとカブトビールが出品してきたが、それらより目立つ展示ができたという報告の手紙が、日本麦酒の社内を沸かせた。

しかし、肝心なのはビールである。不安視された長旅を終えて万博用のビールがパリに届いたのは三月末であった。コブリッツの工夫により、麦汁濃度を上げホップを増量した特製ヱビスビールは、一同の心配をよそに見事な泡立ちを見せた。味わいも香りも申し分ない。女給たちの衣装も揃い、なんとか準備が整った。

四月十四日、パリ万国博は華やかに始まった。日本の展示では、優美な日本画や緻密な工芸品が欧米人を熱狂させ、ジャポニスムという言葉が飛び交った。日本酒も日本茶も新鮮な興味を持って迎えられた。しかしビールは違った。日本製のビールなど物真似としか思われないらしく、誰も展示に近寄ってこない。閑古鳥が鳴く中、最初の数日が過ぎた。

この窮状が手紙で日本に報告されると、馬越は大量の無料試飲を指示した。二ヶ月先までのビールが日本を出発しているので、無料でも回転させたほうが良い。飲まれて不評なら諦めもつくが、飲まれずに廃棄するのは座して死を待つに等しい。言われてみれば当然の指示だった。

これが当たった。ヱビスビールは意外に美味いじゃないか、と評価が変わり、苦戦を続ける国産他社を出し抜いたのである。

馬越にとって次の関心は審査結果であった。万国博に踏み切ったのは、金牌でも銀牌でも受賞して宣伝に活用できるという計算があったからだ。しかも、大量試飲で他社を出し抜いた。大賞は無理でも金牌は射程圏内だと馬越はほくそ笑んでいた。

七月にパリから連絡が入った、万博の入賞の発表は来月で、日本の三社のビールはどれも予想以上に良い評価らしい、との報告である。

ヱビスは金牌か銀牌、他の二社はせいぜい銀牌だろうと思い込んでいた馬越には意外な情報だった。そこで馬越はスピード勝負だと発想を切り換えた。三社とも金牌なら、広告を早く打った会社が勝ちだ。

馬越は新聞社と交渉して「大賞」「金牌」「銀牌」の三種類の広告原稿を準備させた。パリには、受賞結果の報告は国際電報を使え、と何度も念を押した。原稿の作成費用は三倍掛かるし、電報も高額だが、それでも馬越はスピードにこだわった。

そして八月二十四日、いよいよ審査結果の発表があり、日本の三社は揃って金牌を受賞した。すぐさま国際電報が打たれ、翌日の日本麦酒本社はお祭り騒ぎだった。馬越は出社日ではなかったが、午後一時過ぎに来て広告掲載の指示を出した。さらに醸造現場でコブリッツを賞賛してから、帝国商業銀行に戻っていった。

八月二十七日、各紙の朝刊にヱビスビールの広告が出た。中央に「金牌受領」と大書され、その上下に「巴里万国大博覧会」「恵比寿ビール」の文字が並んでいる。単純明解な広告であった。千部の掲載紙が会社に届けられ、広告を切り抜いて厚紙に貼ってポスターとした。これが得意先飲食店の壁を飾るのである。ヱビスビールの受賞は満都の飲兵衛の愛国心をくすぐり、ビヤホールでの話題となった。

他の二社は情報入手が遅く、カブトビールが同様の広告を出したのは九月四日になってからだった。さらに失地回復を狙って、四日後に改めて読売新聞に記事を書かせた。「カブト麦酒の金牌受領」という小見出しで「丸三麦酒株式会社の醸造に係るカブト麦酒は、仏国世界大博覧会に出品せしに、本邦麦酒中最優等品なりとて、去十九日褒賞授与式に際し最上の金牌を授与せられたりしと」という四行の短い記事である。

一般に広告より記事のほうが客観的で読者の関心を引くことは出来るが、十日も遅れた上に僅か四行では効果は薄い。スピードにこだわった馬越の完勝であった。

しかし馬越は肝を冷やしていた。カブトビールの広告にある「本邦麦酒中最優等品」という言葉が気になってパリに問い合わせると、同じ金牌でもカブトビールのほうが高得点だったと判明したのである。

今回はヱビスが先に広告を打てたから良かったが、もし同時に広告して自慢合戦になったら得点の話が持ち出されて恥をかくところだった。馬越は「商売はつくづく、拙速を尊ぶ、だなあ」と人知れず溜め息をついた。

第五章　桜川宋元

植村の初陣

明治三十一（一八九八）年に東京出張所を開設した札幌麦酒は、三十三年三月には吾妻橋に東京工場の用地を取得した。秋田藩佐竹氏の屋敷跡で、浩養園という回遊式庭園で知られている。明治に入ってから公開され、サタケガーデンと呼ばれて外国人観光客にも人気があった。工場用地はこの一角で、隅田川に面する五千三百坪余である。

これを機に、札幌麦酒は東京での攻勢を強めた。先頭に立つのは専務取締役の植村澄三郎である。と言っても、武家から官僚を経て北海道炭鉱鉄道を経営してきた植村は真面目一方との評判で、対極の花柳界にビールを売り込む手腕があるかは未知数であった。しかし、札幌麦酒の役員は渋澤栄一、大倉喜八郎、浅野総一郎と財閥の創業者が揃っており、花柳界には顔が利く。さらに最近、渋澤の甥で王子製紙の専務大川平三郎が植村の指南役を買って出て、料理屋を連れ回っているという噂が聞こえてきた。

大川となると厄介だが、植村だけなら大事なかろう。お手並み拝見ということにして、とりあえず情報だけ集めておこう。

馬越は、吾妻橋に近い浅草と吉原の女将たちに、何か噂を聞いたら教えて欲しい、と依頼して回った。お得意様の馬人尽直々の頼みである。皆、喜んで協力を誓った。

早速、噂を伝えてくれたのは吉原の茶屋山口巴の女将だった。お知らせしたいことがあります、と会社に使いを出して馬越を店に招いた。

「あら、桜川町の旦那。早速のご到来、ありがとうございます」

馬越は四年前に芝桜川町に転居したので、花柳界では桜川町が通称になっている。その頃から骨董収集を宋と元に絞ったので、茶人仲間からは桜川宋元と呼ばれていた。

「どうした。植村は動き出したか」

「はい。どうやら浅草の割烹『一直(いちなお)』を狙っているようです」

「おおかた大川平三郎の紹介だろう。まず伝手のある店から始めたか」

「毎日のように通ってきて、奥座敷でサッポロビールを飲んでいるそうです」

「なるほど」

「それが可笑しいんですよ。昨晩、女将が挨拶に出たら苦情を言ったのだそうです。会社に調べさせたのだが、俺がこんなに通っているのに、この店のサッポロビールの売上はちっとも増えない。けしからん。そう言って女将を睨みつけたそうです」

「聞きしに勝る野暮天だなあ。それからどうなった」

「あそこの女将は気が強いので評判でしょう。すぐに言い返したそうです。お客様のご注文ならサッポロビールは必ずご用意いたします。でも、奥座敷に威張って座っていても商売にはなりません。売り込みは勝手口から頭を下げて入るもの。そんなことは十や十五の小僧でも心得ていますよ、って」

「あはは、あはははは。それは痛快だ。植村め、見事に一本取られたな。一直の女将は実に大したものだ。それからどうなった」

「そうしたら真っ赤になって黙り込んで、いきなり立ち上がってお辞儀して帰ったんですって」

「情けない奴だな。優秀な官僚として名を馳せた男だが、木の芽時には変になるのかな」

「専務さんだそうですけど、敵の大将があんな世間知らずじゃあ、桜川町様のご心配なんて要りませんわよ」

「ははは。それなら嬉しいがね。いや、どうもありがとう。そろそろ芸者でも呼んで貰おうかな」

「はい、かしこまりました。いつものように初顔ですね」

「そうだ。遊ぶついでに、ヱビスビールの売り込みをしっかりお願いしないとな」

「おやおや、抜け目のないこと」

植村の失敗を聞いて安心した馬越は、この夜もたっぷり遊んだ。しかし翌日、また山口巴の女将から使いが来た。調子に乗ってまた誘いに来たか、とも疑ったが、そんな浅はかな女ではない、と思い直して出向くことにした。

「あら、連日のご到来ありがとうございます」

「連日の呼び出しではないか。それだけの値打ちはあるんだろうな」

「ええ、ええ。私もすっかりたまげちまって」

「ふむ、どうした」

「あの話に続きがありまして、黙って帰った翌日の夕方に、また来たっていうじゃありませんか」

「つまり昨日だな」

「そうそう。桜川町様と私がここで笑いころげている頃合いですよ」

「で、やって来た植村は何をしたのだ」

「それがフロックコートで勝手口から入ってきたそうです」

「何、勝手口」

「ええ、困りますでしょう。番頭たちが玄関にお回り下さいと言っても動かないんですって」

「妙だな」

「仕方なく女将さんが出ていったら、最敬礼して、本日はサッポロビールの売り込みに参りましたって手土産を出したそうです」

「ふうむ。言われた通りにしたわけだ」

「で、今度は女将さんが黙り込んじまって、それから褒め始めたそうです。私などの言葉をお聞き入れくださいまして、ありがとうございます。あなたがそこまでなさるなら、私もお手伝いいたしましょう、って」

「お手伝いだと」

「花柳界にお馴染みが薄いでしょうから、知り合いのお店を紹介するそうです。うちにもさっき使いの者が手紙を置いていきました」

その手紙には、札幌麦酒の専務取締役植村澄三郎が近日中に挨拶に伺うので話を聴いて欲しい、と簡潔に書かれていた。

「そうか。しくじった」

「何です」

「いや、いいんだ。ありがとう。今日は大人しく帰るよ」

「どうしたんです」

「いや、女房が風邪で臥せっているから早く帰ると約束したのだ」

「それは大変。たまには奥様孝行なさいませ」

「うん。ありがとう」

馬越は、植村をあなどっていた自分の甘さを悔いていた。昨夜の内に一直に顔を出しておけば、少なくとも手紙の本数は減らせたはずだ。人力車を飛ばして自宅に帰り、妻の喜久の枕元で風邪の加減を尋ねながらも、頭の片隅では後悔が渦巻いていた。寝床に入ってからも目が冴えて眠れなかった。

三十分も経たぬうちに我慢できなくなり、布団の上に身体を起こした。まだ十時前だ。洋服を着て出かけることにした。隣室の喜久に心配を掛けないよう、布団の中に紙屑籠を仕込んで人が寝ているようにこんもりと盛り上げた。そして再び人力車に乗って吉原の山口巴へ向かった。

「あら、桜川町の旦那。またまたご到来、ありがとうございます。どうしました。奥様に追い出されましたか」

「それは大丈夫だ。それよりな、一直の女将が手紙を書きそうな店を教えてくれないか。明日からでも挨拶回りに行きたいのだ」

「まあまあ、せっかちなこと。はい、わかりました。まずはお部屋に落ち着いてくださいな。すぐ紙に書いてお持ちしますから」

「頼んだぞ」

奥の座敷に通された馬越は、ビールを飲みながら反省しきりだった。俺は、植村がへこまされたという話を聴いて、喜んで油断してしまった。それが失敗であっても、植村が一直に工作に行ったという事実に反応して、すぐに一直に顔を出すべきなのだ。それを怠って芸者を呼んだ。しかも女将に対して、俺は植村とは違うよ、と自慢して見せたのだ。ああ、恥ずかしい。みっともない。

植村澄三郎を馬鹿にしていたが、俺のほうが大馬鹿だ。植村は、一直の女将の指摘が正しいと思ったら素直に従った。立場も体面もない。成果を得るために正面からぶつかり、女将の心をとらえたのだ。こういう人間は成長する。今は世間知らずかもしれないが、末恐ろしい奴だ。渋澤や大川の目に留まっただけのことはある。

しかし、家にじっとしておられずに戻って来たのは、負けたくないからだ。俺には負けずぎらいという本能がある。その本能が俺に寝るなと命じたのだ。明日には失点を取り返してみせる。たとえ女将が何軒の店を列記してこようと、必ず全てを廻ってみせる。俺は負けない。

吉原の大演説

明治三十三（一九〇〇）年三月の札幌麦酒の東京工場用地取得は、ビール業界に新しい風を巻き起こした。一社が二工場を持つのは初めてで、それはナショナルブランドの誕生を意味していた。これまでは、北海道と東北はサッポロ、関東甲信越はエビスとキリン、名古屋がカブト、西日本がアサヒと穏やかに棲み分けてきたのだが、一社がナショナルブランドに進化することで、互いを浸食し合う陣取り合戦が始まったのである。

六月のある日、吉原の主だった茶屋の主人や女将、番頭、芸者などが吉原見番（けんばん）に集められた。見番とは料理屋、芸者置屋、待合という三業の組合事務所で、歌舞音曲の稽古場もあって集会所として使われていた。呼び掛けたのは顔役の鉄砲菊一家である。まずは代貸が進み出た。

「さて皆様、ご多忙中お集まりいただきましたのは他でもない。この吉原においても遊興の傍ら愛国精神を発揮させねばならんというご時世だ。そこで本日は旗本甲府勤番ご出身で大蔵省や逓信省にもいらした植村澄三郎先生に、身近な愛国の道を説いていただく。まずはご謹聴を願い奉ります」

次いで立ち上がったのは札幌麦酒専務取締役植村澄三郎である。長身痩躯に、英国仕立ての背広。そして蝶ネクタイ。武家出身らしく背筋が伸びて隙がない。一同をゆっくり眺め回してから口を開いた。

「諸君。文明開化も進むこと三十年余り、やたら舶来をありがたがる時期も過ぎ、日本は世界の一等国への道を着実に歩みつつある。しかるに日清の戦いで得た朝鮮半島の権益に、不当にもロシアが食指を動かしてきた。我が忠勇義烈なる軍人諸君が防衛に当たっているものの、今や一触即発の事態である。かかる国難において、我々は何を為すべきか。まず軍用資金の確保に全面的に協力しなくてはならない。と言っても、義援金を出せなどとは言わぬ。実は同じように暮らしていても、国のためになる手はあるのだ」

植村は自信たっぷりに満場の観衆を見回した。皆、すっかり聴き入っている。

「分かりやすく具体例を挙げよう。これからビールを飲む季節である。諸君もお客様に勧めることが増える時期だ。東京ではこれまでヱビスビール、キリンビールを飲んでおられた。これらは外国の原料を輸入して日本で造られている。つまり日本の貴重な金で外国の原料を買っておるのだ。原料を作る、ビールに加工する、という二段階の利益が日本に生じるはずなのに、原料段階の利益が外国に流れていってしまうのだ。もったいない話ではないか。そこで諸君。これからはサッポロビールを飲んでもらいたい。我が国土、北海道の大麦で造っているから、貴重な金が外国に流出することがない。本年、この近くの吾妻橋の佐竹屋敷をサッポロビールの新しい工場にすることが決まったので、これからはサッポロビールが地元のビールである。しかも、外国に金が流出しない、原料から国産のビールである。諸君が愛国の士であるなら、ぜひ国産のサッポロビールを飲んでもらいたい」

植村の目配せで鉄砲菊の若い者たちが拍手すると、すぐに満場が呼応した。遊里にとっては、世情不安によって自粛ムードに染まることが一番怖い。それが、自粛せずともサッポロを飲めば愛国の士となれる、というのだから大歓迎は当然だった。

この様子は、すぐに馬越の耳に届いた。抜け目なく配下の者を潜り込ませていたのである。報告を聴いて馬越は渋い表情になった。

「そうきたか。我が社も原料の国産化を進めているが、まだ二割にもならんからな。しばらくは言われっぱなしか」

実際には輸入麦芽、輸入ホップのほうが高品質でビールの味も良いのだが、まだ消費者はそれが分かるほど成熟していない。国産原料のアピールは、時代の風を読んだ見事な戦略だった。それにしても植村の成長は著しい。三月ほど前に一直の女将にやりこめられたのが嘘のようだ。吉原での演説会の成功に気を良くした植村は、その他の花街でも次々と同じ会を催してサッポロビールの東京での人気を高めていった。

そしてビール商戦の天王山である夏がきた。

エビスビールの苦戦が伝えられると、アサヒが北陸から新潟に攻め込んできた。カブトも静岡から神奈川に手を伸ばしてきた。挟み撃ちになったエビスは、逆に大阪へ攻勢を掛けて手応えを得たが、かえってアサヒに東京進出の大義名分を与えてしまった。サッポロは東京に地盤を築くという大戦果を挙げた。アサヒ、カブトにも得るところがあり、キリンは手堅く防衛に回った。そしてヱビスは一人負けだった。これまではトップブランドであったために、どの会社も営業に行かないような小さな店ではヱビスビールの取扱いが圧倒的に多かった。しかし、挨拶一つしていないので、ひとたび攻撃にさらされると脆（もろ）い。他社が手土産を持っていくだけで、簡単に銘柄が変わったのである。

取り戻そうと銘柄名の入ったコップや灰皿を持って挨拶に行く。すると相手は、試飲用と称してビールの現物を持ち込む。金を積んで店の看板に銘柄名を入れてもらう。あっという間に戦いはエスカレートした。もともと何もしなくても売れていた小さな得意先にも、必ず金が掛かるようになった。販促費の高騰は、ビール業界を赤字体質に変貌させていった。

このままでは共倒れだ、と見た馬越は各社に競争回避を呼びかけることにした。札幌麦酒の役員は渋澤栄一も大倉喜八郎も浅野総一郎も旧知である。たまたま財界の会合で顔を合わせた浅野に話を持ちかけると、すぐに乗ってきた。渋澤翁からも同じ命を受けているという。さらに大阪麦酒の技師長で取締役の生田秀が上京するという情報をもたらしてくれた。

生田は大阪麦酒の創業者鳥井駒吉にスカウトされて横浜の衛生局からビール醸造技師に転じた人物で、ドイツに留学して日本人初のブラウマイスターというビール醸造の国家資格を得ている。経営者としても関西財界で認められはじめ、鳥井を継いで大阪麦酒を背負うとの評価である。

「浅野さん、生田なら大阪麦酒の代表として申し分あるまい。当社は三浦泰輔を出す。貴社が植村君を出して、三人でざっくばらんに話す機会が作れたら、現況打開の知恵も生まれるのではなかろうか」

「なるほど。我々より実務に詳しい連中のほうが具体的な策が得られそうですな」

「いやいや、今回は何も生まなくてもお互いが忌憚なく意見を言い合うだけでいい。そういう場があることが大事です」

「なるほど。年に一度でも顔を合わせていれば、必要な時にすぐ相談できる。馬越さん、この定期懇談会、是非やりましょう」

「しかし、問題は鳥井にどう話すか、ですな」

「あっ、それはお任せください。渋澤翁にお手紙をしたためていただきます」

「なるほど。渋澤翁には逆らえませんな」

そして二ヶ月後、永田町の星ヶ岡茶寮で麦酒業者懇談会が開催された。出席したのは日本麦酒が取締役三浦泰輔、札幌麦酒が専務取締役植村澄三郎、そして大阪麦酒は取締役の生田秀であった。

翌日、三浦から馬越に報告があった。各社とも販促費の膨張に悲鳴を上げているが、当社が最も被害甚大と思われること、しかし具体的な対策には至らなかったこと、定期的な懇談会の実施には全社同意したこと、などが主な要点であった。

そして三浦は付け加えた。

「それにしても、植村も生田も極めて有能ですし、人間的にも誠実で素晴らしい。彼らと切磋琢磨していけば、日本のビール産業の発展は間違いないでしょう。しかし、敵に回せば厄介だ。あの二人がいる限り、当社は勝つことより共存共栄を目指すべきでしょう」

「勝つことより共存共栄、だと」

馬越は下からギロリと三浦の顔を睨んだ。負けず嫌いの馬越には聞き捨てならない台詞である。しかし、三浦は悠然としている。天下の雨敬こと雨宮敬次郎に人を見る目の確かさを買われて、甲武鉄道の社長を任された三浦である。馬越もその点を認めているから、多忙な三浦を日本麦酒に引き留めていたのだ。

三浦の言う通りかもしれない。馬越は反論を飲み込むことにした。

間接射撃

明治三十三（一九〇〇）年六月、中国で義和団の乱が起きた。過激な排外運動を展開する秘密結社義和団に後押しされた清朝が、英仏独伊米など列強の八ヶ国連合軍に宣戦布告したのである。戦いは二ヶ月ほどで連合軍の圧勝となった。中でもロシアと日本が多くの兵士を派遣して、中国への領土的野心を露わにした。特にロシアによる満洲占領は、やがて日本が権益を持つ朝鮮にも進出してくるのではないか、と伊藤博文内閣に警戒感を抱かせた。ここから日露対立の構図が鮮明になっていく。それまでも日清戦争で得た賠償金の多くが軍備拡張に費やされていたが、それに拍車がかかった。

七月、馬越幸次郎は東京帝国大学薬学部を卒業して薬学士となった。しかし希望する研究者としての就職先は見つからない。そこで同年十月「まずは実社会で仕事をしてみろ」と言う父の勧めで日本麦酒に入社した。醸造部所属で待遇は技師見習である。醸造部長上野金太郎とドイツ人醸造技師コブリッツの下で、ビールとドイツ語の基礎をみっちり仕込まれた。

最初は腰掛けのつもりだったが、幸次郎はすっかりビールの奥深さに魅せられた。化学の知識も役立つし、美味いビールを完成させた時の達成感は格別である。醸造部門の社員の中でコブリッツとドイツ語で話せるのは部長の上野と幸次郎だけなので、古手の工員たちからも一目置かれた。おかげで社長の息子という特別扱いもない。もともと勉強好きなので、醸造関連の文献を読み漁って上野やコブリッツに質問する。腰掛けという意識は、ひと月も経たずに払拭されていた。

十一月十四日、新聞を読んでいた馬越が呟いた。

「ついにきたか。国防のためとなると、いよいよ逃げられないかな」

そこには「新税及増税計画」という見出しの下、次年度は追加予算が必要として数々の増税案と並んで、砂糖税、麦酒税という二つの新税が列記されていた。新税は三基金の補充のためと記事にあったが、三基金の中で最大なのは軍艦水雷艇補充基金、つまり軍事費なのである。

馬越は行動を起こした。星ヶ岡茶寮の麦酒業者懇談会に参加した三社だけでなく、キリンビール発売元のゼ・ジャパン・ブルワリー、カブトビール発売元の丸三麦酒に声を掛け、大阪麦酒の吹田村醸造所に各社代表を集合させた。「全国麦酒業者同盟会」を結成して反対運動を起こそうというのである。ただし、政財界に人脈を持つ馬越は政府要人たちから国家財政の逼迫度を聞き及んでおり、この反対運動が簡単に成功するとは見ていなかった。

税制導入反対か、低税率なら甘受するか。いわば和戦両様の構えが必要だ。

そんな中、読売新聞から馬越に取材が申し込まれた。反戦派もおり、軍需景気を期待する向きもありという複雑な世論の中で、どちらにも非難されないように対応しなければならない。新聞記者はいきなり切りこんできた。

「麦酒税は三年前にも検討されたことがありましたね。この時はまだ事業基盤が脆弱だからと業界が訴えて廃案となりました」

「その通りだよ。ビールは小さな市場なんだ」

「しかしビール市場は順調に成長しています。三年前は六万五千石でしたが、今年は二倍近い十二万石強の出荷量が予測されています」

「まあ、そのくらいにはなるだろう」

「では、もう事業基盤が脆弱だという言い訳は通用しませんね」

「何、言い訳だと」

馬越は記者を睨みつけた。

「馬鹿を言うな。十二万石はビール瓶にして何本だと思っているんだ」

「ええと、一石は十斗、百升ですよね。ビールの大瓶は四合弱だから一升三本として、ええと」

「一石が三百本。十二万石で三千六百万本だ」

「大きな数字じゃないですか」

「日本の人口は四千三百万人だぞ。つまり国民一人当りの年間ビール消費量は大瓶一本に届いていないのだ。これで日本にビールが根付いたと言えるかね。まだ弱小産業なのだ」

「あっ。ああ、なるほど。良く分かりました。では今回の麦酒税法にも、事業基盤が脆弱なので反対ということですね」

「まあ、待て。私は国防の大切さを十分に理解しているつもりだ。何が何でも反対というわけではない」

「では賛成ですか」

「業界として賛成はできない」

「ふうむ。反対でもなく、賛成でもない。ビールは人気商売ですから敵を作りたくないんですね」

「弱小産業は子供のようなものだ。上手く育てれば稼いでくれる。家が貧乏になった時に、小遣いくらい削るのは仕方ないが、三度の飯を削ったら育たないだろう」

「なるほど。産業育成を阻害しない範囲の税負担ということですね。これで書けます。ありがとうございます」

「察しが良くて助かるよ。上手く書いてくれ」

明治三十三年十一月三十日の読売新聞の記事には以下の文章が挟まれていた。

「内地産業の発達を害せざる程度に於いて賦課すべき筈にて、之に就てはヱビス麦酒会社の如きも賛成の意を表し居れり」

課税が少額なら業界は何とかまとめてみせる、という馬越からのメッセージである。大蔵省がきちんと理解してくれれば良いが、と馬越は祈った。

しかし、実際に聞こえてきた麦酒税は一石当たり七円という高額だった。これでは本格的に反対運動を起こさざるを得ない。明治三十四年一月九日、目黒の日本麦酒本社に全国から麦酒醸造業者十七社の四十余名が集結した。業界首位の日本麦酒社長馬越を中心として討議が行なわれ、以下の方針が決定された。

「全国麦酒業者同盟会の名の下に、日本、札幌、大阪、ゼ・ジャパン、丸三の各社が交渉委員となり、第十五議会に提出される麦酒税法の反対運動を展開する」

「具体的には議員訪問と意見書配布などを行なっていく」

明治三十四年一月二十七日、衆議院に麦酒税法案が提出された。水面下で仕掛けられてきた反対運動も、いよいよ本格化する。二月八日、札幌麦酒会長の渋澤栄一が東京商業会議所会頭として「麦酒税一石七円を三円に低減すべし」との意見を貴族院に提出した。一方で馬越は、旧知の議員に面会を求め、あるいは新たに議員を紹介してもらい、業界の窮状に対する理解と税率引き下げを依頼していった。新しく知己を得た中に立憲政友会の原敬がいた。首相伊藤博文は政友会総裁なので、原は与党議員である。しかし政友会は寄合い所帯で結党一年弱。総裁が全権を掌握している状況ではない。したがって、政府案を与党に修正させる、という奇手が成立するのである。

原への工作の結果、二月十日の政友会増税委員会では「砂糖税の施行を十月から四月に繰り上げる」「麦酒税七円を五円に引き下げる」などの方針が決議された。

馬越は早速原の邸宅に謝礼に向かった。しかし、国会中のため帰宅するかどうか不明だと、家人に追い返された。それなら代わりに、と廻ったのが増税委員会委員長星亨の家だが、ここも留守であった。さらに訪ねた蔵相の渡辺國武宅も不在である。馬越は嫌な予感に襲われたが特に妙案も浮かばず、そのまま帰宅した。

翌朝、予感は的中していた。朝日新聞に「修正の魂胆」との見出しで、与党による政府案修正には裏がある、という暴露記事が出ていた。砂糖税の実施繰上げは、砂糖を先行輸入した台湾製糖や東京精製糖に巨利を生じさせようという大株主三井の暗躍だと指摘している。さらに麦酒税も、日本麦酒の馬越は三井出身だとして、三井と政友会の関係に疑問を呈していた。

二井財閥は結党時から政友会に資金援助していたのだから、どこかで元を取ろうとするのは当然だが、ここがそのタイミングだとは馬越も気づかなかった。

「まずい。砂糖も仕掛けていたとはな」

新聞を読んだ馬越は歯噛みした。

「明日の総会は荒れるな」

二月十二日、政友会の衆議院議員百三十余名が集まって代議士総会が開かれた。増税委員会の考えを説明し、議会での党の方針を決めるのである。総会は冒頭から星委員長の説明に反対意見が続出し、修正案が否決されて政府案に戻された。麦酒税も一石七円が生き返ってしまった。最後に討議された砂糖税問題では、三井との癒着が朝日新聞に書かれたのは党の信用失墜に繋がると非難され、これも政府案支持と決まった。結局、増税委員会での修正案は何一つ認められなかったのである。

二月十五日、衆議院増税委員会が開かれ、増税はすべて政府案がそのまま可決された。そして翌十九日の本会議で可決されて衆議院を通過した。次いで貴族院で審議だが、そこで逆転した前例はない。もはや麦酒税法の導入は決定したと思われた。

しかし馬越は諦めなかった。貴族院議員に接触して訴える機会を探らせていたところ、二月二十一日の夜に吉原の山口巴で彼らが宴会をするという情報を得た。馬越は何の成算もないまま、女将に頼んで隣の座敷で待機することとした。

その日、馬越は一人で吉原大門をまたいだ。山口巴は大門をくぐってすぐ右にある。馬越がその一室に座った時には、既に貴族院議員たちの宴席は始まっていた。挨拶に出た女将と四方山話を交わす中で、馬越は素知らぬ顔で尋ねる。

「最近、伊藤公のご来臨はあったかね」

「それがとんとお見限り。近ごろ伊藤様は吉原ではなく赤坂なんですよ」

「ほう。お目当てが出来たのか」

「春本の琵琶だそうです。桜川町の旦那ならご存じでしょ」

「ああ、去年の観楓の宴で踊った芸妓の一人だな。その後はずっと隣でお酌してくれた」

「どうせ、いつものように銀のかんざしで口説いたんでしょう」

「ふふ」

突然、馬越の頭に奇策が閃いた。これは使えそうだ。具体的にどう仕掛けるかと知恵をめぐらす内に、隣の座敷の宴会の音が大きくなった。誰かが小便に立ったのか、ふすまが開いたらしい。馬越もここが潮時と見て部屋を出た。

「おや、馬越君。奇遇だね」

「エビスビールの売り込みかい。ご苦労様」

馬越の狙い通り、便所に向かう廊下で旧知の議員たちが声を掛けてきた。馬越はわざと驚いたふりをした。

「おや、これは一別以来。はい。では後ほどお座敷へお流れ頂戴に伺います」

調子を合わせながら、さりげなく同席する手筈をつけた。そして便所から戻ってきた議員たちを取り巻いて座敷に潜り込んだ。

「はい、新しい幇間が参りました。五十過ぎでいささか錆び付いておりますが、どうぞご贔屓に」

馬越は賑やかに座敷に踊り込んだ。旧知のご機嫌を取り、初対面に挨拶して回る。すんなりと宴席に溶け込んでしまった。

やがて、座が乱れてきたと見るや馬越は立ち上がった。

「貴族院議員の皆様、ヱビスビールの馬越でございます。今回の皆様のご審議につき、一言申し上げたき事柄がございます」

その大きな声に周囲が驚いて振り返った。一人ひとりに視線を合わせながら語り始めた馬越を中心に、沈黙と凝視の輪が広がっていく。

「このたび伊藤公が計画された麦酒税について、拙者にいささか思い当たるふしがございます」

麦酒税法反対を叫ぶ中心人物の告白である。芸者も三味線から手を離し、座敷は静まり返った。

「過日、伊藤公が大切にしている赤坂の芸者に拙者が手を出して失敬してしまった、という一件がありました。それが発覚いたしまして、公は大変なご立腹。そこで拙者を懲らしめんと麦酒税導入を画策されたのでございます」

政治の話と思いきや、とんでもないスキャンダルである。これには百戦錬磨の貴族院議員たちも毒気を抜かれた。しかし一瞬の静寂の後、座敷の奥から「よくやった」と声が掛かり、張り詰めた空気は一気に崩れた。吹き出す者、拍手する者、野次を飛ばす者。芸者も三味線を再開する。あっという間に噂の花が咲いた。

「伊藤公のお手つきって誰だ」

「お手つきだけなら数知れずさ。今は春本の琵琶だそうだ」

「伊藤は節操が無いからな」

「もう七十を超えておるのになあ」

「何だ。貴公は羨ましいのか、溜め息をついて」

「いや、違う。嘆かわしいという溜め息だ」

「まあ、彼奴のは一種の病気だよ。離婚して芸者を後妻にしたのに、浮気がやまないほどだからな」

「そうだった。あははは」

伊藤の後妻梅子は下関の芸妓出身であるが、日本初のファーストレディとして婦徳の鑑と称される賢夫人である。しかし伊藤の芸者遊びは続いていた。一方の馬越も、口説いた芸者を百人毎に落籍して料理屋を持たせるという話で知られた芸者好きである。当代屈指の芸者好き同士が、一人の芸者をめぐっての鞘当てである。これが面白くないはずがない。

「それにしても、女を盗られた腹いせに麦酒税とは迷惑な話だ」

「自分はあっちこっちに手を出しているくせに、男らしくない奴だ」

「少し灸をすえてやろうか。麦酒税だけ反対すれば、いやでも耳目を集めることができるぞ。新聞も面白がって書くだろう」

「そうだ。だいたい伊藤は貴族院を軽視している。傲慢だ。けしからん」

かねてから蓄積されてきた伊藤への反感が噴出してきた。家柄の良い自分たちが百姓出身の伊藤の下にいることも、また芸者遊びを続ける伊藤の精力も嫉妬の種だった。

馬越が「これは拙者の不徳。どうかご内聞に願います」と逃げてしまったので、彼らは少ない情報だけで延々と伊藤の悪口を繰り返した。

この流れに乗ったのが黒田長成と谷干城である。黒田は福岡藩主黒田家の嫡男で英国ケンブリッジ大学卒業。貴族院の副議長である。谷は土佐藩士で、西南戦争で熊本城を死守したことで知られ、貴族院では予算委員長も務めている。この重鎮二人が、清浦奎吾ら貴族院の良識派を率いて、アンチ伊藤の空気を実際の審議に反映させたのである。

今回、衆議院を通過して貴族院に回された案件の中で、麦酒税を含む八種の増税と新税に関する案件は、一括して特別委員会が審議を任されることになった。その特別委員会の委員長には黒田長成が、副委員長には谷干城が就任した。そして二月二十五日、これら増税案件について特別委員会から報告がなされた。

「酒税法中改正法律案件外七件　右　否決スベキモノナリト議決ス　依テ及報告候也　右　特別委員長　侯爵　黒田長成」

これまでは何でも可決してきた貴族院が、まさかの否決である。その理由は「増税理由として軍費とそれ以外が錯綜している」「政府が的確に財政整理すれば資金はあるはず」「現に用途未定、繰越金なども散見される」「公債を売る手もある」「増税するなら臨時議会を召集すべき」など論理的なものであった。

これに対して政府側の委員阪谷芳郎は丁寧な答弁を続けていたが、他の委員が「予備費が無くなるまで増税はできないのか」「公債が下がっても売れと言うのか」などと感情的に反論するので、議論は紛糾する一方である。伊藤も貴族院に駆けつけて熱弁をふるったが効果はない。それどころか「そんなにムキになるのは女を盗られた悔しさだろう」と野次られる始末だ。

審議の場を抜け出した伊藤は皇居に向かった。しばらくして皇居から貴族院に連絡が届く。延々と続く議論を、議長近衛篤麿が突然さえぎった。

「只今詔勅が下りました。一同起立願います」

そして読み上げられたのは、帝国憲法第七条によって二月二十七日から三月八日まで十日間の停会を命じる、という内容だった。調整がつかないと見て、伊藤が議会を一時中断させたのである。

それから水面下での議論が続いた。増税案は認め、砂糖と麦酒に関する新税のみ否決するという妥協案も検討された。井上馨、山縣有朋、松方正義、西郷従道という四元老が調整に動いた。それでも妥協点は見つからない。

馬越は意外な展開に驚いていた。苦し紛れにでっち上げたゴシップが、ここまで奏功するとは予想外だった。麦酒税法を直接批判しないので「間接射撃」と名付けられて巷でも話題になっている。世論は判官贔屓が常であるので、馬越は英雄扱いされ、伊藤には悪評が立った。しかし、もともと井上馨に見出された馬越である。その盟友である伊藤の謦咳にも接しており、密かに尊敬していた。芸者好きなところなど親近感を覚えていたくらいだ。だから、その名を貶めたことには心を痛めていた。

また担当する政府委員に阪谷芳郎が含まれていたことにも驚いていた。芳郎は馬越の師阪谷朗廬の四男で、馬越は十九歳も年下の芳郎を朗廬と同様に尊敬していた。だから師に弓を引いたような気持ちもある。いかに形勢が有利でも素直には喜べなかった。

しかし、麦酒税はもはや風前の灯である。停会が解けた三月九日には、再び三月九日より十三日迄五日間帝国議会の停会を命ずという詔勅があり、とりあえず五日の時間稼ぎとなったが解決の道は見えなかった。

ここで伊藤博文が起死回生の一手を放った。天皇に、貴族院の譲歩を命じる勅語を要請したのだ。三月十四日、貴族院議長近衛篤麿が神妙な面持ちで勅語を朗読した。

朕中外ノ形勢ニ視ヲ深ク時局ノ難ナルヲ憂フ今ニ於テ必要ノ軍費ヲ支弁シ並ニ財政ヲ鞏固ニスルノ計画ヲ立ツルハ誠ニ国家ノ急務ニ属ス

朕先ニ議会ヲ開クニ方リ示スニ朕カ意ヲ以テシ而シテ政府ニ命シテ提出セシメタル増税諸法案ハ既ニ衆議院ノ議決ヲ経タリ

朕ハ貴族院各員ノ忠誠ナル必ス朕カ日夕ノ憂ヲ分ツヘキヲ信シ速ニ廟謨（びょうぼ）ヲ翼賛シ国家ヲシテ他日ノ憾ヲ遺ササラシメムコトヲ望ム

文中の「廟謨」とは朝廷の政策を意味する。この増税案は自分の考えに沿うから従うように、という意味である。これには貴族院も譲歩せざるを得ない。あらためて審議が再開され、三月十六日に貴族院を通過して、ようやく事態は収拾された。麦酒税法は廃案の一歩手前まで追い詰められながら、勅語という非常手段によって大逆転で可決成立した。馬越は大魚を逃したのである。

しかし、勅語を要請できるのは一内閣一回限りという不文律があり、これによって第四次伊藤内閣は、その権利を失ってしまった。伝家の宝刀を持たない内閣に指導力はない。伊藤は閣僚たちが内輪もめを起こすなど政権運営が難航すると、あっさり五月初頭に辞表を出した。馬越は、麦酒税法と総理の首を刺し違えさせたのである。

陸軍大演習と花火

明治三十四（一九〇一）年九月、上野とコブリッツの推薦により幸次郎に三年間のドイツ留学という辞令が出た。醸造部門の将来を担う人材と認められたのである。十月に休暇を取ってドイツに帰国するコブリッツと同行して各地の工場を視察し、十二月からアポルダ市のフェアアインス醸造会社に技師見習として入社する。アポルダ市は兄徳太郎の住むライプチヒの南西約八十キロに位置する都市で、この地でのビール醸造の記録は十三世紀にまでさかのぼる。フェアアインス醸造会社の前身となる醸造所は、十八世紀初頭に醸造権を得ていた。現在の社名と体制になったのは一八八七年で、幸次郎渡独の十四年前であった。

海外留学の決断は社長が行なうのだが、馬越は社長と父の狭間で躊躇していた。長男徳太郎がドイツ留学に出て十三年。行きっきりである。喜久がその帰国を待ち望んでいるのに、さらに幸次郎も三年不在となるのだ。しかし幸次郎と会社の将来のためには決断せざるをえない。社長室に幸次郎を呼んで辞令を申し渡した後、父子は相談して一緒に帰宅することにした。

「お帰りなさいませ。あら、幸次郎も一緒。珍しいこと」

「ああ、ただいま」

「ただいま帰りました」

「お帰りなさい。ちょうど良かったわ」

一人が着替えて居間に集合すると、お茶を入れながら喜久が話し始めた。

「実は幸次郎に縁談があるの。会社勤めも一年経って落ち着いたようだし、もう二十八歳だし」

父子は思わず顔を見合わせた。

「いや、ちょっと待て。実は」

「何ですの」

「幸次郎は三年間、ドイツ留学する。今日、その辞令を出したばかりだ」

「それなら留学前にお見合しなさい。ドイツの学校には、いつ入学するの」

「いや、学校ではない。ビール会社に入るのだ。出発は十月十日に決まっている」

「まあ、三週間もないなんて、どうして早く言ってくださらないの」

そこまで言って、喜久は黙り込んだ。うつむいて目頭を抑えている。父子には掛ける言葉も無い。沈黙がその場を支配した。

やがて喜久はゆっくり頭を上げ、さばさばした口調で切り出した。

「仕方がありません。この縁談はお断りしましょう。幸次郎、留学おめでとう。しっかり勉強して、お父様の会社を支えられる立派な技術者になってくださいね」

「はい。頑張って参ります」

「それと、徳太郎に会ったら、一度は日本に帰っていらっしゃいと伝えてね。お願い」

「はい。了解しました」

「しかし、ウチの男たちはどうして家で落ち着くことができないのでしょうね」

馬越に精一杯の皮肉を言って、喜久は笑顔を見せた。馬越は頭を掻くことしかできなかった。


学者、医者、役者、芸者という四者作戦を成功させた馬越だが、攻略すべき「者の付く商売」がもう一つあることに気づいた。それは記者である。三井物産の馬越は財界の名物男として、ちょくちょく新聞に登場していた。取材を受けて貿易動向などを真面目にコメントすることもあるし、無断で吉原での放蕩を記事化されたこともある。どちらにしても知人から「あの記事を読みました」「ご活躍で何より」などと話題にされる。それが商売につながることもあるので、悪い記事でも書かれたほうが得だと馬越は思っていた。一方、エビスビールも新聞広告は出しているが話題になることは少ない。馬越は、広告よりも記事になることに金を使いたいと考えるようになった。

明治三十五（一九〇二）年八月、馬越の耳に陸軍の機密情報が入ってきた。次回の特別大演習が熊本で本年十一月と決まったのである。しかも、天皇陛下御統監、つまり直接ご視察になるのだ。明治二十五年から始まった演習で、初めてのことである。

「これだ。日本中から新聞記者が熊本に乗り込んでくる。奴らがあっと驚いて、記事の一部にヱビスビールと書かざるを得なくなるような仕掛けを創ってやろう」

まず馬越は野田豁通を訪問することにした。かつて三井物産の営業として陸軍に通った時、調達の実務を担当する課長だったのが野田であった。旧交を温めながら、今回の演習について何か情報を得ようというのだ。

「久しぶりですねえ。担当を外れても時々こうやって来てくれるのは馬越君くらいですよ。今日はどうしたのです」

「少し時間ができましたので、ご機嫌伺いに参りました。そういえば今回の陸軍大演習には初めて陛下が御統監とのこと。さすが熊本でございますね」

野田は熊本出身である。初の天覧大演習はお国自慢でしょうと、水を向けたのだ。

「よくご存知ですね。熊本は西南戦役の激戦地ですから、陸軍としても演習に力の入るところです。陛下がお越しになれば、双方の兵士の霊も浮かばれることでしょう」

馬越は当時、政府軍の食糧や物資の調達で随行し、文字通り弾の下をくぐって働いていた。しばらく思い出話が続いた。

「ところで野田様、知人の新聞記者が演習を取材に行くと張り切っておりましたが、たくさん押し寄せられると迷惑でしょうね」

「いやいや、演習場は二個師団が騎馬で縦横無尽に動ける広さですから、百人やそこらで邪魔になるようなことはありません。面倒なのは、そうですね、一ヶ所で行う観兵式くらいかな」

「演習場はそんなに広いのですか。私も見てみたいものです」

「演習に十円も寄付すればよいのです。閲覧資格が取れるように私が口を利いてあげましょう。造作もないことです」

「本当ですか。では、よろしくお願いします」

この短い会話によって作戦のタイミングと場所が決まった。観兵式の前だ。会場は渡鹿の練兵場である。熊本市内から会場に向かう道のどこかが仕掛けどころだ。西南戦役では命懸けで物資を運んだ思い出深い道筋である。馬越は記憶をたどって、ある空き地を思い出した。地主が一部で牧草を育てているだけの、瓦礫と砂利の痩せた土地である。馬越は電報を打って、演習の一週間前から土地を借りるよう手配させた。

馬越はそこに「奉賀」「陸軍大演習」「恵比寿麦酒」という大看板を建てるつもりでいた。しかし観兵式は朝の九時からである。陛下御来臨の前に良い場所を確保したい記者達は夜明け前から出かけて来るはずだ。そうなるとまだ薄暗くて看板が目立たない。そんな懸念が現地から報告された。

「電気が引ける場所ではないし、松明や篝火では物々しくていかん。さて、どうしたものか」

しかし、こんな時に風穴を開けられるのが馬越である。

「よし、とにかく現場は薄暗いと決めて、そこから考えよう」

薄暗い中で目立つのは光である。電気も炎も使わずに文字を表現できるものを、と考えるうちに仕掛け花火に思い当たった。火といっても物々しくはない。名古屋に腕の良い花火師がいると聞いて打診してみると、あっさり快諾を得た。ただし字画の多い文字は難しいので「祝」「リクグンダイエンシュウ」「エビスビール」としたいと言う。馬越はヱビスが目立てば構わないと即断した。

明治三十五年十一月十四日、騎馬の担当武官に連れられた百人もの新聞記者たちは、夜明けとともに熊本市内を出た。閲覧資格のある市民たちも後を追う。街道はほの暗く、見上げると一面の曇天である。寒風が肌を刺す中、無言の行進が小一時間続いた。

馬越たちの待つ空き地に彼らがさしかかった時、突然ヒュルヒュルヒュルと何かが風を切る音が聞こえた。驚いた一同が振り向くと、上空で鮮やかに花火が開いた。その下の空き地では仕掛花火の「祝」「リクグンダイエンシュウ」「ヱビスビール」の文字がパチパチと火花を散らしている。新聞記者たちが歓声を上げた。

しかし騎馬の武官は違った。

「不敬な」

小声でつぶやくと、一人の武官が仕掛け花火の脇にいた馬越たちに近づいてきた。馬越はフロックコート。それ以外の十数人は揃いの法被姿である。誰が見てもフロックコートが頭領だ。武官の眼は真っ直ぐに馬越を見据えている。

突然、馬越が叫んだ。

「陸軍大演習おめでとうございます。陸軍大演習、ばんざぁぁい」

花火職人たちも懸命に唱和する。

「ばんざぁぁい」

「ばんざぁぁい」

すると、新聞記者についてきた市民たちが呼応した。

「陸軍大演習、ばんざぁぁい」

「ばんざぁぁい」

「ばんざぁぁい」

予期せぬ万歳に武官が振り返った。新聞記者たちは揃って手帳を取り出し、何事かを書きつけている。ここで花火を仕掛けた連中を蹴散らすのはたやすいが、新聞記者に何か書かれては面倒なことになる。

「もうよい。鎮まれ。奉祝、ご苦労であった」

武官はさっと馬を返し、街道へと戻っていった。その後ろ姿に一同は深々と最敬礼したが、馬越は下を向いたまま舌を出していた。

局面打開へ

明治三十四（一九〇一）年に施行された麦酒税法は、日本のビール市場を恐ろしいほど変えた。このとき初めて導入されたビール税は一石七円。大瓶一本当たり二銭五厘、税込み小売価格の十三パーセントである。いきなり一割以上の値上げとなれば、売上減少は避けられない。

特に問題なのは、造石税という日本酒と共通の課税方法であった。当時の日本酒は寒造りで一年に一回しか醸造しない。従って醸造設備の生産能力と年間の生産量とは原則としてイコールになる。だから税務当局が生産能力を調べて、それに酒税単価を掛けて税額を決定していた。

しかしビールは季節を問わず何回も醸造を行なう。そこで生産能力に一年間フル稼働した場合の回数を掛けて、それに単価を掛けたのである。ビールは季節商品であるのに、生産量が減る冬であっても、フル稼働に相当する税金が掛かるのである。だから一石七円といっても、実質的には十円にも十五円にも当たると噂された。

さらに厳しいのは翌月分を前納することだった。稼いだ金から払うのではなく、生産者が立替えるのだ。これは中小企業の資金繰りに壊滅的な打撃を与える。百社ほどあったビール醸造業者は次々と廃業し、三十四年末に生き残っていたのはサッポロ、エビス、キリン、アサヒの四社と、準大手と言われる半田の丸三麦酒、東京の浅田麦酒、神奈川の東京麦酒、その他十六社だけだった。つまり百社が二十三社に減ったのだ。これほど中小企業を破壊した法律は珍しいだろう。

大手集中、寡占化という流れの次は、どんな業界でも安売り合戦と決まっている。なぜなら、大手の間には品質や知名度に決定的な差はないので、どうしてもリベートなどの価格政策に関心が集まるからだ。

日本麦酒は明治二十九年から七年連続首位であるが、その後半は苦戦続きであった。三十三年秋からの不景気と麦酒税によりビール市場が四年で二割も縮小したからである。馬越が後に「商戦において許されうるほとんど極度の販路争奪が行なわれ」と書くほどの激しい生存競争が繰り広げられた。

三十三年に三万七千石を出荷した日本麦酒だったが、以後は毎年売上を減らし、三十六年には一万八千石、業界三位に下がった。三年で半減である。特に明治三十六年に札幌麦酒東京工場の出荷が始まってからは、東京市場は札幌麦酒に蹂躙された。日本麦酒が長く占めた業界首位の座は三十六年に大阪麦酒、三十八年には札幌麦酒と目まぐるしく変わる。リベートだけでなく、営業経費も設備投資も麦酒税も重くのしかかる。金は掛かる、利は薄い、でも戦いは止められない、という泥沼になってきた。

日露戦争が始まった三十七年、馬越が泥沼からの脱出に動き出した。その裏には、馬越自身が帝国商業銀行の会長職に専念するために不毛な戦いを終わらせて日本麦酒社長を降板しよう、と考えたことにある。

馬越がその考えを固めたのは同年一月十八日、大蔵大臣曾禰荒助の官邸であった。ロシアとの戦争が避けられないと腹をくくった日本政府は、戦費調達の手段として国債発行を検討していた。そこで大手銀行の引受可能額を聴取すべく、各行の代表者を招いたのである。同席したのは曾禰蔵相の他、大蔵次官阪谷芳郎、日本銀行総裁松尾臣善、三井銀行専務理事早川千吉郎、三菱銀行部長豊川良平、第百銀行頭取池田謙三、第一銀行総支配人佐々木勇之助、そして帝国商業銀行会長馬越恭平である。曾禰の別荘がある鵠沼海岸から届けられた鮟鱇（あんこう）の鍋をつつき、綺羅星の如き面々と談笑しながら、馬越は日本を代表する銀行家の一人として国から認められていることを心から誇りに感じた。そしてもっと銀行に集中するために、日本麦酒の社長を辞めるべきだと考えたのである。

そのためには、まずビール商戦を終結させねばならない。馬越は札幌麦酒役員の大倉喜八郎を口説くことにした。大倉には恩がある。馬越が三十二歳で岡山から戻った時に、一緒に会社を興さないか、と声を掛けてくれたのだ。結局、設立直後の三井物産に入社したので実現しなかったが、大倉の一声は馬越に大きな自信を与えてくれた。以来、大倉への感謝の念は変わらない。

明治三十七（一九〇四）年初夏、馬越は大倉を京橋の鰻の老舗竹葉亭に誘い出した。馬越は鰻が苦手である。子供の頃に滋養があるからと無理やり食べさせられたからだ。大倉は大の鰻好きで、昼時の来客と鰻重を一緒に食べるのが有名だった。

「馬越さんと鰻を食うのは初めてじゃないかな」

「そうですね。御社に何度もお邪魔しておりますのに不思議ですね」

実は馬越が昼時を避けていたのだが、そこは白ばくれた。今回は大倉に気持ちよく話を聴いてもらうために、鰻の香りに助けてもらうのだ。話し好きの二人は、戦時下の経済問題から財界人の悪口や昔話まで、さまざまな話題を楽しんだ。しかし、ビール業界に話が及ぶと、馬越は独り舞台のように熱弁をふるい始めた。

「大倉さん、我々は日清戦役に勝ちました。そして、このたびの日露大戦で勝てば世界の一等国となります。そうなれば日本はアジアへ、南洋へ、世界へと勢力を伸ばしていきます。そうなった暁には、我々産業人も各自の事業を海外雄飛させ、日本に富をもたらさねばなりません。そう考えれば、今為すべきことは明白です。来るべき海外雄飛に備えて、体力を蓄える。これに尽きます」

にわかの大演説に大倉はきょとんとしたが、馬越の快気炎は止まらない。

「しかし我々のビール業界はどうしたことでしょうか。安易な値下げ合戦に走って、互いに血を流し、体力を削りあっています。これは不毛です。我々は戦う場所を間違えています。今、国内で戦うより、将来、世界で戦うことを考えるべきです。必ず、世界の一等国のビール会社として、世界で戦う体制が必要になるのです。そのために合併しましょう。合併して戦いをなくし、体力を蓄えましょう。近い将来、世界にビールを売って日本に富をもたらす。その海外雄飛のための体制づくりこそ、我々の務めではないでしょうか」

大倉は驚いたような顔をしていたが、やがてゆっくり口を開いた。

「私も、何とかこの消耗戦を終わらせなければ、と考えていたところだが、合併には思い至らなかった。その手があったな。しかも、海外雄飛とは恐れいった。五年後、十年後を見てこそ経営者だ。うむ。たいしたものだ」

「ありがとうございます。札幌麦酒と日本麦酒が合併すれば、一番金の掛かっている東京市場が相当楽になります。両社が一丸となれば関西圏の強化も可能です。四大銘柄の睨み合いから一歩抜け出して、キリンやアサヒを蹴散らしましょう」

するると、大倉が慌てて手を振った。

「ちょっと待ちなさい。まず矛を収めて体力を蓄えるのが先決ですぞ。キリンやアサヒに勝つことを優先したのでは、業界の構造を変えることはできない」

「あっ、そうでした。失礼しました。せっかく、五年後、十年後を見てこそ経営者、と褒めて戴いたのに、今日明日の勝負に目がいってしまいました」

「あははははは。気持ちは分かる。戦っている人間だからな」

「いやあ、失礼しました。しかし、現場の考え方も私と同じだと思います。いくら経営陣が競争緩和を説いても、現場は有利な立場を使って勝とうとするでしょう」

「そうだな。それに反発したキリンとアサヒが手を結べば、東西真っ二つの大戦争になりかねない。そうなれば事態は更に悪化する。いや、これは大変だ」

二人は黙り込んでしまった。しばし静寂の中、廊下から「失礼いたします」という声があり、仲居が鰻重を運んできた。二人は黙ったまま蓋を開け、食べ始める。

こんな行き詰まった雰囲気の中で、苦手の鰻を食べるのか。馬越は閉口していた。すると、大きく鰻を頬張った大倉が、顔を上げてにっこりした。そして、満足げに飲み込むと話し始める。

「馬越さん。私は鰻好きだから、鰻を食うと知恵が湧くのだ。さて、この解決は簡単だ。大阪麦酒も合併に参加させる。もともと三社で懇談会をやっているのだから、その延長上で考えれば良いのだよ。キリンは外国人経営の会社だし、懇談会にも参加していないし、とりあえずは放置しておこう。三社が合併すれば、キリンが玉砕覚悟で突進してこない限り、競争が激化することはない」

「なるほど。そうでした。懇談会を忘れていました」

「では私が渋澤先生を口説いて、必ず札幌麦酒を合併に参加させる。馬越さんは大阪麦酒の鳥井を口説いてくれないか」

「はい。早速そのように取り計らいましょう」

「さあ、いつまでも話していると鰻が冷める。私は鰻好きだから構わないが、馬越さんは熱いうちに食べたほうがいいよ」

「えっ」

鰻が苦手なことを知っていたのだろうか。目をやると、大倉は下を向いて一心に鰻重を食べている。食えない爺だ。この日、馬越は鰻重を難なく完食した。


明治三十七（一九〇四）年三月、会社の馬越の下に、ドイツ留学中の次男幸次郎から手紙が届いた。公式の定期報告は上司の醸造部長上野金太郎宛で、プライベートは自宅の喜久宛なので、馬越宛とは異例である。慌てて封を切った。

「二年四ヶ月修業したフェアアインス醸造会社は予定通り三月末で円満退社するという報告の後、改めてヘッセン州のマールブルク大学に入学したい旨の希望が記されていた。せっかくドイツにいるのだから帝国人学薬学部での研究を大成させたいと念じていたところ、渡独してきた恩師下山順一郎博士から「薬学者として専門の研究を一つだけは完成させるべきだ。君に勧めたいのは日本産のアコニットの研究だ。よければドイツ最高の薬学者であるマールブルク大学のエルンスト・シュミット博士を紹介する。三年くらい頑張ってみないか」と激励された、と書いてあった。

アコニットとはトリカブト属から産する毒性の強いアルカロイドで、烏頭（うず）、附子（ぶし）、天雄など生薬の成分である。古代西洋では毒殺に用いられたが、近代では末梢神経を麻痺させる疼痛性麻酔薬として使われる。北海道ではアイヌ民族が矢毒とした例が知られており、幸次郎はこれに目を付けていた。

馬越は迷った。薬学の道を望んだ幸次郎に、たまたま良い就職が無かったのを幸いとビール醸造へと誘い込んだのは馬越自身である。なし崩しに薬学を諦めさせてしまった、という申し訳無さを感じていた。薬学でも一つくらい功績を挙げさせたいが、日本麦酒の将来を託す技術者に育てるという留学目的から外れる。それを許せば親馬鹿と言われるだろう。はて、どうしたものか。

馬越は社長室に幸次郎の上司である上野金太郎を呼んで意見を求めた。

「どうだろう。会社のためにはならんが、親として、やらせてやりたい気持ちもある」

「社長。幸次郎さんは、社員として会社の金を使って留学しているのです」

「分かっておる」

「つまり、会社のためになれば良いのです」

「どういうことだ」

「下山先生はかなり幸次郎さんを買っています。手紙には書いてありませんが、幸次郎さんならこの研究は三年で完成する、博士号が取れる、と言っているのです」

「三年で博士か」

「いえ、研究が三年で、それから発表して審査ですから四、五年ですね」

「なるほど」

「日本麦酒の技術陣には薬学博士がいる、というのは会社の格が一段と上がります」

「そうか。しかし五年もビールを離れて大丈夫か」

「三年で研究を終えれば、帰国して現場に戻れます。審査は本人がどこにいても同じです」

「なるほど。上野は下山先生という方を知っているのか」

「お忘れですか。私は東京医科大学の薬学部を卒業して大学院に進んだのですよ。下山先生には大学院時代から現在までご指導戴いております」

「現在もか」

「あっ、はい。そうです」

「どういうことだ」

「はい。私も薬学博士を目指しております。先だっても、内国産阿片について下山先生が案出したナルコチン定量法の正確性を証明する論文を提出しました」

「何だ。同じ穴のむじなに相談していたのか」

「まあ、そうなります。しかし下山先生は日本薬学界の最高権威ですから、皆が集まるのは当然です」

「分かった。とにかく、当社は二人の薬学博士を抱えるのだな」

「数年後ですが、たぶん」

「よし。それなら入学を認めることにしよう。支援はよろしく頼むぞ」

一ヶ月後に上野は小樽に出張し、銭函海岸でエゾトリカブトなどの塊根三俵を買い集めてドイツに送った。そして幸次郎の名を薬学史に残すエゾアコニチンの研究が始まった。

大合同計画

馬越と大倉による三社合併構想は、たまたま上京中だった大阪麦酒社長鳥井駒吉に伝えられ、基本的には了承された。しかし、具体的な交渉が始まると、合併条件について各社の主張が異なり、なかなか妥協点が見つからない。一年経っても総論賛成、各論反対のままで、日に日に膠着状態が明白になっていった。

三位に陥落した日本麦酒が最も苦しい状況なので、合併交渉には前向きである。札幌麦酒は明治三十六（一九〇三）年に東京工場竣工、三十八年には業界首位と好調なため、各論では妥協しない面もあるが、大倉と渋澤の方針通り、総論賛成は揺るがない。

問題は大阪麦酒である。西日本に確固たる基盤を持ち、三十六、七年は業界首位を奪取して強気である上、業務多忙を理由にしばしば会合を欠席する。しかも、増資による吹田村醸造所の増設を決行した。合併交渉中に資本金を増やせば、いろいろな前提が変わってしまう。本気で合併する気があるのか、と他の二社の関係者は疑心暗鬼になった。

どうやら暗礁に乗り上げたようだ。ここを脱するには、何か別の力が必要だが、はて誰に頼もうか。馬越は人脈のあちこちに思いを馳せた。そして白羽の矢を立てたのが農商務大臣清浦奎吾である。

熊本出身だが日田の咸宜園で学び、同塾出身四千余人の中では、幕末の高野長英、維新の大村益次郎と肩を並べる俊才である。司法省で検事、警保局長、司法次官を務め、その後は山縣有朋の後継と目されて主に貴族院で活躍していが、現在は桂太郎内閣の農商務大臣となっている。麦酒税導入の際に貴族院で積極的に反対してくれた一人で、馬越とはその時に出会った。法務官僚出身という経歴とは裏腹に、多弁でユーモアに溢れている。面長で細い目に下がり眉。天下国家を論じても、どこか飄々としている姿に、馬越け頼もしさを感じた。馬越は人脈を活用し、ビール三社合併について相談する機会を得た。

「過日も清浦様のご講演を拝聴しましたが、心から勇気を頂戴しました。特に『乱に居て治を忘れず』というお言葉には驚かされました。一瞬、逆ではないかと思わせて、良く考えると、今日これほど大切な言葉はございますまい。聴衆の心に深く刻まれます」

「いや、それほどでもないがね。しかし実際、戦争にかこつけて何でも売りつけようとする輩はおるのだ。火事場に金魚鉢を売りにくるような奴がな。戦争だから何でも許されるわけではない。戦後の体制構築に繋がっていなければならん」

「まさに仰せの通りです」

そう言ってから、馬越はビール業界の安売り合戦の苛酷さを説明し、今こそ合併して海外雄飛のために体力を蓄える時期だと、大倉を口説いた台詞を再現した。清浦は頷きながら聴いていた。

「馬越さん。あなたのお考えは、全く私と合致している。これはビールだけの話ではない。企業が合同に進むのは、日本が生き残る唯一の道と言っても良いくらいだ」

「どういうことでしょうか」

「日本は小さな国だ。ユーラシア大陸から見れば庭石だよ。資源も乏しい。産業が富を生み出してこそ生き残れる。産業が世界に伍して戦っていくには、企業合同で企業規模を欧米並みとする必要がある。私は『分立から合同へ』を合言葉に、これを広めようと考えておるのだ」

「なるほど。清浦様のお言葉は分かりやすいのに深いですね。先般の講演で、各国の産業振興競争を『平和な戦争』とおっしゃいましたが、あれにも膝を打ちました」

「持ち上げるな。それよりビール三社には『分立から合同へ』のお手本になって貰いたいのだ。合併交渉は順調なのかね」

「それが」

馬越は、つい欠席の重なる大阪麦酒の態度を責めるような発言をした。すると清浦が反論してきた。

「馬越さん。自分が相手に不信感を持っているときは、相手もそう思っているものだ。失礼だが、日本麦酒は大阪麦酒に何か隠しごとをしていないか」

「いえ、特に」

「先方の希望や問合せをはぐらかしたこともないかね」

「そう言えば、当社で輸入した瓶詰機を見せて欲しいと言われて断ったことがありました。同じ機械を大阪麦酒も使っていたのですから見学は不要なはずだと」

「同じ機械なら見せても差し支えあるまい」

「それが、実は当社独自の改良が施してありまして、その工夫をした技術者が嫌がったのです」

「それを聴いて馬越さんはどう思ったのかね」

「それもそうだ、と思いました」

「なぜだね」

「もし合併が成立しなければ、工夫が相手に漏れるだけですから」

「それだ。昨年五月に、不肖清浦が設立した工業所有権保護協会を知っているかね」

「申し訳ありません。お名前だけで、内容は存じておりません」

「良く聴きなさい。せっかく苦労した工夫を他人に盗まれたくはない。工夫した本人なら当然だ。しかし国家としては、工夫を公開し共有してもらえば、同業者全ての役に立ち、国力が上がる。だから特許制度があるのだが、手続きが煩雑で金が掛かる。ちょっとした工夫だと、特許とは認められない」

「良く分かります」

「そこで工業所有権保護協会を設立し、本年には特許を簡略化した実用新案制度を導入させたのだ。今の瓶詰機の話も、その工夫を実用新案に登録しておけば、安心して見せられる」

「なるほど。早速、そのようにいたします」

ここで清浦が語った工業所有権保護協会は、発明協会に姿を変えて後世に伝わっていくのである。

「他にも問題がありそうだな。馬越さん。ご懸念は何でも話してみなさい」

「ありがとうございます」

馬越は総論賛成、各論反対の現状について詳細に説明した。その場で何らかの解決策が示されることもあったが、多くは質疑応答だけだった。しかし、最後に清浦から嬉しい言葉があった。

「馬越さん。この交渉は『分立から合同へ』を広めるために利用させて貰いたい。勝手だが、少し首を突っ込ませて貰うよ。必ず合同を成し遂げさせよう」

「ありがとうございます。青淵先生が賛成しても動かない現状ですが、清浦様のお力をいただけるなら新たな道が開けると確信しております」

青淵とは渋澤栄一の号である。財界の神様的存在より上だと言われて悪い気はしない。清浦は、近日中に動くことを約束してくれた。

それから三週間ほどして、三社に農商務大臣名による官邸への呼び出しがあった。各社五人という指示である。その指示を聞いた馬越は密かに微笑んだ。その場で各社内の意見をまとめさせて早期決着を図る、という清浦の意図を感じたからだ。

当日、馬越は取締役三浦泰輔、支配人小河作郎ら五人で蔵相官邸に乗り込んだ。札幌麦酒の席には専務取締役植村澄三郎、監査役大倉喜八郎らが座っている。大阪麦酒は社長鳥井駒吉、取締役生田秀などが来ていた。札幌麦酒会長の渋澤を除けば、重要人物は全て勢揃いしている。その前で清浦が口を開いた。

「日露大戦の最中、各位には戦意高揚に不可欠なビール生産に尽力かつ精勤、まずは深く御礼申し上げたい」

それから清浦は日露の戦況を語り、戦勝後の日本の姿を論じた。アジア諸国や地域を取り上げ、こんな民族がこんな生活をしている、と紹介しては、この国は日本領となりうる、とか、この地域は列強と共同統治すべきだ、などと評価していく。聞いている内に一同の頭の中で、戦勝後の日本がアジアの盟主にのし上がっていくイメージが共有されていった。

「諸君。これら広汎な地域が日本の傘下となり、そこでは諸君が生産したビールが飲まれるのだ。そのために今、諸君が為すべきことは何か。簡単だ。まず速やかに合併を果たして無用な値引き合戦に終止符を打つ。適正な利益を出し、アジア進出のための体力を蓄える。理の当然ではないか」

言葉を切った清浦は大阪麦酒社長の鳥井駒吉に声を掛けた。

「鳥井さん。値引きしなければ、貴社は安定的に利益が出せるかね」

いきなり名前を呼ばれて戸惑った鳥井だが、小さな目を丸くして懸命に答えた。

「あっ、ええ、もちろんです」

「合併に不安があるかね」

鳥井は慎重に言葉を選んでいる。

「私自身には不安はありません。しかし、株式会社ですから株主と銀行には納得のいく説明が必要です。今の時点で、その材料が十分に揃っているとは言い難いのです」

「決算書は交換しているのだろう」

「はい。しかし決算書に現れない技術力や、途上にある研究の評価など、一筋縄ではいかないものがあります」

「なるほど」

東京に工場がある札幌麦酒と日本麦酒は、既に幹部技術者の多くが互いに工場見学をしていたが、地理的に離れた大阪麦酒は取り残されていた。それを馬越から聞いていたので、清浦はまず鳥井の不安材料を尋ねたのである。そして清浦は腹案を明らかにした。

「鳥井さんのご懸念はもっともである。まずは互いの腹を見せ合うことが必要だ。三社から委員を出して、資産調査委員会を結成してはどうだろう。一緒に各社の拠点を訪問調査して協議しながら評価を一つずつ決めていくのだ。それが積み上がれば、各社の資産は確定する」

馬越は驚いた。資産評価の必要性は馬越も気づいて清浦に相談していた。しかし、調査は銀行が担当するものだと思いこんでいたので、各社の取引銀行がしゃしゃり出てくるのをどう仕切るか悩んでいた。鳥井が指摘した研究途上の評価も、技術の価値が分からない銀行が口を挟めば複雑化するのは明らかだ。しかし、自分たちが主体となって調査するなら、技術者同士で議論して納得すればよい。

銀行による一見客観的な評価より、自分たちが納得できる評価のほうが後顧の憂いはない。清浦の提案は、当事者間で心理的公平が共有できる巧妙な仕組みだった。

馬越は、そっと鳥井の顔色をうかがった。身を乗り出して聴いている。札幌麦酒の大倉や植村もうなずいている。清浦は下がり眉を一層下げて一同を見回した。

「ご理解いただけましたかな」

「もちろんです」

「ありがとうございます」

各社から異口同音に賛意が示された。すると清浦は深々と頭を下げ、なかなか頭を上げない。その長さに驚いた一同が沈黙する。ようやく顔を上げた清浦が再び口を開いた。

「日本企業は、これから海外雄飛の時を迎える。しかし世界に伍して戦っていくには、企業規模が小さ過ぎるのだ。しかし個々の企業が急に成長できるものではない。となれば、答えは一つしかない。企業合同である。企業合同で国際水準の規模を確保すべきだ。そこで私は産業界に『分立から合同へ』と号令を掛ける。そしてビール業界には、その手本になって欲しいのだ。この通り、お願いする」

清浦は再び深々と頭を下げた。現役の大臣がここまでお膳立てしてくれたのだ。各社はその場で提案を飲み、資産調査委員を選出した。日本麦酒は支配人の小河。札幌麦酒は専務の植村。大阪麦酒は取締役の生田。さらに調査時期を本年六月までと決めて、三人の委員が調査優先で動けるよう、各社は協力を誓った。

それから三ヶ月、資産調査委員会は積極的に活動した。まず固定資本、流動資本、負債について各社毎に調査して評価し、さらに三社を比較調整して総論としてまとめる、という枠組みである。

固定資本では、帳簿上の固定資産を見るだけではなく、ビール、麦芽、瓶の製造能力の評価を金額換算して加減した。例えば札幌麦酒の製造能力は高く評価され、帳簿上の資産に二十六万円の増額が妥当と認められたが、木造を煉瓦造りに改築する必要経費六万円を差し引くなど、最終的には二十二万円が加算された。流動資本や負債でも同様に、同業者ならではの詳細な観察による調整が為された。

そして総論に取り掛かった五月末、日本全体を揺るがす事件が起こった。三月の奉天会戦での勝利に続いて、日本海海戦で大勝利を収めたのだ。これで日露戦争は日本の勝利へと大きく傾いていく。そしてビール三社の合同計画も転換を余儀なくされた。

明治二十八（一八九五）年の日清戦争勝利からビール市場は本格的な成長局面に入り、各社は増産のために設備投資合戦に突入した。しかし明治三十四年の麦酒税導入から一転して苦戦続きとなる。ここで逸早く設備投資合戦から脱したのが馬越だった。投資を抑えて内部留保を充実させようと考えたのだ。

それを見た他の二社も設備投資を抑え始めたが、日本麦酒ほどの利益は出せず、一方では設備過剰になってきた。当時の麦酒税は製造能力に掛かるので、使わない設備でも税負担を重くしてしまう。つまり、使えないなら無いほうがましなのだ。

ビール市場が停滞したままなら、日本麦酒の豊富な内部留保はプラスに、他二社の過剰な設備はマイナスに評価されるのは当然だった。しかし日本海海戦の勝利は、ビールの注文を一気に増加させた。各社とも増産に追われる始末となり、札幌と大阪の設備はもはや過剰ではなくなった。そして資産調査委員会での議論は大きく転換した。

「申し訳ありません」

日本麦酒の調査委員小河作郎は、社長室で馬越と三浦泰輔に頭を下げていた。これまで「多額の内部留保が評価されて日本麦酒に有利な条件で合同できそうだ」と報告してきたのに、最後になって正反対に変わったのだ。

「社長。札幌の植村と大阪の生田は、足並みを揃えて強硬姿勢に転じました。これまでの方針を捨て、増産可能な設備体制を重視すべきだと言うのです」

「彼らがそう主張するのは当然だ。私がその立場でも、そう言うさ。これは時代の趨勢であって、お前の失態ではない。気にするな。それで、これからどうする」

「はい。当社の内部留保は両社の三倍以上です。これを主張して粘って参ります」

「うむ。三浦はどう思う」

話を振られた三浦は小河に尋ねた。

「株式の比率について、委員会の試算はどのくらいかね」

資産調査の最終目標は、各社の一株当たりの価値を定めることにある。最も価値が低いと見られる大阪麦酒の株式を一とした場合、他の二社はどんな比率になるか、というのが三浦の質問の主旨である。

「大阪を一として札幌は一・七倍前後の価値があると見ております。これは委員三名とも、ほぼ同意しております。当社は二・二倍だと私は主張してきたのですが、ここに来て植村が設備重視論を打ち出し、生田が同調して二倍を切るべし、と言い始めたのです」

「なるほど」

三浦は、しばらく書類をめくって様々な数字を確認していたが、やがて馬越に向き直った。

「社長。確かにビール市場は活況ですから、彼らの主張は当然です。しかし交渉は互いに譲歩して落としどころを探るもの。言う通りになっては、今後に悪影響を残します。ここは二倍を切らないことが肝心です。二・〇一倍でも構いません」

「なるほど」

そう答えて馬越は黙考した。社長室を静寂が支配する。やがて馬越は目をつぶった。まさか居眠り癖が出たかと三浦が心配した時、馬越が口を開いた。

「普段なら三浦の意見が正しいと思う。しかし、既に潮目は変わったのだ。ビールの注文は増え続ける。つまり、時間が経てば経つほど彼らの主張通りになるのだ。急がねばならん。今、彼らに従って二倍を切れば早期決着できる。おい、小河。一・九六倍を下限に交渉をまとめてこい」

馬越の考えた通り、交渉は次回であっさり決着した。大阪麦酒の株式を一として札幌株は一・六八倍、日本株は一・九六倍の比率と結論づけられた。植村も生田も拍子抜けしたようだったが、早期決着は望むところである。これに基づいた新会社の株式割当は、大阪麦酒一株に対して一株、札幌株には一・五株、日本株には二株と決まった。ただし札幌と日本の株は、一株当り払込済二十五円に加えて五円追加払込が必要とされた。

そして仮契約の調印は十二月十二日に行なわれることになった。それまでに決めておくべきことがもう一つ。それは社長人事である。新会社大日本麦酒株式会社はシェア七割の大企業であるから、ビール業界だけでなく財界にも顔が利く人物が求められる。

馬越は帝国商業銀行の会長に専念するために、合同を花道にビール業界から身を引くつもりでいた。そこで札幌麦酒会長の渋澤栄一に社長就任を打診した。しかし六十五歳の渋澤は「そろそろ仕事を減らす時期だ。札幌が解散となって内心ほっとしているくらいだ」と辞退した。次に大阪麦酒社長の鳥井駒吉を口説いたが「体調がすぐれないので、この機会に引退する」と断られた。最後の望みを大倉喜八郎に託したが「私は渋澤さんより三歳も上なのだ。仕事を減らすなら私が先だ」と逃げられた。

馬越は困り果てた。経営だけなら植村に任せられるが、社長となると財界での顔も必要である。植村を社長にするなら、渋澤か大倉を会長にして財界対策を任せる手もあるが、そうなると札幌出身者が社長と会長を独占するので、内紛の種になりかねない。仮契約の調印の日が迫ってくる。そんなとき、馬越は渋澤と財界の会合で同席する機会を得た。

「馬越君、社長は決まったかね」

「断られっぱなしです。青淵先生、せめて会長をお引き受けいただけませんか」

「私は断ったはずだ」

「はあ。しかし適任者がいないのです」

「君がやったら良かろう」

「私は帝国商業銀行に専念したいのです」

「駄目だ。君が社長になれ。そうしないと、せっかくの合同が台無しになる」

「しかし」

「経営は植村に任せればよい。技術には生田がいる。ビール会社の実務においては我が国で最高の二人だ。だが外から社長を連れてきても、あの二人を御することはできない。それは馬越君しかできないのだ」

「はあ」

「札幌の植村、大阪の生田。そこに日本麦酒の馬越恭平が、どんと乗ってこそ社内がまとまる。新会社に移る社員の気持ちを考えてみたまえ。首脳陣に三社の釣り合いがとれているというのは大事だぞ」

「そうですね。帝国商業銀行も日本興業銀行を吸収合併した後で、帝国派と興業派が揉めたことがありました。もし首脳陣が偏っていたら融和は難しかったかもしれません」

「それ見ろ。君だって分かっているじゃないか。私も応援するから引き受けなさい」

ここで馬越の反射神経が弾けた。

「よろしうございます。引き受けましょう。ところで、応援してくださるのですね」

「ああ」

「では、青淵先生も役員に入ってください」

「えっ。いや、そうきたか。ううむ。致し方あるまい」

「あと二つ条件があります。役員人事は私に一任戴くこと。帝国商業銀行の兼務を認めること」

「なるほどな。その二つを私から大阪麦酒に伝えろ、ということか。お安いご用だ」

「ありがとうございます」

こうして大日本麦酒は船出することになった。船から降りるつもりだった馬越が、新しい船の船長になってしまった。それでも本人は、二年くらいで逃げ出せるだろうと高をくっていた。

第六章　東洋のビール王

大日本麦酒誕生

明治三十九（一九〇六）年三月二十六日、大日本麦酒株式会社の設立総会が開催された。そこで選任された取締役は七名。社長馬越の他は、三社から二名ずつである。日本麦酒からは三浦泰輔、大橋新太郎。札幌麦酒からは渋澤栄一、植村澄三郎。大阪麦酒からは田中市太郎、生田秀。監査役は、日本麦酒の箕元忠、札幌の大倉喜八郎、大阪の土居通夫と各社一名ずつで、三社のバランスに気を使った布陣であった。

しかしビール専業と言えるのは植村と生田だけで、他は本業を持っていた。渋澤と大倉は財閥の創始者である。馬越は帝国商業銀行の会長が本業だ。三浦泰輔は甲武鉄道の社長。大橋新太郎は出版大手の博文館の社長。田中市太郎は日本綿花の社長である。箕元忠は大審院判事。通天閣を建てたことで知られる土居通夫は、大阪商業会議所会頭や大阪電灯の社長を務めている。

その一方、植村は札幌麦酒の経営を任されて業界首位に成長させた経営のプロである。生田はドイツ留学で日本初のブラウマイスターを取得した醸造のプロだが、資産調査委員会での活躍は経営者としての能力の高さも証明していた。この二人に経営を任せられると思って、馬越は社長を引き受けたのである。

しかし、とんでもないことが起きた。風邪をこじらせて体調を崩していた生田が、総会の二日後、四十八歳の若さで急逝したのである。植村一人に重責を背負わせるわけにはいかない。二年くらいで逃げ出すつもりだった馬越だが、しばらくは大日本麦酒に本腰を入れようと思い直した。

半月後、生田の墓前を訪れるために馬越は大阪に向かった。同行を願い出たのは資産調査委員会で一緒だった植村澄三郎と小河作郎である。東海道本線はこの四月に最急行の運転を始め、新橋から神戸まで初めて十四時間を切った。朝八時に新橋から乗り込んだ三人は沈痛な面持ちである。その雰囲気を変えようとしたのか、植村が生田の思い出話を切り出した。

「小河さん。吹田の工場を視察した後、二人で生田さんの家に招かれましたが、あの夜は楽しかったですな」

「いや、確かに楽しかったのですが、それ以上に驚きました。社長、生田さんには意外な隠し芸があったのですが、何だか想像がつきますか」

さすがの馬越も考え込んだ。

「意外な隠し芸か。真面目でドイツ語が得意だったから、西洋の楽器でも嗜んでいたのかな。バイオリンとか」

「近いようで正反対ですね。正解は能なのです。生田さんのご自宅には茶室兼能舞台まであるのです」

「あの生田が、能を舞うのか」

「いえ、生田さんは小鼓と謡です」

さらに植村が補足した名前に馬越が反応した。

「小鼓は大倉流で、宗家十七世大倉繁次郎宣明に学んでいます。謡は観世流で、師匠は大西閑雪」

「そうか。私は十四歳で丁稚に入った鴻池新十郎家と今でもお付き合いがあるのだが、先だって当代の新十郎さんにお会いしたら、大西閑雪に謡を習っていると聞いたよ」

「いろいろなご縁はあるものですね。生田さんは、謡は腹から声を出すから健康に良いと自慢していましたよね。植村さん」

「そうそう。それが五十歳にもならずに」

突然、植村が絶句した。涙をこらえているのだ。列車の単調な音の中、一同を沈黙が支配した。

「どうも湿っぽくていかん。おい、小河。話を変えよう」

「承知しました。真面目な話でもいいですか」

「おおいに結構だ」

「社長は新会社の方針について、生田さんと植村さんが書かれた文書をお読みいただいたと思いますが、ご感想をお願いします」

「うむ。よくできていると思うが、長過ぎるのが問題だな」

馬越は鞄の中から分厚い書類の束を取り出した。あちこちに貼られた付箋が雲丹の棘のようだ。

「受け取った日から毎日繰り返し読んでいる。よく目が届いていると感心したが、これが全部分かる奴は十人もおるまい」

植村が頭を掻きながら言い訳をした。

「それはそうですが、まず全容を明らかにすべきだと考えたのです」

「それは認める。だが新会社の方針は、社員や株主はもちろん、社外の得意先や新聞記者にも理解できることが肝心だ。これを三つにまとめてみろ」

「えっ、こんなにあるのにですか」

「三つは良いぞ。一つ、二つは物足りないし、四つ以上は憶えられない。三つにまとめるのが周知徹底のコツなのだ」

「はあ」

植村は長い顔の頬に手を当てて、しばらく考えていた。

「第一は海外雄飛でしょう。社長が大倉さんを口説いたときも、清浦大臣が我々を呼びつけて演説したときも、日露大戦に勝って世界の一等国になったら、日本の会社はアジアへの進出が必須になるから合同して競争をなくし、海外雄飛のために体力を貯えるべきだ、とおっしゃいました。これは外せません」

「うむ。その通りだ。では第二は」

「それが難しいのです。我々はシェア七割強という日本一の会社になります。この維持と拡大が必要でしょう」

「それは必要だ。だが、どんな会社でも維持拡大は当然だ。そんなことを、わざわざ自社の方針として掲げる意味は無いだろう」

「そうですね。それに最初の項目で、国内競争を脱して海外雄飛を、と言いながら、次の項目で国内のシェア拡大とするのは矛盾していますね」

「小河はどう思う」

「量的拡大が使えないなら質的変化ということですね」

「良い視点だ。で、具体的には何だ」

「それは分かりません」

　植村が代わって答えた。

「社長。今後は、シェア七割の我々が日本のビール産業を牽引するのですから、業界全体の質の向上を目指すべきでしょう」

「それは正しい。で、具体的には何だ」

「ビールの品質向上について生田さんが何項目も書かれています。例えば、優良原料の安定供給、優良酵母の選別と管理、最新技術と設備の導入、醸造技術者の育成、現場技術力の底上げ、品質検査体制の確立、それから」

「もういい。どれも必要なのは分かっている。その中で、どれが社員を一丸とし、世間に共感を得られるかが問題なのだ」

「社員を一丸とし、世間の共感を得る、ですか」

「そうだ。今まではお互いが敵だった。これからは違う。新会社の方針は、ライバルから仲間に変わった我々が共有できる新しい夢、新しい目標を定めて、全社を一丸とするためにある。新会社の方針が世間に認められれば、社員も自信を持って夢の実現に努力できる。そこに人の和が生まれるはずだ」

　植村が微笑んだ。

「社長。腹に落ちました。それならば醸造技術者の育成が目標に相応しいと思います。外国人技術者に依存する体制を脱して、日本人技術者が全てを仕切る。ビール産業を日本に根付かせるためには欠かせません」

「そうですね。私も植村さんのお考えに賛成です。これから日本はアジアへ、南洋へと進出していきます。

日本がアジアを牽引する時代に、ビールも例外ではありません。輸出だけでなく、現地に工場を建てる必要も出てきます。アジアのビール業界で指導的役割を果たすのは、我々大日本麦酒であるべきです。アジア各国で指導できる日本人醸造技術者の育成は、その基礎となります」

「よろしい。では三番目は何かな。その答えは植村が語ってきたことにある」

「えっ、私が何か申しましたか」

「申した、申した。それで私を酷い目に合わせたではないか」

「社長を酷い目に、ですか。そんな失礼なことをするはずが、あっ」

「思い当たったか」

「はい。サッポロビールは国産の原料を使っている。その点、ヱビスやキリンは外国から原料を買っているから半分しか日本の役に立っていない、という演説ですね」

「そうだ。あのせいで日本麦酒は売上を減らし、業界三位に転落。私は株主からさんざん叱られたのだ。忘れたとは言わせんぞ」

「いや、ご迷惑をお掛けしました。しかし、国内での原料調達は、そこまで重要でしょうか。正直に申し上げて国産のビール麦もホップも、味の面では輸入品に匹敵する水準ではありません」

「その通りだ。だが品種改良し、農業指導をして、根気よく国産化を目指すのだ。日本は農業人口が一番多いのだ。それを敵に回しては、永久に日本酒には勝てないぞ」

「日本酒に勝つおつもりですか」

「そうだ。日本人には下戸が多いから弱い酒のほうが向いている、ビールは国民の健康に寄与する可能性がある、とかつて青木周蔵外務大臣がおっしゃったそうだ。五十年先、百年先かもしれんが、楽しみなことだ」

「はあ」

「いいか、植村。大日本麦酒は国家に貢献する会社になるのだ。原料を国産化し、世界にビールを輸出して日本に富をもたらす。貿易収支の黒字化に貢献する会社を目指す、と宣言すれば世間に認められる。そうなれば社員も変わる。国家のためという大義を知れば、全社一丸となれるのだ」

「分かりました。大義ですね。重要なことですから記録を取ります」

植村は鞄の中から帳面を取り出して書き始めた。小河も慌てて帳面を出す。二人は馬越との問答を思い出しつつ、必死に筆を走らせた。再び車中を沈黙が支配する。

ようやく一段落した植村が目を上げると、馬越は既に眠りこけていた。先ほどの熱弁を忘れたような穏やかな寝顔である。大阪までは、まだ十二時間もある。馬越は夢の中で、ビールが日本酒を凌駕する五十年後、百年後を旅しているのだろうか。

植村は小河に向かって微笑み、人差し指を立ててそっと唇に当てた。

麒麟買収

合併の目的の一つは重複を無くして効率化することにある。大日本麦酒も様々な面で効率化を目指したが、狙い通りにいかないものがあった。それが特約店網の再編である。継承したサッポロ、ヱビス、アサヒの各銘柄にはそれぞれ専売特約店があった。つまり三つの卸売ネットワークが全国規模で重複していたのだ。やはり一地域は一軒の特約店に任せたい。そこで特約店同士の合併や業務提携を提案したが誰も乗ってこなかった。

馬越はもともと帝国商業銀行に重心をおいて、大日本麦酒は週に一日くらいで済ますつもりでいた。しかし、二人常務体制の一角を担うはずの生田が急逝したので、週二日は出社している。合併直後なので決めるべきことは山ほどあり、馬越は植村と合議しながら、てきぱきと新体制を構築していった。その中で唯一進展しないのが特約店対策だ。

「植村。特約店再編はどうなっている」

「はあ。一昨日も埼玉の特約店を三軒訪問したのですが、全く聞く耳を持ちません。三軒とも日本酒の蔵元なので、敵と手が組めるかと言うのです」

「本業が仇同士か」

「調べてみたのですが、日本酒、酢、醤油などの醸造元を本業としていたり、本家が醸造元だったりする特約店は、全体の八割を超えています」

「蔵元が多いとは思っていたが、それほどか」

馬越は目を閉じ、頬杖をついてしばらく考え込んでいた。やがて目を開く。

「よし。おい、植村。手を抜くぞ」

「は」

「特約店網が重複する弊害は、我々だけでなく彼らにも降ってくる。彼らが苦しくなれば交渉の余地が生まれる。それまで待つのだ」

「彼らは苦しくなるでしょうか」

「ならなければ、弊害はなかった、ということだ。それはそれで結構」

「はあ」

「どうした。腑に落ちんか」

「何だか社長らしくないような気がしまして」

「どうせ力ずくで突破するだけの奴だと思っているのだろう」

「いえ、あの、そのようなことは」

「まあいい。大日本麦酒が手がけるべきことは沢山ある。そっちを先に片付けよう」

大日本麦酒は七割のシェアを握っているが、安心はできない。心配の種は、キリンビールを擁するシェア二位のゼ・ジャパン・ブルワリーと、名古屋で人気のカブトビールを製造する三位の丸三麦酒である。馬越はこの二社にも合併を呼び掛けてみようと考えた。成功すればシェア九十五パーセントとなる。馬越は、東京朝日新聞の取材を受けた時に、そのための観測気球を上げた。それが記事化されたのは明治三十九（一九〇六）年一月三十日である。

「東京、キリン、カブト等も未だ交渉せざるも、希望あれば新会社は合同を辞せざる方針なりと云ふ」

記事化を確認して馬越が動いた。二月某日、ゼ・ジャパンの支配人フランク・スコット・ジェームスに大日本麦酒の社長として挨拶したい、と申し込んだ。二人は横浜の外国人居留地の中のホテルのレストランに個室をとり、昼食をともにすることになった。双方が通訳を連れての会談である。

当日、案内されたのは丸いテーブルであった。馬越とジェームスが東西に正対して座り、南北に通訳が座る。二対二で向かい合うつもりだった馬越は、何となく不安を覚えた。眼前のジェームスは長身痩躯、コンドルのような猛々しさと用心深さを感じさせる老人である。日本人としても小柄な馬越とは対極だ。

それでも馬越は如才なくジェームスの自慢話を聴き出して世辞を言い、また横浜財界の噂話を交わしながら食事を済ませた。その後、馬越が「チー」と紅茶を命じた。いよいよ本格的な商談である。

「さてジェームスさん。本年九月に大日本麦酒は正式に発足します。地域によって高低はありますが、日本全体でのシェアは七割を超えます」

「知っています。私どもキリンは約二割に過ぎません」

「私はこの合同で無用な競争を廃し、ビール業界の収益構造が健全化することを願っています」

「過当競争の弊害は私も認識しています」

「競争を無くすべき、という点は一致しましたね。しかし、七割の私どもと二割の貴社との間には、何か策を講じない限り、競争はなくなりません」

「それはそうですね。廉売防止の協定でも結びますか」

「それは二社以外の弱小企業に拡販の機会を与えるだけです。また全ての卸売や小売に価格を守らせるよう監視できるでしょうか」

「確かに現実的ではないでしょうね」

「そこで提案です。ジェームスさん、貴社の工場を大日本麦酒に売るつもりはありませんかな。もちろんキリンという銘柄の製造は続けていきます」

「もし売らないとお返事したら」

「競争はなくなりません。もちろん、あなたが画期的な提案をなされば話は変わるでしょう。私は、聞く耳は持っているつもりです」

ジェームスは大きく目を見開き、何かを言いかけたが、そのまま黙り込んだ。馬越に突きつけられた現実をじっくり咀嚼してみる。今までは四社それぞれに戦ってきたが、これからは一対三になる。キリンだけが三方向から集中砲火を浴びるのだ。著しく不利なのは明白だった。といって画期的な提案など思いつかない。では、どうする。

言葉を失っているジェームスに馬越が語りかけた。

「ジェームスさん。先ほどのお話では、年齢的にもそろそろ故国にお帰りになる時期だとか。それなら事業を現金化できる好機ではありませんか」

「そう言ってビ・ジャパンを安く買い叩くつもりですか」

「とんでもない。今なら高く買います。七割と二割が戦うことで失われる利益を、通常の買収金額に載せることも検討します」

うすうす負けを悟っていたジェームスは、その言葉にすがってきた。

「なるほど。戦いを回避すれば大きな利益が出ますね。分かりました。私から株主たちに提案してみましょう」

馬越は微笑んで言葉を足した。

「ありがとうございます。ところで会談の最中、私が笑いそうになったことがありました。あなたは気づいていましたね」

「はい」

ジェームスは首を右上から左下に振って見せた。向かい合った馬越も同様に首を振る。通訳たちはきょとんとしている。馬越が通訳たちに解説した。

「ジェームスさんは背が高い。私は小さい。だから君たちは、通訳しながら二人揃って斜めに首を振っていたのだよ」

そしてジェームスと馬越は一緒に首を振り、四人は大笑いした。馬越は、これでキリンは買えた、と確信した。


一方、カブトビールについても馬越は情報を集めさせていた。その母体は酢の醸造元として名高い中埜酢店である。明治二十（一八八七）年、四代目当主中埜又左衛門が甥の盛田善平に命じて、丸三麦酒醸造所を開業させた。明治二十二年には丸三ビールを発売している。明治二十八年に中埜酢店を継いだ五代目又左衛門もまたビール事業に積極的だった。資本を追加して株式会社化し、新工場を建設し、新しくドイツ人技師ヨゼフ・ボンゴルを招聘した。明治三十二年にはカブトビールを発売し、同年夏には東京や横浜で派手な発売式を開催して評判を得た。ビール業界で初めてチンドン屋を活用し、その手があったかと馬越を悔しがらせた。今や四大銘柄に次ぐ存在で、シェアも五パーセントに近づいている。

しかし、銀行筋から意外な情報がもたらされた。ビール事業に情熱を燃やしながら四十一歳で早世した四代目に比べ、五代目は冷めている、というのだ。積極的な宣伝や営業強化の噂とはうらはらに、会社としては赤字決算が続いている。銀行や海運業、倉庫業などを擁する中埜一族の中では劣等生だ。そこに大日本麦酒が誕生した。危機感を抱いた五代目は、事業売却も視野に入れて地元金融機関と相談を続けているらしい。

そんな情報を銀行筋から聞いた馬越は小躍りした。キリンに続いてカブトも入手できるかもしれない。そうなればシェア九十五パーセントとなる。特約店対策など放置しておいても構わない。

その晩、馬越は財界人たちの宴席で珍しく酩酊した。よほど嬉しかったのだろう。どうやって帰ってきたか記憶が無い。

数日後、ジェームスから手紙が届き、今度は東京で会うことになった。築地の外国人居留地のホテルが指定されていた。

その会談当日、馬越は約束の十二時より三十分も早く着いて、通訳と雑談に興じながら待っていた。しかし定刻になってもジェームスは姿を見せない。結局二十分以上の遅刻である。汗を拭きながら、くどくどと謝罪している。馬越は嫌な予感を覚えながら着席した。会話の少ない昼食が済み、いよいよ商談である。

「馬越さん、私はゼ・ジャパンの支配人を辞めることになりました。早く言えばクビです」

「えっ。何が起こったのですか」

「私は馬越さんの提案について何人かの外国人株主の賛同を得ました。次に米井さんに話したら、厳しい顔になって岩崎さんの承認が一番大切だと言われ、二人で岩崎さんのところへ相談に行きました」

米井とは、キリンビールの国内販売を一手に引き受ける総代理店明治屋の社長米井源次郎である。そして岩崎とは、ゼ・ジャパンの筆頭株主である三菱財閥三代目当主岩崎久弥のことだ。

「二人は大反対でした。明治屋は販売権を失う可能性がありますから反対するのも分かりますが、岩崎さんは投資家です。出資した事業が高値で売れる可能性があるのに、なぜか大反対なのです」

「なぜですかねえ」

「岩崎さんは言いました。キリンは麦もホップもドイツ産にこだわっている。しかし大日本麦酒は国産原料です。だから売却後に大日本が造るキリンは、キリンではないと」

「事業譲渡した後の品質の心配ですか。まるで創業者か醸造家のような発言ですね」

「そうです。だから私は岩崎さんに、投資家は売却後のことを考える必要などありません、と言いました。

そうしたら、いきなりクビです」

「ひどいですね。後はどうするつもりでしょう」

「私を含めて外国人は全員クビにして、岩崎さんがお金を出して新会社を作り、米井さん中心で経営するようです。私たちは違約金を含めた退職金をたっぷり頂戴することに決めました」

「それは、そうすべきでしょうね。しかし、投資家の岩崎さんが創業者のような理屈を言ってまで反対するのは変ですよね。本当の理由は何でしょう」

「それは馬越さんです」

「えっ。私ですか」

「相談の最中、岩崎さんと米井さんだけで日本語で話すことが時々ありました。私は日本語が分かりませんが、彼らの話の中に〝ミツイ〟〝ミツビシ〟という単語が何度も出てきました。三菱の岩崎さんは、三井の馬越さんに日本のビール産業の独占を許したくないのではないか、と私は推理します」

「なるほど」

馬越が三井を飛び出したのは十年前の明治二十九年である。しかし明治三十三年、三井銀行の資金難が三井物産に及んだ際、馬越は帝国商業銀行会長として三井物産に融資を行なった。これが一種の美談として有名になった。以来、馬越は有力な三井出身者として三井本家からも遇されている。だから岩崎から、馬越は三井だと思われても不思議はなかった。

それは仕方のないことだが、これで明確になったことが一つある。今後もキリン買収は難しいということだ。馬越は、あらためて三井と三菱の確執の底深さを思い知らされ、溜め息をついた。

宿敵誕生

明治三十八（一九〇五）年の秋、馬越の許を早川鐵治が訪ねてきた。早川は岡山県出身で馬越と同郷である。ベルリン大学から外務省というエリートで、大隈重信に重用された。大隈が農商務大臣の時には大臣秘書官を務め、総理時代には内閣書記官を務めている。五年前に馬越が大隈を日本麦酒の目黒工場に招待した時、細々とした実務を取り仕切ったのが早川である。大隈の工場視察を宣伝に使うのを黙認してくれたので、馬越は恩義を感じていた。

「馬越さん、お久しぶりです。実は新しい事業を考えたので大先輩にもご協力願いたい、と思って参じました」

早川は三年前に三十九歳の若さで実業家に転身したが、官僚らしさは残っている。丁寧で穏やかな話しぶりだが、細い金縁の眼鏡の奥の眼は笑っていない。

「いろいろご活躍の噂は聞いております。で、今度はどんな仕事ですか」

「人造肥料の製造です」

「ほお、確かに現在の人口増加を考えれば、農業生産向上は喫緊の課題ですね」

「さすが、打てば響く、ですね。そこで過燐酸石灰の製造をやりたいのです。その製造に使う硫酸も自製します。技術的には札幌と駒場の農学士連中が参加しますし、工場用地の目処も立っています。競争相手は大日本人造肥料だけですから、一時期のビールのような値引き合戦になる気遣いはありません」

馬越は明治二十（一八八七）年に創業された東京人造肥料の発起人を務めている。今、早川が口にした大日本人造肥料は、その東京人造肥料が複数の会社と合併して生まれた会社なのだ。しかし馬越はそういった経緯はおくびにも出さない。

「なるほど。それで発起人の顔ぶれは」

「最初は岩崎清七から私に相談がありまして、そこに乗ってきたのが根津嘉一郎と福澤桃介です。彼らをご存じですか」

「財界の集まりで挨拶されたくらいですね」

「そうですか。皆、目端が利きます。最初はこの四人で、と考えたのですが、一番年かさが根津の四十五歳、最年少は桃介で三十七歳。貫禄が足りません。そこで馬越大先輩にご指導戴きたいと願って参った次第です。特に桃介は、馬越さんと二回り違い。同じ辰年ですから楽しみにしております」

「いやいや、必要なのは私の指導ではなく、帝国商業銀行の資金力でしょう。それはそれとして、売出し中の皆さんと仕事がしてみたい。私も加えていただきましょう。よろしくお願いします」

はどなく発起人会が開催され、馬越と早川以外の三人も顔を揃えた。発案者の岩崎清七は慶應義塾からコーネル大学、エール大学に留学し、帰朝後は家業の米穀商を継ぐ一方でいくつもの起業を手がけている。常に笑みを含んだ穏やかな顔だが、目を下に転じると分厚い胸板に驚かされる。根津嘉一郎は、若尾逸平や雨宮敬次郎とともに甲州財閥の一人として三十代から東京財界で活躍しており、昨年は衆議院に初当選した。今年四月には業績不振の東武鉄道を再建すべく取締役に就任し、年内には社長になる予定である。福澤桃介は福澤諭吉の婿養子である。冷静かつ機敏な投資家として知られており、深追いせずに利益を確定させるので「早逃げの桃介」と渾名されていた。

長身でギリシャ彫刻のような美男子の桃介に対し、中肉中背の根津は古仏に似た地味な容貌で感情が読み取れない。しかし眼鏡の奥の細い目は、全てを見抜くような鋭さがある。

最初の発起人会で馬越は委員長に指名された。そこで「今日の時勢に小さな会社では駄目だ。思い切って大規模経営にしよう。資本金百万円は必要だ」と提案した。これは銀行から資金投入を約束されたに等しい。馬越を引き入れた目的の一つが早速実現したのだから、一同は打ち揃って賛成した。

二度目の打合せでは、早川から衝撃的な情報がもたらされた。横浜で若尾幾造、安部幸兵衛、鈴木三郎助を中心とする地元実業家たちが、やはり肥料会社設立を計画している、というのだ。ライバル出現に一同が色めき立つ中、馬越は落ち着いて「吸収合併すべし」と説いた。先行する大日本人造肥料に、新参者が別々に喧嘩を売っても勝ち目は薄い。

そこで早川が上手く交渉して横浜側を引き入れ、双方の計画を合わせて資本金二百万円で新会社帝国人造肥料株式会社を設立することになった。

明治三十九年八月、帝国人造肥料が株式公募の広告を出すと、いきなりの大反響で応募者が殺到した。昨秋の日露戦争終結によって過酷な軍費調達も収まり、市場には資金がだぶついていた。そこに戦後初の大規模な新会社設立がぶち上げられ、その筆頭には財界の重鎮馬越恭平の名がある。行き場を求めていた余剰資金が一気に集中したのだ。

同月十八日の読売新聞に「帝国人造肥料株式会社の申込株は既に六倍以上に達し発起人連中は其割当に困り居れる由」と記事が出ると応募者はさらに激増し、十二円五十銭の払込に対して四十円から五十円もの権利金が付く始末である。結局、当初予定の三倍となる資本金三百万円での設立となった。

何の実績もない新会社の株式が人気になったのは日本で初めてである。ここから新会社設立ラッシュが始まった。一方では、新会社より実績のある既存の会社のほうが安定した魅力がある、と考える投資家も出てくる。新旧ともに人気が出れば、株式市場全体も盛り上がる。その端緒を作った馬越らは一種のスターとしてもてはやされた。

順風満帆の中、発起人会は二、三日おきに忙しく開催された。そこで事件が起きたのである。

珍しく午前中で会議が終わり、ゆっくり昼飯を食おうと発起人十数名は料亭の座敷を借り切った。上機嫌の馬越はエビスビールを運ばせて「私の奢りですからたっぷり召し上がって下さい。飲み放題です」と宣言した。昼ではあるが正餐なので、先付、八寸と料理が次々に運ばれ、一同のピッチも上がる。昼酒は直ぐ廻り、馬越も真っ赤になった。

「馬越さん、いよいよ来月は大日本麦酒の正式な発足ですね。おめでとうございます」

「いや、ありがとう。あれにも随分と苦労させられたが、何とかまとまった。これで少しは安心だよ」

「ヤリンのゼ・ジャパン・ブルワリーは戦々恐々でしょうな。カブトも困っているはずだ」

「カブトは銘柄の名前でな。会社名は丸三麦酒と言うのだ。親会社はミツカンの中埜酢店だ。せっかく立派な赤煉瓦のビール工場を新築したはいいが、赤字は相変わらずだ。今なら安く買えそうだから買収しようと思っている」

「馬越さん、そんな企業秘密を口にしていいのですか」

「何、明日から北海道出張だが、戻ってきたらすぐ相談する」

「忙しいですな」

「幾つになっても仕事助平だからな。もっとも仕事ではない助平のほうも治らない」

「いやいや、お若くて何よりです」

さらりと話題は移っていき、昼下がりの長い宴席は取り留めなく続いた。お開きになったのは庭先が薄暗くなった頃で、馬越は脇息にもたれて居眠りしていた。

その帰り道、桃介と根津は車の中で悪い相談をしていた。

「根津さん、あの馬越さんが欲しがるのですからカブトビールは買い物ですよ。爺さんが北海道で蟹につつを抜かしている隙に、先回りして買収しませんか」

「うむ。確かに専門家から見たら凄い価値なんだろうね。ただ、馬越さんを怒らせるのは考えものだな」

「大丈夫ですよ。喋った自分の責任です。もし欲しがったら、少し上乗せして売ってやればいいのです」

「そんなことを言ったら怒鳴られるぞ。こら、桃介。最初からそれが狙いか、ってね」

「いやいや、馬越さんのためだと言えばいいのです。安部幸兵衛や鈴木三郎助が手を出しそうだと思ったので、ってね」

「あの二人がそんな話をしたのかい」

「いえ、嘘も方便」

「乱暴だな」

「僕は本気ですよ。明日の一番列車で半田に行って工場を視察します。二、三日逗留して地元の評判も探ってみましょう。根津さん、乗ってくれますね」

「ふうむ。馬越さんの怒った顔を見るのは嫌だが、本当に横浜組に先を越されるのはもっと嫌だ。まったく馬越さんのお喋りが恨めしいよ。分かった。桃介と同額は出資しよう。任せたよ」

「合点承知の助」

翌日、桃介は東海道線の始発で半田に行き、五代目又左衛門を懐柔して事業譲渡の優先権を得てしまった。

北海道から戻った馬越は帝商から中埜銀行を経由して、中埜又左衛門に面会を求める手紙を届けさせた。しかし戻ってきた返事には、既に中埜家の持つ丸三麦酒の株式の大半は福澤桃介と根津嘉一郎に譲渡することにした、とあった。

「くそ。あの若造どもが。次の発起人会でとっちめてやる」

その当日、何食わぬ顔で会議を終えた馬越は、根津と桃介をホテルの喫茶室に誘った。二人は神妙な顔でついてくる。

「私が誘った理由は分かっているな。なぜ、丸三麦酒に手を出した」

桃介がにっこり笑って答える。

「馬越さんのためですよ。万座の中であんな話をされれば、投資家なら食指が動くのは当然です。だから、とりあえず防衛のために買っておいたのです」

「防衛のためだと」

「気づかなかったのですか。安部幸兵衛も鈴木三郎助も、よだれが垂れそうな顔をしていましたよ」

「そうだったかな」

「そうですよ」

「ふむ。しかし私のために防衛した、ということは、私にそのまま譲渡する、ということだな」

「ええ、譲渡しますよ。一株十円も乗せてもらえば十分です」

「こら、桃介。最初からそれが狙いか」

黙って聴いていた根津は、思わず吹き出しそうになった。予想通りの台詞なのだ。

「まあまあ、落ち着いてください。横浜組の誰かに買われていたら十円では済みませんよ」

「それは勝手な想像だろう。よし、分かった。丸三は要らない。見ておれ。大日本麦酒の総力を挙げて丸三を潰してくれる」

強い口調で言い捨てて、馬越は後ろも見ずに店を出ていった。残された二人は顔を見合わせる。

「桃介。最悪だな。慣れないビール会社経営でシェア七割の相手と戦うのだぞ。僕は本業があるから、そんなことはしていられない」

「仕方がない。僕が社長候補を見つけてきますよ。ちゃんと経営させて、少しでも黒字化したら叩き売ります」

「買う奴がいるか」

「馬越の爺さんなら買いますよ。今はああ言いましたが、欲しいものを諦めきれる性格ではありません」

「そんなものかね」

桃介が社長候補を探している間に、事態はさらに複雑化した。馬越が「根津は怪しからぬ男だ。僕に会っておりながら一言も丸三買収に触れない。まともな実業家ではない」と言いふらしている、という噂が聞こえてきたのだ。当然のことながら根津は面白くない。

「俺は桃介に付き合っただけなのに、なんで俺ばかり中傷されるのだ」

そこへ桃介が相談に来た。

「根津さん、社長候補として浅田正文に声を掛けてみたのですがね。本人には断られました。でも、代わりに郵船にいた久保扶桑を推薦してくれたのです。その言いぐさがふるっていましてね。馬越さんが芸者を口説いて花柳界にビールを売り込んだから、芸者好きの久保なら適任だろう、と言うのです。あはははは」

「ふん。馬鹿々々しい」

「どうしました。ご機嫌斜めですね」

「そもそも何で浅田に声を掛けたのだ」

「少しでも黒字化したら馬越の爺さんに売ろうと思っていますから、爺さんの仲間が適任だろうと思いましてね。浅田も久保も爺さんと一緒に遊んでいます」

繰り返される「馬越」という言葉が根津の勘に触った。

「桃介、そんなに馬越に振り回されてどうする。俺は馬越に中傷されているんだぞ」

根津が噂を桃介に告げると、すぐに桃介流の謎解きが返ってきた。

「それはですね。馬越の爺さんがウチの親父の信奉者だからですよ。今でも盆暮れにはヱビスビールを贈ってくるのです。親父が死んで五年経ちますが、まだまだ福澤家とは喧嘩したくないのでしょう」

「それで俺だけが中傷されるのか。そんな不公平があるものか」

「お気の毒様ですが、誰を避けて誰で鬱憤晴らしをするかは、爺さんの勝手でしょう」

鬱憤晴らしと聞いて根津は激怒した。これ以上、馬越の勝手を許してなるものか。後悔させずにはおかぬ。よし、俺が丸三麦酒を育てて大日本麦酒の売上を奪い、馬越にひと泡ふかせてやるぞ。

「おい、桃介。俺が丸三麦酒の経営をやる。久保なんて遊び人に任せられるか」

「えっ。久保はその気になっているんですよ。浅田も取締役なら引き受けると言ってくれたし、ここで前言を翻しては面目ない」

「それは君の面目だろう」

「そうはおっしゃいますがね」

「君一人で勝手に決めることではなかろう。とにかく俺は丸三麦酒の社長をやりたい」

「そうですか。いや、根津さんがそうしたいなら反対はしませんよ。でも久保や浅田の手前がありますから、僕も降りることにします」

「勝手にしたまえ」

売り言葉に買い言葉である。とうとう仲の良い二人が喧嘩別れとなってしまった。桃介が高く売りに出した丸三麦酒の株式は、結局根津が言い値で引き取ることになった。それによって筆頭株主になった根津は、大日本麦酒発足の翌月、明治三十九（一九〇六）年十月に同社社長に就任した。まず社名を日本第一麦酒（ビール）と改称し、大日本麦酒への対抗心を露わにする。六十万円の資本金を一気に三百万円に増資する。これも大日本麦酒の資本金五百六十万円に近づけるための第一歩だ。久保は採用しなかったが、株式を引き受けてくれた浅田正文には取締役の椅子を用意した。

馬越は当惑していた。噂では、根津は馬越の「根津は怪しからん」という言葉に怒って丸三麦酒の経営に乗り出した、とのことだった。しかし、その言葉は根津に誤解されている。馬越の感覚では、そもそも桃介は株屋である。だから、品の無い策を仕掛けてきても驚きはしない。しかし、信頼できる実業家だと思っていた根津が同調したことに、馬越は落胆したのである。だから、信義を重んじよ、と遠回しに注意するつもりで「怪しからん」と言ったのだった。しかし、今さら真意を伝えても根津に聴く耳は無かろう。

馬越は深く溜め息をついた。ビールのシェア九十五パーセントを目指したのに、キリンは三菱が本気で支えることになり、カブトは根津が本腰を入れる状況になってしまった。どちらも馬越自身の行動がきっかけになっている。

やれやれ。動かないほうがましだったとは、俺も焼きが回ったかな。誕生したばかりの大日本麦酒が少し落ち着いたら、何か厄払いに新しいことをしよう。そうだ。洋行だ。

三十数年前、播磨屋の一室で益田孝の話に胸をときめかせたことを思い出した。西洋との出会いが自分に転機を与えてくれたのに、未だに自分の目で西洋を見ていない。洋行という新しい夢に向かうことで、馬越は失敗を忘れることにした。

帝国商業銀行

二社合併で誕生した大日本麦酒は、特に社内不和を感じさせることもなく順調に滑り出した。馬越が植村澄三郎たちにまとめさせた三方針、海外雄飛、日本人技師育成、原料国産化が社員たちを納得させたこともあるが、何より新体制となった麒麟麦酒（ビール）と日本第一麦酒の存在が大きかった。ライバル会社が、岩崎久弥と根津嘉一郎という有名財界人として具体的に見えてきたのだ。彼らの名を新聞で見かけるだけで、サッポロだ、アサヒだと派閥争いしている場合ではない、と意識させられた。

おかげで馬越は帝国商業銀行に精力を傾注できた。新しい産業が次々に生まれてくる時代である。金融機関なら、その最先端に数多く関わることができる。好奇心の塊である馬越には、たまらない仕事だった。

もともと帝国商業銀行は株式仲買人を対象として設立された。株式市場が順調に成長している間は、豊富な資金が短期で回転するので面白いほど儲かった。その利益を多分野に活用するため、馬越の幅広い人脈か期待されたのである。馬越もそれに良く応えて、新たな融資相手を増やしてきた。無謀とも思える事業計画でも「この恭平がお引き受けします」と出資して成功させ、経済誌で賞賛されたことも一度や二度ではない。「この恭平がお引き受けします」という決め台詞も経済誌で紹介されて話題になった。しかし玉石混交でもあり、新株売り出し人気だけを狙った怪しげな案件もあって、次第に不良債権が沈澱していった。

それに気づいたのが浅田正文だった。馬越が独断専行で決めてきた出資の中には、しばしば実態が曖昧で詐欺くさい案件が含まれているのだ。何か歯止めを講じておきたい。調子に乗って「この恭平がお引き受けします」を乱発されたら、いつかは大損失を招くだろう。せめて危なっかしい案件だけでも事前に取締役会に掛けて欲しい、と考えた。

「提案がございます。役員が自らの責任で出資を決め、取締役会が事後承認した案件は、当該役員口として損益を独立管理してはいかがでしょう」

明治三十九（一九〇六）年一月、浅田はこう提案して承認を得た。他の役員は出資の前に取締役会の判断を仰ぐのが通例だったので、これは馬越のための制度だった。そして馬越は、自分の手柄が一層明らかになる、と喜んで賛成した。そして明治三十九年度上期から馬越が決めた案件は取締役会長口で管理されることになった。あくまで管理指標なので社外に公表されることはないが、馬越には最も気になる数値となった。

最初の半期の取締役会長口はまずまずの黒字だった。そこで馬越は、社外との宴席でつい自慢してしまった。ここから破綻が始まった。その帰り道に、馬越の社用車に同乗した浅田から、思いもかけぬ注意を受けたのである。

「会長。どうか取締役会長口のことは口外なさらないでください。あくまで社内の管理指標なのです」

「そうだったな。だが少しくらい良いだろう。会長に稼ぐ力があると客観的な数値で示せれば、取引先の信用も増すというものだ」

「いえ、今期は良いのですが、過去から通算すると赤字です」

そう言って浅田は実質的に破綻同然の案件を複数挙げてみせた。中には経済誌から取材を申し込まれて逃げ回っている件もある。

「過去は関係ない、という取り決めだろう」

「そうです。でも、それは社内での約束事です。取締役会長口という言葉が一人歩きすれば、必ず経済誌がその公表を求めてきます。そして、それに絡めて過去の赤字案件の尻尾をつかもうとするでしょう」

「そうか。なるほどな」

しばらく黙り込んでいた馬越の顔面が、次第に紅潮してきた。負けず嫌いに火が付いたのだ。

「よし、来年度までに大儲けして、通算でも黒字にして見せる。そうなったら口外してもよかろう」

「お気持ちは分かりますが、大儲けを焦ると冷静な判断に影響が出ます。出資と融資を上手く使い分けていただきたく」

「分かっとる。いいか。来年上期には、会長口は通算に変更するぞ」

「はあ、それでよろしいのなら」

「それで良いのだ」

出資すれば事業が成功した際の見返りは大きいが、株式が紙切れになる危険もある。融資なら利息しか儲からないが危険も少ない。以前から馬越は、事業の将来性に惚れ込んで過剰な出資に走りがちであった。しかし、浅田に正論で釘を刺された。一方で、会長口を通算で黒字にするには、危険を承知で出資を多用しなければならない。板挟みであった。

当時、内々に持ち込まれた相談に、後に明治製菓の母体となる明治製糖の設立があった。板挟みで弱気になっていた馬越は、これを取締役会に掛けた。つまり会長口から外したのである。しかし、馬越自身が設立発起人となったこともあり、明治製糖の設立は順風満帆で進んでいった。これを会長口に入れておけば、と後悔したがもう遅い。ここから馬越に迷いが生じた。取締役会に掛けた案件が成功したり、会長口にした案件が赤字になったり、明らかに流れが悪くなった。そうなると、天職とまで思い込んだ銀行業務がつまらなくなる。

そんなとき、馬越の耳に嫌な噂が入ってきた。会長口は馬越を退任させるための策略だ、というのである。先代会長成川尚義が急逝した時、後任の本命は浅田であり、新聞辞令でもそう書かれた。それを馬越に奪われたので、浅田は恨み続けているという。確かに、浅田には悪いことをした、と当時の馬越は思っていた。

最近も思い当たる節はあった。財界のパーティーで経済誌の記者に不意打ちのように会長口について質問されたので、逆に広告中止を匂わせながら情報源を探ったところ浅田の名が出てきたのだ。

馬越と浅田は、明治十四年に横浜で三井と三菱の下で戦ってきた頃からの好敵手であり、遊興仲間である。茶道の友でもあり、明治三十六年には茶人の番付「東京茶人感服七種」で二人揃って感服両大関と評された。三井を離れた馬越の失意を察して帝国商業銀行に誘ったのも浅田である。馬越は友情に感謝し、密かに涙したものだ。

しかし、その全てが逆転した。今や浅田の言動の一つひとつから疑心暗鬼が生じている。浅田がカブトビールの役員でいることも、最初は敵陣営にスパイ候補がいるのは好都合だと楽観視していたのに、今では自分を敵視する証拠にしか見えない。

明治四十年一月、会長ロが過去の案件も含めて再計算されると、予想通り赤字だった。すぐに例の経済誌に記事が出た。帝国商業銀行には社内だけで通用する取締役会長口なる特別枠があり、その収支は六万円の赤字だ、という内容である。役員と経理しか知り得ない情報だ。馬越は激怒し、社長室に浅田を呼びつけた。しかし、至急調査すると答えるばかりで、表情もどこか冷笑的に見える。馬越は、驚くほど急速に怒りが冷めていくのを感じた。

そこで翌週、馬越は会長職を辞して一取締役に戻ると取締役会で表明し、後任には浅田を指名した。対外的な辞職理由は、明治三十七年に乱発した戦時国債の整理が一段落したので勇退高踏、円満辞職であるということにした。

浅田は勢いこんで会長職を継ぎ、本来の慎重さを振り捨てて積極策に転じた。この年の株式市場は、一月末の暴落から始まって乱高下を繰り返していた。しかし浅田は強気で、富士紡績や鐘紡などの紡績株に狙いを定め、さらに自行株も大量に買い付けた。市場は一進一退の煮え切らない動きを続けていたが、八月に事件が起きる。反トラスト法によってスタンダード石油が破綻するという風説からニューヨーク市場が大暴落を起こしたのである。これに引きずられた日本市場は、以後下がりっぱなしとなる。帝国商業銀行も資金繰りが怪しくなってきた。浅田は会長就任から僅か半年で窮地に立たされた。

一方、馬越は再び大日本麦酒の業務に精力を傾けていた。銀座の竹川町に約一八〇坪の土地を買い、営業部門をここに移転させた。通称竹川町事務所。現在のライオン銀座七丁目店の場所である。また宣伝用に飾り立てたトラックも購入した。九月には、目黒工場の製造能力を倍増させる大拡張計画を決定する。年間三万七千石を八万九千石にするのだ。

馬越は、これらの資金を帝国商業銀行の預金から充当した。会長職を辞した以上、過分に預金を積んでおく必要もないと判断したからだ。しかし、しばらくして浅田が馬越を罵っているという噂が耳に入った。資金が苦しい時に取締役自ら預金を引き上げるとは何事か、というのだ。これを聴いた馬越は帝商から身を引く決意を固めた。そして十二月二十五日、朝一番で取締役会宛の辞表を秘書に託すと、役員たちが出勤する前に帰ってしまった。

大晦日の昼下がり、芝桜川町の馬越邸に不意の来客があった。憔悴しきった浅田である。その来訪を聞いて腹立たしく思った馬越だが、応接間に通された浅田が青い顔をして震えている、という女中の報告に急ぎ足になった。そして実際に浅田の顔を見ると、驚きは同情に変わった。人間、一週間でこれほど頬がこけるものか、と呆れるほどなのだ。

「馬越さん、あなたに辞められると帝商は破綻してしまいます。どうか、どうか」

「まあ、まあ、落ち着いて。今日は大晦日だ。銀行も株式市場も動いてはいない。焦らずにゆっくり話そう」

「ありがとうございます」

「悩んでいるな。心配はいくらしてもよいが、心痛はいかんよ」

「はい。八月の暴落以来、心痛続きです。馬越さんには会長口の件でご迷惑をお掛けしたのに、きちんとお詫び申し上げもせず」

「まあ、いい。会長口の赤字は、そもそも私が悪いのだ」

「しかし」

「それより、そんなに帝商は厳しい状況なのか。先月の読売新聞には、安田銀行も三井銀行もいつでも支援に乗り出す、という頭取談話が載っていたと思うが」

「あれは先月の話です。先週から事態は変わりました。馬越さんの辞意が銀行筋に伝わってしまったので、日本銀行も安田銀行も融資を断ってきたのです。三井銀行にはまだ融資を依頼していないのですが、馬越さんに辞められては、もう、もう」

浅田は言葉に詰まった。後はただ頭を下げるばかりである。

「分かった。分かった。辞表は取り下げるよ。取り下げる」

窮鳥懐に入れば猟師も殺さず、という言葉の通り、相手に頭を下げられると馬越は弱い。あんなに怒っていたのに、と周囲が不思議がるほど同情してしまうのである。浅田の懇請により、馬越は帝商会長への復帰まで引き受けてしまった。

明けて一月、帝商の取締役会で馬越の会長復帰が承認された。しかし、浅田派の幹部たちは取締役会の決定は無効だと社内や得意先にふれまわった。浅田自身が説明しても納得しない。さらに、馬越の会長口の赤字が最新の数値に更新されて経済誌で報じられた。これも彼らの仕業であろう。

そして帝商の財務状態は浅田の告白以上に厳しかった。さすがの馬越でも手の施しようがない。思いきった業務縮小、人員整理、減資などが必要だが、社内の反発は必至だ。これを見ていた中野武営が渋澤栄一に支援を求め、僅か一ヶ月後の二月二十七日、帝国商業銀行は臨時株主総会を開いて経営陣一新を決議した。新たな取締役会長は、日本運輸や王子製紙の再建の腕を買われた郷誠之助であった。

こうして、これぞ自分の天職だと惚れ込んだ銀行という仕事は、あっさりと馬越の手を離れてしまった。もっとも、浅田とぎくしゃくし始めた一年前から熱は冷めていたので、臨時総会の議長を務めながらも馬越は淡々としていた。それどころか、負けても悔しいと思わない自分を客観視して、これが老いというものだろうか、と不思議がっていた。

もう、済んだことだ。またビール屋の親父として頑張れば良かろう。そうだ、洋行するはずだった。外国で知らないビールを飲むのは、良い気晴らしになるだろう。そろそろ退き際も考えなければならん。疲れたなあ。

欧米に学ぶ

明治四十一（一九〇八）年四月十五日、馬越は前蔵相阪谷芳郎らと午前九時三十分の新橋発で横浜に向かった。新橋停車場では、首相西園寺公望、元首相山縣有朋、同松方正義、内相原敬、外相林董、海軍相斎藤実、法相千家尊福司、農商務相松岡康毅、徳川家十六代当主家達、日銀総裁添田壽一など五百人余が集結し、発車に合わせて万歳を叫んで見送った。

「さすがに前大蔵大臣ともなると、凄い人数ですな」

窓から手を振っていた馬越が、向き直って阪谷に話し掛けた。

「いやいや、大島少将の帰京歓迎が重なったからですよ」

樺太問題でウラジオストクに派遣された武官の一行である。九時新橋到着予定が延着したため、馬越らの出発と重なったのだ。その混雑のため渋澤栄一、大倉喜八郎、安田善次郎など財界の重鎮もプラットフォームで群衆にもみくちゃにされていた。

「渋澤先生たちご老体には気の毒なことをしたな」

「全くです」

同世代をご老体呼ばわりする馬越に、阪谷は密かに苦笑した。横浜で彼らが乗るのは、日本郵船屈指の大型客船加賀丸である。横浜港を午後二時に出帆する。馬越の随行は吹田工場長の高橋龍太郎である。愛媛県内子の出身で、三高の工科から大阪麦酒にエンジニアとして入社したが、生田秀に認められてドイツ留学で醸造を学んだ。工場長になっても技術や知識におごらず、面倒見の良さで工員たちの人望を集めている。その結果、吹田工場は品質も製造効率も抜群で、大日本麦酒の他の工場に「吹田に学べ」と経営陣から叱咤の声が飛ぶほどであった。今回の随行は馬越直々の指名で、帝王学を授ける研修を兼ねていた。

一行の筆頭は男爵で前蔵相の阪谷芳郎。随行は秘書官であった森俊六郎。他には台湾銀行総裁の柳生一義、同副総裁山成喬六、台湾総督府財務局長小林丑三郎、堀越商会の堀越善重郎など総勢十三人を数える。

阪谷芳郎は馬越の恩師阪谷朗廬の四男で馬越より十九歳下だが、馬越は朗廬の再来のように心服していた。一昨年に西園寺公望内閣の蔵相に抜擢され、日露戦争戦費調達の功により男爵となったが、本年一月には鉄道予算の追加に反対して蔵相を辞していた。辞職後に阪谷の主張は通ったが、辞職が取り消されるわけではない。人生初の暇を持て余した阪谷を見て、馬越が洋行に誘ったのである。台湾関連の人々は、馬越と同郷の岡山県井原出身である山成喬六が仲介しての参加である。堀越善重郎は足利出身で、同地の絹織物の輸出で名高い堀越商会の社主として、三井物産時代から馬越のビジネスパートナーであった。馬越を除いては、英語の達人ばかりである。

最初の目的地はアメリカである。張り切って洋上の人となったが、いきなり二週間も太平洋一直線で寄港地がない。馬越は退屈し、昼寝ばかりしていた。デッキチェアに寝そべって朝吹英二が依頼して歴史学者渡辺世祐に書かせた『稿本石田三成』を読み始めるのだが、すぐ眠りに堕ちてしまう。それを見た堀越善重郎が悪戯心を起こし、晩餐の席で馬越に尋ねた。

「馬越さん。いつもチェアで熱心にお読みなのは何の本です」

「あれは朝吹君の『石田三成』さ。親友の仕事だから大切に読んでいるのだ」

「なるほど。人切にね」

「時間があるから、じっくり味わえる」

「それで毎日、同じページを見つめていらっしゃるのですね」

「あっ、見ていたか。参った、参った。ワハハハハ」

「ワハハハハ」

この話が翌日には船中に広まり、馬越の読書姿を遠くから観察する乗客も現れた。そして「第一ページから顔に載せ始め、シアトル到着日には最後のページを開いて顔に載せて寝ていた」という逸話が創作された。

さらに馬越は失態を重ねた。ある日、午前中から睡魔に負けた馬越が目覚めたのは午後二時半であった。空腹である。加賀丸の昼食は零時半で、三十分前に銅鑼が鳴り、定刻までに着席しないと食いはぐれる決まりだ。馬越は空腹に耐えかねて食堂に向かった。無人であったが、構わずに着席すると、ボーイが奥から走ってきて献立を差し出した。アラカルトのメニューである。開いてみると英語とフランス語の羅列で、何一つ読めない。

日本語の献立を、と言えば良いのに、英語が読めるように見せたい、という虚栄心が先に立った。そこで何食わぬ顔をして、料理名らしき場所を適当に三つほど指で示してみた。するとボーイは丁重にうなずいて立ち去る。何とかやり過ごしたわい、と安堵していると、早くも最初の料理が運ばれてきた。コンソメである。馬越の大好物だ。

よし、幸先が良いぞ。これで後の二つが魚と肉なら、申し分ないのだがな。

馬越が舌鼓を打っていると、残る二つの料理も運ばれてきた。なんとビシソワーズとポタージュである。食卓に赤、白、黄色と三色のスープが並んでしまった。しばらく呆然としていた馬越だが、気を取り直して少しずつ飲み始めた。ポタージュが濃厚で塩味が利いているので、つい水を飲んでしまう。腹の中で水分が動いている。グリュリュリュリュ―ッと変な音が鳴る。腹が張って苦しいが、厨房の奥からボーイに観察されている気がして、満足げな作り笑顔を必死に保っていた。

ようやく三皿とも飲み干した時、柳生や山成など数人が食堂に入ってきた。

「おや、馬越社長。どうなさいました」

「一緒に三時のお茶などいかがです」

声を掛けて近寄ってきたが、馬越の前のスープ皿を見て固まった。

「いや、諸君。いや、そうではないのだ。いや、ちと腹具合が、あの、失礼する」

馬越は意味不明な挨拶をして、鳥が飛び立つように食堂を出ていった。一同はボーイにたっぷりチップを弾んで事情を聞き出した。大笑いである。船中にこの話が広まるのに半日は掛からなかった。

五月一日、二週間の航海を経てシアトルに上陸した。翌日から鉄路でシカゴに向かう。そこで、ドイツ留学中だった馬越の次男幸次郎と合流するのである。幸次郎は明治三十三（一九〇〇）年に日本麦酒に醸造技師見習として入社し、翌年にはドイツの醸造所に派遣されて研修を積んだが、三十七年から薬学を学ぶためにマールブルク大学に入学している。七年ぶりの再会で嬉しいのだが、なんとなくギクシャクしている。息子への接し方が分からないのである。幸次郎のことを知りたいのに上手く切り出せない。そこで食事のときに幸次郎を隣に座らせ、周囲の人に自己紹介と近況報告を命じた。

「堀越さん、これは次男の幸次郎でしてな。おい、幸次郎。今、ドイツでどんな研究をしているのか、ご説明しなさい」

実は馬越本人が一番聴きたいのである。父親としては極め付きの不器用であった。

訪米で馬越が最も期待していたのは、セントルイスでバドワイザーを醸造する世界最大のビール会社アンハイザー・ブッシュ社の工場を視察することであった。アメリカでのビールの商業生産は十七世紀前半に始まる。しかしブッシュ社は比較的新参で、看板商品のバドワイザーが誕生したのは一八七六(明治九)年。日本では北海道に開拓使麦酒醸造所が誕生した年だ。

馬越は工場を視察し、規模の壮大さ、各設備のスピード、清潔さなどに驚嘆させられた。中でも気に入ったのは、一十四時間で六万本のビール瓶を製造できるオーエンス式自動製瓶機であった。職人が一本ずつ吹いている日本と比べると、約四十倍の労働生産性である。馬越は感激して、日本に導入するための交渉を命じた。すぐに高橋がブッシュ社経由でオーエンス社に打診したが、返事があったのは一週間後で、特許技術を守るために輸出は断っていると拒否されてしまった。報告を受けた馬越はしょげかえった。感激が著しかっただけに、落胆も大きかったのである。

五月十日から十日間、ニューヨークを拠点に東海岸の都市を視察した。ワシントンでは大統領セオドア・ルーズベルトに謁見、さらに次期大統領候補として人気のウィリアム・ハワード・タフトにも面会した。ピッツバーグではカーネギーの製鉄所を見学している。どこでも大歓迎で、地元マスコミの取材を受けたが、これは阪谷訪米の目的が三億円の日本公債募集のためだという噂が流れたせいであった。歓迎されても、英語が分からない馬越には退屈である。それでも、かつて福澤諭吉から聴いた「アメリカでは大統領も下町の工員も同じビールを飲んでいる。それが文明だ」という言葉通りの光景を目にすると感無量だった。

五月二十七日、一週間の船旅でロンドンに着いた。英国での狙いはバートン・オン・トレントにあるオルソップ社のビール工場の視察である。同社のインディアペールエールは、高アルコールと多量のホップによって長距離輸送に耐える頑強な酒質を備えており、幕末から日本に輸入されていた。こういった英国流のエールが明治初期には主流だったのである。しかし、明治二十年代に成長したサッポロ、エビス、キリン、アサヒという四大銘柄が揃ってドイツ流ラガーだったので、以後はラガーの天下となった。アメリカも日本もラガーが主流だが、英国はエールの国である。そしてオルソップ社は当時、ブッシュ社に匹敵する大企業だったから、馬越がエールの大規模製造に興味を持つのは当然であった。しかし、この視察はブッシュ社ほど馬越に刺激を与えなかったし、できたてのエールを飲んでも日本人向きとは思えなかった。

六月十三日、一行はドーバー海峡を越えてフランスに渡った。パリで観光に数日を費やしてから阪谷と別れた馬越と幸次郎、そして高橋の三人は、ドイツに向かった。ベルリンで、シベリア経由で渡独してきた大日本麦酒の取締役大橋新太郎と合流するのである。また、ちょうどドイツ出張中だった旧知の医学博士金杉英五郎も加わり、馬越一行は五人となった。そしてオーストリア、イタリア、スイスの観光とビール工場巡りに十数日を過ごした。このイタリアで、またも馬越は逸話を生んだのである。

七月八日、馬越一行はナポリに入った。ホテルに荷を解き、夕食のために大きなレストランを訪れた。大広間の中央に客席があり、壁際に並んだ料理を客が自ら取りに行くという形式である。馬越は大橋新太郎に、白身魚など食べやすそうな料理を運んでくるよう命じて、客席で待つことにした。

隣のテーブルでは年配の女性たちが談笑している。そこにある白ワインの小瓶を見て、馬越も注文することにした。手を挙げてウエイトレスを呼び、自信たっぷりに命じた。

「ホワイト・スモール」

ウエイトレスは不思議そうに首を傾げる。馬越は続けた。

「ユー・ドント・ノー。ホワイト・スモール」

ウエイトレスは手のひらを広げて制止し、体格の良い中年の女を連れて来た。女主人らしい。再び馬越が口を開く。

「ホワイト・スモール」

女主人も首を傾げたので、馬越は苛立った。

「ユー・ドント・ノー。ホワイト・スモール」

女主人が早口で何か話したが、馬越には理解できない。同じ言葉を繰り返した。すると、女主人は身を翻して去り、しばらくして小柄で色白の半裸の女を連れてきた。娼婦のようだ。女主人がその顔を指差して「ホワイト」と、その頭に手を置いて「スモール」と言った。馬越は苛立った。一段と大声で叫んだ。

「ユー・ドント・ノー、ホワイト・スモール」

ようやく大橋新太郎が料理の皿を手に戻ってきた。

「社長。どうしました、この女たちは。あれあれ、こんなところでお買い物ですか」

「馬鹿。女など買うものか。白葡萄酒の小瓶を頼んだだけだ。ホワイト・スモールとな。ところが首を傾げるだけだ。だから、お前は分からんのか、ユー・ドント・ノーと言っておる」

遠くから聞こえていたユー・ドント・ノーとは、こんな意味だったのか。大橋は吹き出しそうになるのを必死にこらえて馬越に進言した。

「社長、ホワイト・ワイン・スモールと言ってみてはいかがでしょう」

「うむ、そうか。ホワイト・ワイン・スモール」

途端に女主人とウエイトレスが顔を見合わせて爆笑した。ひとしきり笑った後、目尻の涙をぬぐいながら女主人が馬越に確認した。

「ホワイト・ワイン・スモール。オーケー。サンキュー・サー」

馬越は大橋に言った。

「どうも、英語の通じない国は不便でいかんな」

「ごもっともです」

大橋は神妙な面持ちで頷いてみせた。


再び一行はドイツに戻った。金杉と別れ、代わりにライプチヒ大学留学中の馬越の長男徳太郎が加わった。徳太郎は十九歳で医学の道を志し、明治二十一（一八八八）年に渡独している。以来、二十年ぶりの再会である。徳太郎の近況を知りたい馬越は、また食卓での会話を利用した。

「高橋君、これは長男の徳太郎でしてな。おい、徳太郎。今、ドイツでどんな研究をしているのか、ご説明しなさい」

横で聴いていた幸次郎は、自分の時と全く同じ台詞なので吹き出しそうになった。

一行は、ミュンヘンとベルリンを拠点にドイツ国内のビール関連施設の視察を行ない、さらにはデンマークまで足を伸ばした。馬越が一番気に入ったのは、ミュンヘン随一と評判のビヤホール「ホフブロイハウス」である。この醸造所の発祥は十六世紀だが、現在の建物は一八九七（明治三十）年新築というから、まだ築十一年にすぎない。玄関前には馬車が数台客待ちをしている。一階がビヤホール、二階がレストランなので、馬越一行は一階に入った。千席はあろうかという広さである。並んで現金を払って一杯注いでもらい、勝手に好きなところに座って飲む。服装も年齢も様々で、地元も観光客も混じっているようだ。二階のレストランは、きちんと給仕が席を指示して、料理もビールも運んできてくれるのだという。もちろん値段は高い。階上には、さらに高級な個室もある。馬越は便所に行くふりをして館内を隈なく見て回り、興奮しながら戻ってきた。

「おい、見たか。上品な紳士淑女もいれば、貧しい工員風の一団もおる。貴賤の別なく隣り合って飲んでおる。誰を見ても愉快が顔に現れている。良いな。しかもビールが安い。これなら労働者も晩酌できる」

馬越が銀座で始めたビヤホールも幅広い客層を集めたので「四民平等」と新聞に評され、低価格と合わせて大ヒットした。それが本場にもあったのである。馬越が興奮するのも無理はなかった。

「見ろ。ビールを飲もうと一杯分の小銭を握って列に並んでおる。注ぎ手には休む間もない。あれだけ忙しいなら、利が薄くても儲かる。安いからどんどん客が来る。だから儲かる。さらに安くできる。日本のビヤホールも、まだまだ工夫できる。もっと愉快を売ることができるはずだ」

本場のビヤホールに触れ、馬越の熱弁は止まらなかった。麒麟や丸三麦酒の買収に失敗し、帝国商業銀行を辞するなど、面白からぬ事件が続いていた馬越に、久々に商売人の血がたぎっているようだった。

次いで馬越一行はデンマークでツボルグ社のビール工場を見学した。カールスバーグ社と同国の首位を争う大企業で爽快なラガーを製造している。ここで馬越は奇妙なことに気づいた。倉庫の一角に水槽があってビールを冷やしているのだが、トフックの運転手たちが無造作に瓶を取り出してラッパ飲みにしている。馬越は徳太郎を通訳にして案内役の若い社員に質問した。

「あそこで運転手らがビールを飲んでいる。飲酒運転の問題はないのか」

「あれはリモナーデなので問題ない」

「リモナーデとは何か」

「炭酸入りの柑橘系清涼飲料水である」

ここで徳太郎が「いわゆるレモン水です」と注釈を加えた。

「日本ではリモナーデは大変に高価である。それを無償で社員に与えているのか」

「ラベル破損で商品にならないものだ」

「商品ということは、この工場はリモナーデも製造しているのか」

「その通りだ」

瓶詰設備の共用かとも考えたが、この生産規模ならビール専用のほうが効率的だろう。

「なぜリモナーデを造っているのか」

若い社員はしばらく考えてから答えた。

「私はビール担当だから詳しくは知らないが、リモナーデは広い世代に人気があるからだと思う」

ははあ、子供のうちから社名に親しみを付けようという作戦か。一旦は納得した馬越だったが釈然としない思いが残った。そこで帰りがけに挨拶に出た工場幹部に、同じ質問をぶつけてみた。すると、全く予想外の回答が戻ってきた。

「余剰炭酸ガスの活用である」

「炭酸ガスの余剰とはどういう意味か」

「ビールに溶け込んでいる炭酸ガスは、発酵で生まれるガスの一部に過ぎない。多くは空中に放散される。これを回収したのが、余剰の炭酸ガスだ」

「それを香料入りの砂糖水に吹き込んで、リモナーデを製造しているのか」

「然り。見ていないなら案内しよう」

「是非ともお願いしたい」

そうか。その通りなら、炭酸ガスを買わずにリモナーデが造れる。儲かるぞ。しかし、こんな副産物がビールに隠れていたとはな。こいつはいただきだ。


デンマークで新しい事業のヒントを得て、馬越は勇躍ベルリンに戻った。するとホテルに伝言が届いていた。アンハイザー・ブッシュ社の社長アドルファス・ブッシュからである。

「訪米の際に弊社工場をご視察戴き感謝している。その際は不在で申し訳ない。今、ベルリン郊外の別荘に滞在中である。よろしければ晩餐にご招待したい」

馬越は喜んだ。アドルファス・ブッシュはブッシュ社の二代目の社長である。初代のエバーハルト・アンハイザーは石鹸会社の社長で、ビール醸造所を購入するとそのまま娘の亭主である醸造家アドルファス・ブッシュに預けた。だからブッシュは実質的な創業者である。一八七六（明治九）年にバドワイザーを完成し、ちょうど四半世紀後の一九〇一（明治三十四）年に全米トップシェアを奪取した。以来、その地位を守っている。

ブッシュは馬越より五歳上の七十歳である。社長歴は二十八年。馬越も日本麦酒から通算すれば十六年もビール会社を経営している。「アメリカのビール王」と「東洋のビール王」は握手してから数分語り合うだけで、すぐに意気投合した。そして研究開発、設備投資、営業、宣伝、社員教育、政治活動など様々な経営課題を話しあった。すっかり打ち解けたと感じた馬越は、最も聴きたかった質問をぶつけた。

「私は貴社がアメリカで初めて本格的にパスツール氏の低温殺菌法を導入されたことを尊敬している。あれが貴社を全米首位に押し上げた主因だと思うが、ご自身ではどう分析されるか」

低温殺菌法は、六十度強の低温で瓶内の残留酵母を失活させる手法である。これで瓶詰ビールは何ヶ月も持つようになり、長距離輸送も可能になった。

「お褒め戴いて嬉しい。低温殺菌法は、直接的にも間接的にも当社の成長に大いに貢献した。直接的には、全米に販路を拡張したので飛躍的な数量増ができた。間接的には、新しい技術の導入を恐れなくなったことだ。長い眼で見れば後者のほうが重要だろう」

「なるほど。やはり低温殺菌法が決め手だったか」

「それだけではない。私は、低温殺菌法だけでは他社にすぐ追随される、と考えた。そこで拠点となる駅の近くに冷蔵倉庫を建てて、輸送途上の品質低下を防いだ。鉄道の重要性が増した今日、主要駅のそばに広い土地を確保するのが難しいので、もう他社は真似できないだろう」

「輸送途上の品質まで考えて差別化したのか。素晴らしい。差別化という点では欧州のホップの輸入量が全米一だが、これもこだわりか」

「良いホップだけが、何杯飲んでも飲み飽きない、というビールを造る。そのためには高価でも欧州産を使っている」

「貴社のビールは、第一印象では軽快に感じるが、ホップは利いている」

「アメリカの大麦はタンパク質が多いので、コクが出過ぎる。そこでトウモロコシを三割以上使ってスッキリさせている。その軽快さの上に、たっぷりの欧州ホップが利くから飲み飽きないのだ」

ブッシュは、飲み飽きないという言葉だけわざわざドイツ語のバイタートリンケンを使って強調した。相当こだわっているようだ。醸造家出身だから品質にうるさいのは当然だが、ブッシュは物流や営業にも一家言持っていた。

「ブッシュ社長。貴方は、会社に関する全分野に詳細な知識をお持ちだ。感服した。私はいくつかの会社の役員をしているが、どれも貴方ほど詳しくない」

馬越は経営に関わった数十の会社名を並べてみせた。

「馬越社長。貴方が多様な分野で活躍されているのは素晴らしい。私にはできない」

「日本には、もっと多くの会社に関わった人もいる」

馬越は、五百以上の会社の創業に関わった渋澤栄一を例に挙げた。ブッシュは肩をすくめて考えていたが、やがて慎重に口を開いた。

「それは賞賛に値する。アメリカには、そういう実業家はいない。いや、昔はいた。馬越社長、気を悪くしないでいただきたいが、それは日本の産業社会が未発達だからだ」

今度は馬越が目を丸くした。

「未発達なのか」

「アメリカも草創期には資本家が少ないので、一人がいくつもの事業を手掛けたものだ。しかし産業社会が発達すると、競争が激化し、技術も高度化する。三百六十五日全てが競争になる。経営者に求められる知識量や経営判断のスピードは、草創期とは比べものにならない」

馬越は、この欧米歴訪で出会った多くの実業家を思い出した。皆、それぞれの業種の専門家であって、しかも兼業などしていない。成熟した産業社会とは、そのプロフェッショナル同士の三百六十五日、二十四時間の闘いなのだ。

「確かに日本でも成熟産業ほど過当競争になっている。やがて全産業が成熟すると、アメリカのようになるのであろうか」

「日本の近代化は着々と進んでいる。そう遠くない時期に日本の経営者も、一人が一業種に集中するように変わっていくはずだ」

「なるほど。一人一業主義か。私もビールに集中したほうが良いのだろう」

「何を言われる。私には、東洋のビール王が別の仕事を兼務しているほうが驚きだ」

お互いの違いが明確になり、馬越は腹の底から納得した。

「ブッシュ社長。もう一つ伺いたい。私は六十五歳で、そろそろ退き際を考えている。貴方は五歳年上だが、何歳までお仕事をなさる計画か」

「百歳」

「まさか」

「それは冗談だが、気持ちが若ければ経営者に年齢はない。むしろ経験や知識の蓄積はプラスに働くから、より良い経営ができるはずだ」

「なるほど。では、引退は撤回して終生勤労主義に変えよう。私も百歳までだ」

二人のビール王は再び握手して笑いあった。彼らが退位する日は永遠に来ないように思えた。

今回の洋行には、喜久からの厳命があった。それは息子たちの帰国である。二人ともドイツに長期留学している。

「貴方はお好きになさっても構いませんが、息子たちを日本で一人前にするのが親の務めでしょう。まだ二人とも独り者なんですよ」

徳太郎は三十九歳である。十九歳でドイツに渡り、二十年間一度も帰国していない。幸次郎は三十五歳でドイツ留学は八年目。前半はビール醸造、後半は薬学の研究を続けている。三十代後半で未だ独身の息子が二人となれば、母親として放置できるものではない。喜久の真剣な言葉に馬越はうなずくしかなかった。

ドイツで徳太郎と合流してから数日後、馬越はホテルの部屋で二人きりの時間を作った。

「呼びつけて済まないな。これを読んでもらいたい。お母さんからの手紙だ」

「ありがとうございます」

徳太郎はすぐ開封し、熱心に読み始めた。その横顔を眺めながら、自分に似ているのに何で神経質そうに見えるのだろう、と馬越はぼんやり考えていた。

「お母さんが僕の帰国と結婚を待ちわびているのは、よく分かりました。お父さんも同じお考えですか」

「私は上京するために一度は妻子を捨てた男だ。だから家族のことで喜久の意見に反対する資格はない。だが自分がしてきたように、お前にも夢を追いかけさせたい、と思う」

「ありがとうございます」

徳太郎は眼を伏せて考えていたが、ゆっくり口を開いた。

「僕はドイツに残ります。自分の研究もありますが、後輩たちがドイツに馴染むよう手助けすることで日本医学界に貢献できると思っています」

「後輩の面倒を見るのか」

「はい。北里柴三郎先生に褒めていただきました。私の手助けによって優秀な人材が育っていると」

「なるほど」

世界的な細菌学者として日本医学界を牽引している北里柴三郎は、多くの弟子をベルリンに送り込んでいる。その都度、汽車で二時間ほどのライプチヒに住む徳太郎に、弟子の日常生活を手助けしてやってくれ、と依頼状が届く。徳太郎は留学生たちの兄貴分として一人ひとりの面倒を見てきたのである。

「聴いてみないと分からないものだな。徳太郎は研究者として何か大発見を目指しているのかと思っていた」

「もちろん、それはあります。でも私が少し面倒を見るだけで、留学生たちには大きな助けになるのです。彼らの安堵する顔を見るだけでも満足でしたが、北里先生に褒められてから、日本の医学界全体に貢献しているという実感があります」

「医学界全体か」

馬越は自身を振り返った。自分は家を継いでいない。そのことに、糸の切れた凧のような淋しさを覚えたこともあった。播磨屋や三井家にも忠誠を尽くしたが、結局は離れることになった。三井財閥系企業の社員が三井本家のために献身的に働く姿も、昨今は冷静に眺められる。これまでの日本人が従ってきた「家の存続」という行動原理を外れ、産業界全体の発展を考えられるようになったのだ。だから徳太郎の思いも分かる。むしろ、若くしてその視点を持ったことに感心していた。

馬越家は四代続いて医者だったが、それを継いだ兄は早世した。馬越自身の蓄財は巨額だが、財閥を築いて世襲させる気はない。存続すべき馬越家も家業もないので、徳太郎は医学界という大きな視点を得たのだろう。

「申し訳ありません。自分の仕事に納得したら必ず戻ります、とお母さんにお伝えください」

馬越は千円稼ぐと宣言して上京し、三千円持って帰った。徳太郎もきっと何かを持って帰ってくるだろう。馬越は黙ってうなずいた。


幸次郎に話したのは、徳太郎がライプチヒに戻った後だった。やはりホテルの部屋に呼びつけて、喜久の手紙を読ませた。その横顔は喜久に似て穏やかさを感じさせる。

「分かりました。もともと三年のビール醸造研修のはずだったのに、薬学研究もさせていただきました。それも目途が立っています。二ヶ月以内に帰国できるでしょう」

「そうか。戻ってくれるか」

「はい。兄さんからも言われました。二人のうち、どちらかは帰国すべきだ。お前が残りたいなら俺が帰るって」

「ふむ。そうか」

「でも、兄さんが残りたいのは分かっていました。共通の友人から聴いたのですが、兄さんはドイツで最も古株になって留学生を安心させる、と常々語っているそうです」

「なるほど」

「私はドイツを十分満喫しました。そろそろお母様に孝行するとしましょう」

「うむ。助かったよ。これで喜久に叱られずに済む」

馬越は、縁談を求めて東奔西走する喜久を想像して微笑んだ。

発見と珍談にまみれた洋行も五ヶ月。一行は再びロンドンに戻り、日本郵船の若狭丸で帰朝の途についた。この船は貨物中心で速力が出ないため、日本までは五十日余の長旅である。船は地中海からスエズを抜け、インド洋へと向かう。ここからしばらくは寄港地もない。

往路での失敗に懲りた馬越は、規則正しく過ごすための習慣が必要だと考えた。午前中は自分の船室で読書。これは容易である。しかし午後は長い。とりあえず午睡はするが、問題はその後だ。

そこで思いついたのが、昔から得意の将棋である。大橋新太郎も有段者だが、この旅行では新しい好敵手が生まれた。高橋龍太郎である。高橋は、大阪随一の将棋指しと言われた坂田三吉のパトロンの一人で、坂田を自邸に居候させて将棋を習ったこともある。馬越とも互角にわたりあえる。午後二時を過ぎると、彼ら三人を中心に船内の将棋好きが遊戯室に集まった。夕食までの数時間、時には夕食後も熱戦を展開する。集まった者から順に対局していくのだが、馬越は特に高橋を指名して何番も指した。盤上での帝王学伝授であった。

途中でコロンボ、シンガポール、香港などに上陸してビール事情を視察した以外は、約五十日の海路を馬越は将棋に費やした。明日は横浜に着くという十一月四日、遊戯室に向かう馬越に堀越善重郎が尋ねた。

「馬越さん、将棋のお仲間も多いと思いますが、一番強いのは誰です」

これは世辞への布石である。負けず嫌いの馬越に、あいつの将棋はどうだ、こいつはこうだと論評させた上で、やっぱり馬越さんが一番強い、と持ち上げる算段なのだ。しかし、馬越は意外な答を用意していた。

「そうだな。大橋さんかな」

「えっ、大橋さんはいつも、馬越さんにはかなわない、と言っていますよ」

「勝ち負けではない。彼は名人だからな」

「これは初めて聞きました。大橋さんは名人ですか」

「ああ。彼は九段の上だ」

当時の大橋新太郎邸は、九段坂の上にあったのである。

洋行の果実

明治四十一（一九〇八）年十一月、馬越恭平は七ヶ月の洋行から戻り、早速そこで得た気づきの実用化に取り組んだ。まずはデンマークのツボルグ社で見た炭酸ガスの回収とリモナーデの開発である。馬越は社長室に上野金太郎を呼び出して、ツボルグ社製の瓶入りリモナーデを見せた。上野は日本麦酒が最初に採用した大学卒の技術者で、現在は大日本麦酒の製造部門の実質的なリーダーである。最初は何事かと緊張していた上野だが、話を聴いているうちに笑顔になった。炭酸ガスの回収も、炭酸ガスを液体に溶かし込むカーボネーション技術も、専用の機械設備を導入すれば可能だと言う。

「なるほど。すぐ工場での試作に入れるな。どこで造る」

「贅沢品ですから東京での販売が中心でしょう。でも目黒や吾妻橋は手狭でいけません。保土ヶ谷なら広くて良いと思います」

保土ヶ谷とは、昨年二月に買収した東京麦酒の工場である。まさか飲料のほうで役立つとは予想外だった。

「ついてるな。買っておいて良かった。他に必要なものは何だ」

「砂糖と柑橘系の香料です」

「砂糖は明治製糖に話をする。これでも、あの会社の設立発起人の一人だからな」

「ありがとうございます。良い香料は輸入品しか無いと思いますので」

「分かった。三井物産だな。話しておく」

「カーボネーターなどの機械類も輸入なので、一緒にお願いします」

「それもか。人使いの荒い奴だな」

もちろん馬越は連絡するだけだから、人使い云々という苦情は的外れなのである。しかし、自分が役立つことが嬉しいのに、それを見透かされたくないという気持ちがあって、筋違いの苦情に逃げたのであった。

この取り組みはとんとん拍子に進み、翌四十二年二月には保土ヶ谷工場で清涼飲料水の製造営業認可書を得て、同年六月十日にはシトロンが発売された。シトロンとは丸仏手柑という柑橘で、強い芳香と漢薬にもなる薬用価値が特徴である。当時の主流であったソーダ水やラムネとの差別化を狙って外国の果実名をそのまま命名し、高級感や健康イメージを打ち出したのだ。これは日本初のビールの副産物活用であった。

最初は売れ行きが悪く、業を煮やした馬越は芸者たちにシトロンを奢り続けた。雑誌のゴシップ欄でシトロン大尽の渾名を付けられたほどである。しかし、副産物活用というコスト面での有利さが次第に効果を表し、ゆっくり売上げを伸ばしていった。

洋行で得た成果の一つに「一人一業主義」があった。欧米の経営者は専任ばかりで、馬越のように複数業種で役員を兼務している例は無い。その疑問に対してブッシュ社のアドルファス・ブッシュは「産業社会が発達すると、三百六十五日全てが競争になるからだ」と喝破した。これを馬越は一人一業主義と命名し、帰国後に「洋行のご感想を取材したい」と近づいてきた記者たちに吹きまくった。

最初のうちは、単に東西比較の一例として紹介していたが、次第に論調が過激になり「兼務社長は判断が遅れる危険があるから一人一業主義を」と警鐘を鳴らすようになった。その言葉は自分に返ってくる。「馬越社長も一業主義を実践なさるのですか」と尋ねられて「もちろん私は大日本麦酒に集中していく」と即答し、それが経済誌に載った。

驚いたのは中国鉄道の社長杉山岩三郎である。同郷のよしみで馬越に発起人を依頼し、役員に迎えた張本人であった。記事通りなら、馬越は兼務役員を辞することになる。その真意を確かめるため、若い男性秘書を東京に出張させた。中国鉄道の社長秘書の突然の来訪に、馬越は当惑した。気心の知れた杉山本人と話すなら「雑誌では勢いであぁ言ったがね」と阿吽の呼吸で交わせるが、緊張しきった青年に正面から問われ、あれは嘘だよとは言えなかった。結局、翌四十二年七月に中国鉄道の役員を辞する羽目になる。中国鉄道だけでは不自然なので、磐城炭鉱の役員も辞任した。また設立発起人を務めた明治製糖からの役員就任依頼も断った。

「自分がこれほど一人一業主義を実践するとは思わなかったが、まあ、いいか。これも巡り合わせだ。後は、どれだけ財界の皆がついてくるかだな」

たまたま財界の集まりで渋澤栄一と立ち話をする機会があり、渋澤から「そろそろ仕事を縮小することにした。来年には依頼された役員のほとんどを辞任するつもりだ」と聴かされて、さすがは渋澤翁だ、既に気づいておられたか、と内心密かに舌を巻いた。実は、渋澤は六十八歳という老齢を気遣っただけなのである。しかし馬越はひそかに確信していた。

これで渋澤翁が兼務を減らせば、誰もが一人一業主義に傾くのは間違いない。これで一人一業主義の時代が来るぞ。一つの時代の風潮を創る、というのも悪くない気分だな。

しかし誰もついてこない。相変わらず多彩に活動している仲間を見ると、仕事助平を自称する馬越が我慢できるはずもない。中国鉄道の役員を辞任したのに、岡山県内の井笠鉄道敷設の相談を持ち掛けられ、つい発起人を引き受けてしまった。渋澤に依頼されて、その後任として東京帽子の社長就任を約束してしまった。さらに東邦火災創業で取締役、井笠鉄道創業で社長、日本鋼管の設立発起人と断り切れなくなり、一人一業主義はあっという間に崩壊してしまった。

また、馬越は洋行で新たな人生観を得ていた。それが「終生勤労主義」である。馬越は二十四歳で明治維新を迎えた江戸時代の人間である。当時は四十代で家督を譲って隠居するのが幸せで、馬越の養父播磨屋仁兵衛もそうだった。明治に入っても五十歳まで働く人は多数派ではなかった。六十五歳で現役を続けている馬越は、既に渋澤や大倉と並ぶ大長老である。また、勲章、別荘、洋行の三つに手を出すのは引退間近という風潮もあり、馬越の洋行もそう見られていた。しかし、欧米で年上の経営者に数多く出会い、馬越は終生勤労主義に転向した。これは驚くほど長続きすることになる。

明治四十二（一九〇九）年の馬越家の正月は例年以上に慌ただしかった。一月三十一日に次男幸次郎の結婚式を控えていたからである。幸次郎は昨年十月に帰国し、その五日後に見合をした。喜久が手回しよく仕組んだのである。日本橋で木綿問屋を営む田中四郎左衛門、りん子夫妻の下で育った泰子という、色白で眼許涼やかな娘だった。幸次郎三十六歳に対して泰子二十一歳と離れていたが互いに何の不満もなく、翌日には両家とも仲人に応諾の返事をした。

ところがその五日後、幸次郎は交通事故に遭った。暴走した自動車が、幸次郎の乗る人力車を跳ね飛ばしたのだ。激しく投げ出された幸次郎は全身を強打し、すぐ病院に運ばれたが人事不省である。この時、喜久とともに病院に泊まり込んだのが、結納前の泰子であった。退院までの一ヶ月に渡る献身的な看病で、泰子はすっかり馬越家に溶け込んだ。子供時代を京都で過ごした泰子は物腰が柔らかく、言葉の端々に京都らしさが漂うのも、寒々しい病院の空気を和ませた。症状が危機を脱しても、馬越は頻繁に見舞いに来た。仕事優先の馬越には珍しい行動である。それに気づいた喜久は、泰子目当てだろう、と夫をからかった。

元旦は、朝から幸次郎が浜町の田中邸に赴いて四郎左衛門夫妻と新春を寿ぎ、次に泰子を連れて桜川町の馬越邸に戻って晩餐。夜中に二人乗りの人力車を雇って浜町まで送った。その間にも馬越邸には、ひっきりなしに年始客が訪れ、馬越は終始上機嫌で息子と婚約者の自慢に明け暮れた。

二日は馬越大妻、田中四郎左衛門夫妻、幸次郎と泰子の六人で、媒酌人の桂太郎の邸宅に挨拶に行った。長州出身の桂は三井財閥と縁が深く、井上馨の部下であった馬越は三井物産創業前から桂の知己を得ていた。いくら親しい仲でも、現職の総理大臣が媒酌人を引き受けるのは異例中の異例である。馬越以外が緊張しきって挨拶を終えた後、桂は笑いながら一同に話し掛けた。

「私が媒酌するのは、馬越さんを肴に挨拶したいと思ったからで、おおいに悪口を言いますから期待してくださいよ」

「総理。何をおっしゃるつもりです」

「だいたい馬越さんは私の弟を追い出して日本麦酒の社長になった」

桂太郎の弟の二郎は日本麦酒の社長としてヱビスビールを発売した人物だが、経営不振のため大株主の三井財閥から追われ、馬越が再建を託されたのだ。

「いや、誤解です。二郎さんが辞めると決まってから、私に白羽の矢が立ったのです」

「知っていますよ。だが、そう言わないと面白くない。さらに馬越さんは麦酒税導入に大反対して、我が長州の大先輩伊藤博文公の第四次政権崩壊のきっかけを作った。いわば長州の敵だ」

「それも誤解です。ご勘弁ください」

「分かっている。ここからサゲになるのだから黙って聴きなさい」

二遊亭円朝を贔屓にした井上馨に感化され、桂も馬越も大の落語好きである。桂は一つ咳払いをして話を繋いだ。

「そして、第四次伊藤内閣が倒れた直後、組閣の大命は私桂太郎に下ったのだ。あんなに早く総理になるとは思わなかった。馬の」

ここで桂は言葉を切って、馬越を指差した。

「馬のおかげで桂が出世。これが本当の桂馬の高跳び。はい。お後がよろしいようで」

「あっ、参った」

「いいだろう。ワハハハハ」

「ワハハハハ」

本来の将棋の格言「桂馬の高跳び」は「歩の餌食」と続くのだが、桂は正反対で、堂々の長期政権であった。

この一月、幸次郎は結婚以外でも忙しかった。一つは薬学の恩師である下山順一郎博士から、ドイツでの研究を『アルカロイド化学補充』という論文に一括して一月中に帝国大学に提出するよう命じられたからだった。審査に間に合えば半年後には博士号取得に至るはず、というのだ。

一方、大日本麦酒で試験係を重用すべし、という提案が認められたことも、幸次郎の多忙に輪を掛けた。試験係は明治三十九年に設置されたが、処務規程に「製品試験及び材料試験に関すること」と記されただけで役割が曖昧であった。そこで幸次郎自身が指導者となり、ビールの原料から各工程での半製品、さらに製品まで検査対象を決め、分析項目、手法、結果の活用方法などを細かに定めていくのだ。発売予定の清涼飲料についても同様に進めなければならない。

また、懸案であった金属製の王冠について、コルク栓との比較研究の必要があった。合同前の明治三十七年、大阪麦酒がアメリカ製の王冠打栓機を導入したが、手吹きの瓶のため、高さを揃えるのに手間がかかり過ぎて挫折していた。合同後の四十年には札幌工場が、翌四十一年には目黒工場が輸入した王冠を試用したが、いずれも失敗している。しかしコルク栓は作業時間も長く抜栓も大変なので、時代遅れなのは明らかであった。アメリカでは既に王冠がコルク栓を駆逐している。とは言え、王冠採用には試験による実証が必要である。

試験係重用を訴えた幸次郎は、こういった多様な業務を全て引き受けることになった。

馬越が持ち帰った商品アイディアがもう一つある。帰国直後の工場長会議に馬越自身が提案した「ミュンヘンビール」である。元来ミュンヘンではミュンヘナー・ドゥンケルという濃色ビールが飲まれていた。一八四二（天保十三）年にチェコのピルゼンで世界初の淡色ビールであるピルスナーが発明され、ドイツも影響を受けてジャーマン・ピルスナーが生まれる。ビールの都として誇り高いミュンヘンでも、一八九四（明治二十七）年にシュパーテン社が淡色のミュンヘナー・ヘレスを発売した。そして次第にドゥンケルからヘレスが主流になっていった。

しかし馬越が眼をつけたのは新顔のヘレスではなく、伝統的なドゥンケルであった。日本の主力銘柄は全てピルスナーなので、ヘレスでは差別化できない。馬越は留学や駐在などドイツ経験を持つ大学教授や軍人、外交官などにドイツでのビールの思い出を尋ねてみた。

「ドゥンケルは実に美味い。日本で飲める黒ビールは味も濃厚だが、ドゥンケルは色が濃いわりに飲みやすい」

「ほのかに甘い香りがしてね。あれが日本で飲めたらなあ」

日本人の味覚に合うのは淡色のヘレスかと思いきや、懐かしがるのは皆ドゥンケルなのだった。当時の国産の黒ビールは、ドイツのシュバルツやイギリスのスタウトを真似て、高温で焙煎して焦げた黒麦芽を加えていた。一方、ドゥンケルに加えるミュンヘン麦芽は、糖分の一部をカラメル化させるように焙煎している。これにより、独特の甘さと香ばしさが加わるのだ。その麦芽の香を楽しめるよう、ホップの苦味を抑えて飲みやすくしている。工場長会議で馬越は力説した。

「ビールの人気を広げるためには新しい味も必要だ。いろいろ候補もあるだろうが、往年ドイツ留学した名士たちの誰もが懐かしがるのが、このミュンヘンのビールなのだ。これでいこう」

明治四十二（一九〇九）年九月、最初は樽詰め生ビール「ミュンヘン式生ビール」として登場し、翌年一月には小瓶でも発売された。馬越は新規性を目立たせるために、この小瓶に同社初の機械吹製瓶と王冠打栓技術を投入した。馬越の肝煎りだけに全社挙げて広告や販売促進が行なわれ、初年度の出荷は百二十万本強、社内シェア二パーセントと記録した。ところが物珍しさが消えた二年目は大きく落ち込み、結局そのまま浮上せずに消えることとなった。この挑戦は、日本では濃色ビールは売れない、というイメージを業界に長く植えつけることになった。

因果な商売

大正三（一九一四）年四月某日、植村澄三郎が目黒工場内の社長室に入っていくと、馬越は新聞を読んでいた。

「社長、輸出に関する資料を持参しました」

「ありがとう。今月末には上海からあちこち回るので、輸出のことを少し勉強しておきたくてな。いよいよドイツがきな臭くなってきたし」

「なるほど」

「しかし、ビールとは因果な商売だな」

「そうでしょうか」

「私が本格的にビールに関わった明治二十五（一八九二）年に、ビールの総生産量は八千石だった。それが十倍の八万石になったのが明治三十一年だ。その成長要因は明治二十七、八年の日清戦役だった」

「おっしゃる通りです」

「それが明治三十四年の麦酒税導入で水を差され、翌三十五年の売行きは四分の三に落ちた。でも結局は日露の戦勝景気で回復して、昨年は二十万石超えだ」

「結構なことです」

「そして今年、同盟国と連合国の緊張は高まる一方だ。また戦争が始まるかもしれん」

「そしてビールが売れるかも、ですか」

「だから因果な商売だと言っておる」

「社長。それはビールというより日本経済そのものが戦争に依存しているからではありませんか」

「それはそうさ。でもビールはまだまだ贅沢品だからな。景気が良くないと伸びない」

「そして今の日本では、軍の特需と戦勝が景気高揚に直結しています」

「青臭いことを言うようだが、ビールは平和の似合う酒でありたいものだ」

「ごもっともです」

この月、目黒工場には煉瓦造りの新たな製麦場が竣工している。一日に麦芽を十五トン製造できるドイツ製の最新鋭設備で、屋根からは巨大な煙突が二本突き出している。その最上部にはチムニー・カウルが取り付けられた。海老の腰部の甲殻のように湾曲した鉄板を重ねて、下からの排気を直角に曲げて真横に吹き出させる仕組みである。西洋騎士のカブトを連想させるのでカブト煙突と呼ばれた。山手線からも良く見えるので、工場の新たなランドマークとなるだろう。

馬越の嘆息まじりの感慨の通り、日本のビール産業は戦争景気に乗って成長してきた。国策として麦酒税法で中小企業を淘汰し、大企業から安定的に税収を得る仕組みになっている。大日本麦酒と麒麟はその恩恵を受けているが、かつて準大手と呼ばれた三社は苦戦していた。桜田麦酒は明治十年代からイギリス風エールの最大手であったが、三十年代に入ってドイツ風ラガーの東京ビールという新銘柄に切替えを図った。しかし市場定着を果たせぬまま、明治四十年に大日本麦酒が吸収合併している。浅田麦酒もイギリス風エールであったが、創業者の浅田甚右衛門は拡大戦略をとらず、自分好みのビールを造って自分が飲むための醸造所があるというドイツの例にならって「自家飲料製造所として現場を継続し、余剰を売りさばく」というユニークな方針を打ち出した。しかし、明治四十一年の麦酒税法改正がこれを許さなかった。製造量年間千石以上が製造免許の条件となったのである。未達の場合は明治四十五年二月までに達成せよ、と猶予期間を与えられたが、浅田は自らの方針を堅持して拡大路線をとらず、そのまま翌四十五年三月に廃業となった。

唯一健闘しているのが、半田の丸三麦酒を根津嘉一郎が買収した加富登麦酒である。買収直後に日本第一麦酒と改称したが、四十一年には主力銘柄カブトビールの名を冠した加富登麦酒に社名を改めている。根津が買収した明治三十九年には五パーセント台だったシェアは、四十五年には十パーセント台に這い上がってきた。とはいえ七割の大日本麦酒の敵ではない。

一方、新たにビール事業に参入したのが神戸の鈴木商店である。同社は門司の工業団地内に帝国麦酒（ビール）を設立し、大正二（一九一三）年四月に工場を竣工して、七月にはサクラビールを発売した。財界のナポレオンと呼ばれた大番頭金子直吉は、自ら神戸の販売責任者となって人脈を頼りに売り込みを図った。下戸の金子が陣頭指揮をするという話題もあって、初年度の売上は五千六百石、シェア二パーセント台と大健闘であった。

「さて、植村。まずはビール輸出の増加を統計的に知りたい」

馬越は戦術家だと評されているが、まず全体像を正確に把握した上での戦略立案が基本になっている。現場での奇策が目立つのは結果に過ぎない。植村も近頃は馬越流の理解が進み、政府統計や外信など客観的で全体把握に役立つ資料を用意するようになっていた。

「はい、まず昨年と十年前の比較です。明治三十六年は一万一千八十三石ですが、昨大正二年は二万二千二百三十四石で、ほぼ二倍になっております。同年の国内総生産量が二十一万八千百六十六石ですから、その一割強が輸出です」

さらに昨年の内訳として、支那七千七百石、関東州三千七百石、香港千百石、朝鮮八千百石、英領印度百石、英領海峡植民地八百石、露領亜細亜四百石、濠州二百石などと続けた。香港は三倍、朝鮮は五倍以上の成長である。これに対して馬越はキリン、カブト、サクラの輸出動向と、アジア市場最大のライバルであるドイツビールの流入状況を詳細に質問した。ビール工場は、アジアでは少数しか存在しない。日本と英領印度には複数あるが、他は英領セイロンのライオン、フィリピンのサンミゲル、中国の青島など数えるほどで、ドイツからの輸入が多くを占めていた。

「ドイツは相変わらず手強いかな」

「いいえ、社長。我々のほうが安価なので、この頃は五分の戦いだそうです」

「値段で勝っても長続きはせんぞ」

「いいえ、それも一因ですが、やはり副原料の効果が出てきたように思われます」

「ようやくか」

南国では飲みやすく淡白なビールが好まれる。ドイツは自国内では純粋令に基づいた全量麦芽の濃醇なビールを醸造しているが、アジア輸出向けは現地の好みに合うよう、コーンスターチなどのデンプンを副原料に使って軽快なビールに仕上げていた。しかし明治三十年代の日本の麦酒税法では副原料は麦芽重量の三割までしか加えられなかった。大日本麦酒の工場長会議で「せめて四割まで認めてくれれば軽快な飲み口でドイツビールと対抗できるのに」という発言があり、それを馬越が拾い上げて陳情し、四十一年の麦酒税法改正で五割を実現したのである。以来五年、軽快なビールに変えた効果がようやく出てきたのだ。「味の評価が上がったのなら思い切って勝負にいけるぞ。ドイツが戦争に入れば輸出に注力できなくなる。よし、これからはアジアで稼ぐぞ」

大正三（一九一四）年七月二十八日、オーストリア＝ハンガリーがセルビアに宣戦布告した。双方を支持するドイツとロシアの外交交渉はこじれ、ついに八月一日、ドイツがロシアに宣戦布告。さらに八月三日には、ロシアを支持するフランスにも宣戦布告を行なう。そしてドイツ軍がフランス侵攻のため中立国ベルギーを攻撃したことが契機となり、八月四日にはイギリスがドイツに宣戦布告した。日英同盟を結んでいた日本では、八月二十三日に「朕茲ニ独逸国ニ対シテ戦ヲ宣ス」という詔書が発せられ、ついに第一次世界大戦に参戦したのである。

二日後、これに呼応して農商務相大浦兼武が全国の県知事及び道庁長官に向けて、戦時こそ国内産業の発展を促すべき、という訓令を発した。財界は機敏に反応した。開国以来、舶来品は上等で、和製は猿真似だ、と国内産業は馬鹿にされてきた。しかし、技術的にはかなり追いついている。それを一気に認めさせ、むしろ国産品こそ奨励されるべきだという国民運動を起こそうというのだ。

渋澤栄一、中野武営らが財団法人国産奨励会を設立して、大浦農相から政府補助金を引き出した。国産奨励のための調査研究を行なう他、国産品の展覧会や講話会を開催する組織で、総裁には伏見宮貞愛親王を、副総裁には井上馨、松方正義というビッグネームを担ぎ出した。その人事が新聞発表された数日後、馬越は財界の宴席で井上馨と会った。前年の脳溢血の後遺症で車椅子に乗っていたが、顔は生気に満ちていた。

「おい、馬越。元気か」

「ありがとうございます。閣下もご壮健で何よりです。あっ、国産奨励会副総裁ご就任、おめでとうございます」

「また担ぎ出されたよ。今度の戦争は実際の戦闘より、銃後の備えが肝心だと言われてな。確かに欧州で英仏がしっかり戦ってくれれば、ドイツはアジアに軍隊を増派できなくなる。そうなれば日本軍は有利になる」

「左様でございますね。我が軍が戦うのは、せいぜい遼東半島とドイツ領南洋諸島だけだと新聞に出ておりました」

「だから国内で民心を督励するほうが大切なのだ。お前も国産奨励会には入会してくれよ」

「もちろんでございます。キリンやカブトと違い、我が大日本麦酒は国産原料ですから、会の主旨をまさに実行しております」

「お前なら何でも商売に使いそうだな。戦争も金儲けのタネだ」

「ご冗談を」

「それより馬越、息子はドイツ留学から戻って来とるか」

「いいえ。先月から帰って来いと手紙を送っておりますが、徳太郎からは何の返事もありません。心配しております」

「何を悠長な。先週には、ドイツを出国しようとした日本人留学生が抑留されている。俺が一声掛けておくから、明日にでも外務省に行け。出国したか、抑留されているかくらいは分かるはずだ」

「ありがとうございます」

しかし外務省でも徳太郎の情報は把握していなかった。イギリスが参戦した八月四日に、日本大使館は在留邦人を手紙で呼び集めて至急の出国を指導している。日本がドイツに最後通牒を突き付けた八月十五日には、旅費を与えてまで出国を促したのだという。徳太郎はライプチヒ在住だから、ベルリンの日本大使館から声が掛かったはずだ。しかし大使館に出頭した者のリストに徳太郎の名前は無かった。大使館員も多くは出国しており、未出頭者の調査をできる体制ではない、とも説明された。

落胆した馬越だが、とにかく喜久や幸次郎にそのまま報告した。喜久は言葉少なに聴いていたが、その目は虚ろだった。商売のほうは春から欧州大戦を予測して準備していたのに、なぜ息子を呼び戻すのは後手に回ったの。喜久の目は馬越を責めているようだった。

「まだ抑留されたと決まったわけではない。もし抑留されても、民間人を処刑することはない、と外務省も言っておった。確かに心配だが、良いか悪いか何も分からんのだ。心配しても心痛してはいかんぞ」

馬越は、ほとんど自分に言い聞かせているようだった。

大正三（一九一四）年九月、日本のビール輸出はいよいよ本格化していった。欧州からアジアへのビールの流入が減少し、アジアにある欧州資本のビール工場もホップ調達が困難になるなど、生産に支障をきたしたからである。それに代わって大日本麦酒が中国、シンガポール、香港、インドなどで大躍進を遂げていく。

また、日本国内で盛んに喧伝されるようになった国産奨励は、ビール業界では大日本麦酒に追い風となった。ビールの原料となる大麦やホップの多くを国産でまかなっていたからである。九月二十五日の朝日新聞に「国産奨励挙国一致」という記事が出た。

「麦酒業者の広告文を見よ（中略）一会社の広告に曰く『独墺本場精選の麦芽と最良のザーツホップスを原料として醸出せる某ビールは単に本邦最良の麦酒たるのみならず独逸麦酒と角逐して東洋に覇を称ふ』（中略）又一会社の広告に曰く『当会社の製品は日本人の手により日本産の麦を以て醸造したるビールなり国産の発達を念じらるる愛国の士は格別の御同情により益々御愛飲を乞ふ』（中略）意味深き対照にあらずや」

このように麒麟麦酒と大日本麦酒の広告を比較した上で「今や真に日本産業転進の時期来たれり（中略）舶来と云へば優良品なり和製と云へば劣等品なりと云ふが如き観念を吾人の脳裡より一掃すること」と結んでいる。

この記事は馬越の狙い通りだった。過日の国産奨励会の宴席に新聞関係者が来ていたので、会場のあちこちで声高に麦酒会社の広告を比較する話を主張したのである。これに気を良くした馬越は、同内容の新聞広告を打つことにした。すると広告の前日に読売新聞が「国産奨励のビール」と題する記事を書いてくれた。阿吽の呼吸だ。

「国産奨励の趣旨に基づき専ら内地原料を使用せるヱビス、サッポロ、アサヒの醸造元たる大日本麦酒会社は今回畏くも両陛下の内地産業保護の御趣旨が予て同社の採り来りたる主義と合致せるに深く感奮し益々此聖旨を奉戴し国家に貢献せんと努めつつありと」

そして翌十月五日の読売新聞に以下の広告が載った。

「今や内地生産品の使用国産奨励の声は吾邦上下に渉る国論なり。日本人の手により日本の麦を以て醸造せる純乎たる国産ビールはヱビス、サッポロ、アサヒの三種あるのみ。吾社多年の主張は全然、国論と一致せり。愛国の士は益々国産ビールに御同情、御愛飲を乞ふ。国産麦酒醸造元　大日本麦酒株式会社」

戦争で売れるとは因果な商売だ、とビールを自ら皮肉って見せた馬越だったが、ひとたび有事となれば、それを機敏に活用する反射神経は誰にも負けない。戦争で揺れる世論を巧みに宣伝に繋げていった。

この年の四月末から上海などを視察した際、馬越は山東省青島市のゲルマニア醸造所の情報を聴き回った。戦争になって遼東半島を占領したら、そこを中国進出の拠点にしたいと考えたのである。そして十一月、日本軍は青島のドイツ軍を降伏させた。その一報を受けて馬越は陸軍大臣に対して「青島麦酒醸造所払下願」を提出した。日本軍が接収したドイツ関連施設の中で、ゲルマニア醸造所を大日本麦酒に払い下げて欲しい、と訴えたのである。しかし日本軍はこの醸造所を接収できていなかった。イギリス国旗が翻っていたからである。実は開戦直前にイギリス資本を四割導入して登記上の本社を上海に移し、アングロ・ジャーマン・ブルワリーと改称していたのだ。これを聞いて馬越は呟いた。

「戦争に負けることを覚悟でイギリスの会社を呼び込んでいたのか。仕方ない。正々堂々英国野郎に買収を申し込むか。どうせ操業停止中の工場だ。早晩、手放すだろう」

青島問題については時間が掛かると覚悟した十一月某日午後、馬越は大日本麦酒の社長室で外務省の書記官重光葵の訪問を迎えた。最近までベルリンの日本大使館駐在であったと言う。井上馨から、徳太郎に関する情報は即刻伝えるように厳命を受けている、と前置きがあって、いきなり本題が伝えられた。

「本日、珍田捨巳駐米大使から暗号電報が届きました。申し上げにくいことですが、ご令息徳太郎様は去る十月十五日にライプチヒにてご逝去された、とのことです。ご愁傷様でございます」

「何っ。それは確かですか」

「残念ながら確かです。既に火葬され、遺骨はベルリンの日本大使館がお預かりしております」

「そうですか」

重光によると、徳太郎は五月から咽喉癌でライプチヒ病院に入院して治療を受けていたが、日独の開戦により敵国人として退院を強制されて亡くなった、とのことだった。大使館の出頭要請に応えなかったのは病魔のためだったのである。死亡証明書の正式な発行は来月だろうとか、遺骨の搬送時期は決まり次第連絡する、といった事務的な連絡を、馬越は遠い街のざわめきのように聞いていた。

喜久に順序立てて説明できる気がしない。この戦争でアジアへのビール輸出を伸ばして大日本麦酒は絶好調である。しかし、戦争ゆえに息子は非業の死を遂げた。ドイツで医学を志して、そのドイツの医学に治療を拒否されたのだ。どんなにか無念であろう。何ひとつ、助けてやれなかった。

翌大正四年二月十日、徳太郎の遺骨が日本郵船の三島丸によって神戸港に届いた。遺骨は馬越の手で郷里木之子村に送られ、菩提寺である三光寺で葬儀が営まれた。

一月十七日、葬儀開始の午後一時に合わせて参列者たちが集まってきた。彼らの中心には馬越と喜久、次男幸次郎と泰子、馬越の弟の窪章造がいる。泰子の腕の中では、二年前に生まれた孫の恭一が安らかな寝息を立てていた。大日本麦酒からも機械課長の橋本卯太郎ら数名が参列した。徳太郎は大日本麦酒がドイツで機械設備などを購入する際の交渉に何度も立ち会っており、特に橋本とは仲が良かった。それを聞いた喜久が橋本にドイツでの徳太郎の様子を尋ねる。

「橋本さん。医学の研究者がビールの機械を買うのに、お手伝いできるものなんですの」

「いやあ、大変に助かりました。徳太郎さんのドイツ語は素晴らしくて、私なんか足許にも及びませんし、機械にも詳しくて、かなり専門的なことでも素晴らしい通訳をしていただきました」

「お役に立てて良うございました」

「ドイツ人たちを招いての会食での心遣いも細やかで、先方からも感謝されていました」

「細かいことにも気がつく子でしたからねえ。でも私が一緒に暮らしたのは短いのですよ。大阪であの子を産んだのですが、次の幸次郎をお腹に宿したら、実家で産めと岸和田に里帰りさせられ、そのまま養子縁組みを切られました。だから三歳で別れて、次に会えたのは二年後、主人が東京の先収会社に勤めたときです。でも翌年には広島の浚明館に行ってしまいました。それが十四歳で戻ってきたら、五年後にはドイツ留学で、それっきり帰ってこない。それが、こんな姿で、帰って、くるなんて」

もう言葉が続かない。慌てて幸次郎が近寄って喜久を支えた。

「お母さん、これをお使いください」

幸次郎は白いハンカチを手渡し、喜久の背中に手を添えた。

一ヶ月前に遺骨の帰国時期の連絡があった。あたふたと葬儀の日程などを決めた後で、馬越は新聞に死亡広告を出さねば、と気づいた。早速文案を考えたが、遺族氏名の後に続く友人代表のところでつまずいた。徳太郎の交友関係を全く知らないのだ。記憶をたどるうちに、北里柴三郎に褒められた、と嬉しそうに語っていたことを思い出した。

北里は破傷風菌や血清療法の研究で知られ、ノーベル医学賞候補にも挙がった日本細菌学の父である。友人代表として北里の名があるだけで、同じ医学の道を歩んだ徳太郎には誇りであろう。そこで友人の医学者金杉英五郎に、北里への紹介状を書いてもらった。金杉は日本に耳鼻咽喉科を創設した医学界の重鎮で、馬越訪欧の際にはドイツで同行し、徳太郎とも会っている。馬越は紹介状を手に、昨年十一月に設立されたばかりの北里研究所を訪ねた。

「馬越さん、金杉先生のお手紙は拝見しました。ご愁傷様でございます。私でよろしければ友人代表をお引き受けいたします」

白衣に身を包んだ北里は学究というより実業家のように精力的な印象だが、世評ほど短気な感じはなかった。

「ありがとうございます。先生を尊敬していましたから徳太郎も喜んでいるでしょう」

「思い出しますねえ。初めて会った時、私は三十代半ばで、破傷風菌の研究をしていたのです。ライプチヒ大学に十代の日本人医学生が来たと、私のいたベルリンまで噂が聞こえてきました」

北里は十六歳下の徳太郎を可愛がっていたようで、当時の逸話を幾つも披露してくれた。こうして二月二十五日に掲載された徳太郎の死亡広告には、北里柴三郎と金杉英五郎という医学界の権威が二人並んだのである。

これで馬越徳太郎という医学者がいた、と世に示すことができた。しかし、日独開戦を予想していたのだから、もっと早く帰国させれば良かった。後手に回った父を許してくれ。

大正四（一九一五）年五月、馬越は北海カーバイド工場を継承して創設された電気化学工業株式会社の会長に就任した。アセチレンランプ用だったカーバイドから、肥料となる石灰窒素を製造する会社だが、業容拡大のために三井の資金を入れて改組改称したのである。翌年には大牟田工場建設を控えている。一度は三井と袂を分かった馬越だが、帝国商業銀行時代に融資で三井の急場を救ってから友好関係を取り戻した。以来、三井出資企業への役員就任を幾つも引き受けている。今回も三井の幹部から頭を下げて会長就任を要請された。それでも「一度は三井を放り出された、この恭平でよろしいかな」と嫌みを言う。三井に便利に使われてなるものか、という反骨心はくすぶっていた。

八月にはシトロンに「リボン」の商標を冠してリボンシトロンとして再発売した。最初は全く売れず、お座敷で芸者や幇間に無理に飲ませたのでシトロン大尽と揶揄されたものだ。それが今や人気商品である。商標を冠したのも類似品対策なのだ。同時期に発売したミュンヘンビールが初年度しか売れなかったのと対照的である。

九月には恩人である井上馨が満七十九歳で逝去した。世外院殿無郷超然大居士。世外とは井上の号である。最初の出会いは、妻子を置いて東京に飛び出してきた四十二年前であった。東京鉱山会社に雇われ、東北の鉱山調査に向かう井上の秘書にいきなり抜擢されて二ヶ月間同行。この旅で井上に評価されたので、先収会社、三井物産と続く馬越のビジネスマン人生へとつながったのだ。以来、商売でも茶道でも花柳界でも、井上一流の横暴さを交えながらも可愛がってくれた。長男徳太郎のドイツでの客死も、井上の配慮で知ることができたのだ。日比谷公園での葬儀に参列しながら、お世話になるばかりで何も恩返しができなかった、と悔やんだ。

十一月、馬越は従五位に叙せられた。中世なら貴族の位階である。明治では従四位からが爵位に準じる礼遇となる。また華族の嫡男が多く従五位に叙せられているので、この位階は爵位の一歩手前だとも言える。そこで馬越は自ら「尺に足りない九寸五分」と洒落のめした。九寸五分とは短刀の別称である。まだ丸くなるつもりはなかった。

翌大正五（一九一六）年春、馬越が待ち望んでいたことが起こった。訪米時にブッシュ社の工場で驚嘆させられたオーエンス式自動製瓶機が日本に上陸したのだ。日本での特許を取得した大阪の実業家グループが中心となり、日本硝子工業株式会社を創業するという。

馬越が訪米した頃、日本のビール瓶製造は職人による手吹きであった。その後、馬越は尼崎の製瓶会社を買収して研究を進めさせ、大正二年には半自動の吹田式製瓶機が本格稼働を始めた。翌三年には二十四時間連続作業も実現している。

しかし全自動のオーエンス式はさらに効率が高く、憧れの存在である。大日本麦酒は麒麟麦酒とともに大正五年六月の創業時から多額の出資を行なった。その日本硝子工業の最初の製瓶工場は、横浜の保土ヶ谷にある大日本麦酒の飲料水工場の隣接地に建設された。麒麟麦酒の山手工場にも近い。馬越は積極的に同社を支援し、吹田工場長高橋龍太郎の弟である画一郎をアメリカに出張させて、オーエンス式の運転や修繕などについて綿密に調査させ、その上で同社に出向させた。製瓶技術は今後のビール会社のコスト管理に大きな変革をもたらす、という訪米時の直感が現実のものとなりつつあるのだ。この好機を逃す気はなかった。

同五年八月、長引いた中国山東省青島市のアングロ・ジャーマン・ブルワリーの買収交渉に目処がつき、同地に日本人スタッフを送り込んで青島出張所が開設された。永井熙八目黒工場長を所長とし、工務課三名、商務課七名の小所帯である。そして九月十六日、正式に買収が完了し、大日本麦酒青島工場として再出発となった。工員は百五十名。製造能力六千石は全社の三パーセントに過ぎないが、第一次大戦で確立したアジア市場への供給拠点となる。かつて大倉喜八郎を三社合同へと口説いた時の殺し文句である「海外雄飛」を果たしたのである。それは同時に、馬越の敬称である「東洋のビール王」が具現化した瞬間でもあった。

蓄積した怒り

大正八（一九一九）年一月、根津嘉一郎はいらついていた。東武鉄道を中心とした彼の事業は順調である。財界人としても一目置かれる存在になってきた。趣味の茶道に関わる骨董収集では今や東都一と世評も高い。しかし、ビール事業だけは見込み違いが続いている。

明治三十九（一九〇六）年に丸三麦酒を買収した時のシェアは六パーセント弱で、昨年には十一パーセント強なのだから確かに成長している。市場全体も拡大しているので、生産石数は十二年間で九千石弱から五万六千石弱と大躍進した。しかし根津の思惑からは遠い。ビール事業を引き受けたのは「馬越にひと泡吹かせる」ためであって、生産石数も損得も二の次だ。しかし昨年の大日本麦酒のシェアは六十四パーセント弱。実に六倍の開きがある。ひと泡吹かせるどころではない。

数字で驚かせられないなら、と奇策を打ったこともある。明治四十一年七月に日本第一麦酒から加富登麦酒と改称したのを受けて、翌月に「社名改称記念新案福引大売出」と銘打ったビール業界初の消費者向け懸賞を実施した。カブトビールのコルク一ダース持参で福引券一枚を進呈し、抽選で勧業債券五十円分などが当たる。勧業債券とは日本勧業銀行発行の債券である。ビール大瓶の小売価格が二十二銭なので、五十円は二百本以上に相当する。明治四十二年四月には「懸賞広告文募集」を行なった。カブトビールの広告文を千六百字以内で書かせて、一等には五十円相当の懐中時計を贈る、というものだ。これらは話題喚起にはなったが大幅な売上増とはいかなかった。

根津自身の財界活動が増えるにつれて、あちこちで馬越に会うのも癪の種だった。中でも民営鉄道会社の集まりである鉄道同志会は馬越が会長、根津副会長という体制である。会議後は定例の宴席で、会長、副会長が上席に並んで座る。そして二人とも自社のビールを料亭に寄贈しているので、卓上にはエビスビールとカブトビールが混在している。誰かが馬越にお酌するときにうっかりカブトを手に取ると「そんな不味いビールが飲めるか」と怒鳴られる。わざと根津に聞かせているのだ。最初は知らん顔をしていた根津だが、だんだん「どうだ、カブトビールは美味いだろう」などと聞こえよがしに反論するようになった。そんな子供じみた自分にも腹が立つ。周囲から笑われているのも承知している。だが、止められない。

骨董の入札でも馬越ら一世代上の茶人と競り合って話題になった。その多くは根津が落札している。競り負けた彼らは「根津が法外に値をつり上げる。困ったものだ」と声を揃えた。しかし、根津には根津の理屈がある。

良いものが高値なのは当然だ。その価値を認めた根津の行動により、骨董全体が値上がりし、おかげで売買が盛んになった。それに乗って、益田も馬越も転売で儲けているではないか。人気があれば上がるのは株式市場と同じだ。株高なら好景気と歓迎されるのに、骨董の値が上がるのは嫌なのか。爺どもは俺を排除したいのだろうが、茶人にも美術商にも俺を認める人間は増えている。今に見ておれ。

こうして事業でも趣味でも評価を得てきただけに、相変わらず圧倒されているビール事業だけは我慢がならなかった。

馬越は悠然と構えていた。大日本麦酒は順風満帆である。日本のビール業界にアジア特需をもたらしてくれた第一次大戦は、昨年十一月に終戦を迎えていた。スペイン風邪の世界的流行による兵士不足もあってドイツが夏以降に敗走を続けた結果であった。日本でもスペイン風邪は数十万人の死者を生んだが、それでもビール需要は二桁増を続けていた。戦勝景気である。

大日本麦酒はここ数年、既存の札幌工場や目黒工場を増設しているが、さらに博多に新工場を建設すべく用地を物色していた。馬越の腹づもりでは、その次は名古屋である。一方、麒麟も昨年には尼崎に工場を新設して増産に備えている。カブトビールもサクラビールも飛躍のチャンスをうかがっている。そして、さらに今年、新規参入が二社あるという情報が入ってきた。神奈川県鶴見の日英醸造と仙台の東洋醸造である。ともに、禁酒法施行で不要になったアメリカのビール醸造設備を日本に輸入して、初期の建設コストを下げて参入しようという目論見である。

しかし馬越は悠然たる姿勢を崩さない。新規参入の二社とも資本力が弱く、急成長できる力は無いと見ていたのだ。昨年の大日本のシェアは六十四パーセントである。第二位麒麟の四倍以上なのだ。アジア特需は一段落したものの、ライバルは脆弱だし、戦勝景気で市場の成長は見込める。慌てる理由がなかった。ビールに差し迫った脅威が無ければ仕事助平が目を覚ます。この頃、馬越は三度目の衆議院議員立候補を考えていた。それは政友会総裁の原敬との仲が深まり、その力になりたいと願うようになったからである。

馬越と原が初めて会ったのは、明治三十三年に麦酒税導入の噂が巻き起こった時だった。業界の先頭に立って反対運動を進めていた馬越は、紹介を受けては与党の政友会関係者に陳情して回っていた。その一人が原だったのである。十三歳下の原に、馬越は一目惚れした。パリ駐在含め外務官僚など十五年の経験があり、大阪毎日新聞社社長を経由して政界入りした原の見識の広さ、そして政治の本質を見抜く目に感心させられた。原は地方自治を阻害するものとして郡制を槍玉に挙げた。

「馬越さん、郡制の本質とは何かご存知ですか。県と町村の間に、内務省の官吏である郡長を置くことで、地方自治に横槍を入れる仕組みなのです」

確かに郡長と補助職員十数人の小さな組織で、選挙による郡会の上にある。実務は県か町村に任せ、郡は調整機関であった。

「郡制は、内務官僚が地方を支配する道具ですから廃止すべきなのです」

馬越の実弟である窪章造は原敬と古くから交友があった。明治初期に評論新聞などで机を並べていたのである。その後、窪は官界に移って長く郷里岡山県後月郡の郡長を務めていた。しかし馬越は原の意見に賛同し、郡制廃止法案に対して資金援助を約束した。

以来、馬越は一心に原を応援し続けている。元老では井上馨、その下の世代なら大日本麦酒設立で世話になった清浦奎吾、その次なら原敬、というのが馬越流のポートフォリオだった。

そして昨大正七年夏、米騒動を解決できない寺内正毅内閣の後継は政友会の原だ、という世評が高くなった。しかし、元老山縣有朋らの反対でなかなか実現しない。原は、自ら倒閣の先頭に立つことはせず、故郷盛岡で待機していた。八月十七日、原の手紙を預かって盛岡から列車に乗り、東京の高橋是清に届けたのが馬越である。その密書で原が命じたのは、政友会党員の過激な行動の禁止であった。

政友会に失態が無い限り、寺内内閣の延命策が尽きた時には自然に政権が転がり込む。だから当面は大人しくしていろ。

これが原の作戦である。馬越は党の命運を左右する密書を託されるほど、原に信頼されていたのだ。

大正八（一九一九）年一月、馬越邸を訪れたのは同郷の茶人野崎廣太であった。日本経済新聞の前身である中外物価新報の社長を十八年間務め、その後は三越呉服店の社長に転身した。昨年にはそれも辞め、複数の会社の役員を務めながら、面白そうなことを探して遊んでいる。

「今日、お願いに上がったのは金婚式についてです。馬越翁の結婚五十年を祝って、仲間が集まって宴会をやろう、というのです」

「つまり、酒の肴になれ、ということですかな」

「いえ、もう少し真面目な話です。明治二十七（一八九四）年に先の天皇陛下が銀婚式をお祝いされましたね。あれから銀婚式は一般化しましたが、金婚式は普及していません。先例は数えるほどです。有名人の馬越翁が金婚式を行えば話題になり、日本人の習慣として根付くきっかけになるだろう、という狙いです」

「根付きますかな」

「これからは医学も進歩し、日本人の寿命は延びていきます。金婚式は長寿の目標となるのです。是非、一肌脱いで頂きたい」

世話人には野崎の他に、大倉喜八郎や犬養毅、さらに藤田財閥二代目の藤田平太郎などが名を連ねているし、日程も三月二十八日と仮決めして、既に会場も日本橋倶楽部を予約してある。後は本人の承諾を待つばかりだ、と野崎は迫った。

「いやいや、そう手を回されては断り切れませんな。分かりました。お引き受けいたします」

「ありがとうございます。では御夫婦お揃いでお越し下さい」

そう言われて馬越が頭を抱えた。

「うーむ。妻は私の力の及ばぬところでしてな。本人に直接交渉して頂きたい」

馬越は手を叩いて女中を呼んだ。

「喜久を呼んできなさい」

野崎は苦笑した。

「馬越翁でも奥様は苦手ですか」

「いや、お恥ずかしい限りです」

やがて喜久が応接間に入ってきた。

「どのようなご用件でしょう」

「まあ、座りなさい。こちらは三越の社長をしていた野崎さんだ」

初対面の挨拶の後、野崎が金婚式を説明して「是非御夫婦でご出席を」と頭を下げた。喜久は黙って聴いていたが、隣の馬越をちらっと見てから改めて野崎に質問した。

「式というからには厳粛なものでしょうか。それとも楽しいお集まりですか」

「奥様、決して堅苦しいものではございません。余興も準備しておりましてね。常磐津や清元など歌舞音曲もございますし、落語もやります。そうそう、夏目漱石が絶賛した三代目柳家小さんを呼んでいます」

「それは楽しいでしょうね」

喜久は再び馬越を見てから野崎に答えた。

「楽しいお集まりなら私はご遠慮いたします。ここ何十年も、私が主人と一緒に出掛けたのは法事だけです。楽しいお集まりは、お花見でも花火見物でも、主人は芸者を連れて参ります。これまで通り、芸者連れがよろしゅうございましょう」

横で聴いていた馬越は慌てた。

「おい、金婚式に芸者連れは無いだろう。何ということを」

そう言いながら、馬越には思い出したことがあった。喜久は五歳の孫恭一にべったりである。数日前には湯島天神で恭一に梅を見せた。その晩、酔って帰宅した馬越に恭一の喜びようを伝え、今度は京都の花見に連れて行きたい、とせがんだ。めったに何かをねだったりしない喜久なのに、酔っている馬越はいい加減にあしらってしまった。それが喜久の機嫌を損ねたらしい。

「分かった、分かった。恭一を連れて、京都に花見に行こう。必ず行く。約束する」

「それならお受けいたしましょう。お約束、楽しみにしております」

喜久の作戦勝ちであった。

大正九（一九二〇）年二月、野党から男子普通選挙制度導入を求める選挙法改正案が提出されると総理大臣原敬は反対を唱え、与党幹部すら驚愕した抜打ち解散に踏み切った。そして三月六日に第十四回衆議院議員総選挙が公示された。原の力になりたいと願う馬越は、郷里後月郡を含む岡山五区での立候補を考えたが、国民党の高草美代蔵と田中海一、政友会に近い守屋松之輔の三人で二議席を争う激戦区との情報が入ってきた。

ようやく三月末に多忙な原を捕まえて相談すると、政友会票が守屋と馬越に分断されたら共倒れは必至だと、その場で反対された。しかし、御津、児島地域の岡山二区なら政友会として応援できる、と言う。二区は国民党との争いである。しかし国民党岡山支部は候補者を絞り切れず、推薦を発表していなかった。東京で弁護士をしながら犬養毅の秘書を務めている三十二歳の新人星島二郎が最有力だという。貴族院議員星島謹一郎の長男で、父が反対しているため地元の支援体制が整わない、との噂だ。

一方、政友会は奉天の実業家庵谷某を予定していたが、満州で揉め事に巻き込まれて断念。ぽっかりと穴が空いてしまった。五月十日の投票日まで一ヶ月と少ししかない。知名度のある馬越なら勝てる、と太鼓判を捺された。

四月三日に国民党岡山支部が星島二郎の推薦を発表した。馬越も立候補を表明し、選挙戦の火ぶたが切られた。原の予言通り、序盤から馬越優勢で進んだが、一つの新聞記事が流れを変えてしまった。

四月末の某日、児島郡に広がる麦畑の細い道で両陣営の自動車が鉢合せした。運転手は窓から顔を出し、互いに道を譲れと罵り合う。すると一台の車から降りてきたのは星島二郎本人であった。相手の車中に馬越の姿を確認すると、振り返って運転手に命じた。

「車を畑に落とせ」

麦畑では麦が二尺ほど伸びているが、その地面は道より一尺ほど低い。星島の車はアメリカ製で大きく丈夫なので、段差を克服できると判断したようだ。運転手は不承々々ハンドルを切り、車を畑に下ろした。

星島が一礼して声を掛けた。

「先輩、どうぞお通りください」

「いやあ、すまん、すまん」

馬越は窓から顔を出して笑顔で応えた。一触即発かという事態は回避され、馬越の車は軽快に走り去った。

五月七日、地元山陽新報に「長幼序あり。若輩星島候補、礼儀を尽くす」という大見出しの記事が掲載された。麦畑での一件が美談として大げさに描かれている。馬越の車が走り去った後、星島は近隣の農家に車を引き揚げてもらって多額の謝礼をはずんだので、喜んだ農家が新聞社に連絡してきた、と記事化の経緯まで記されていた。記事に目を通した馬越は口惜しさを噛み締めた。

「やられた。まるで昔の俺がやりそうなことだ。新聞社には、たぶん自分で売り込んだのだろうがな。これはまずいことになった」

その通り、星島の評判は鰻登りになった。もともと岡山の県民性は、古くから商都大阪の影響を受けて機敏で合理的な一面を持っている。しかし、その商売っ気が軋轢を生まないように礼儀や人情を重んじる。その琴線に触れて星島人気に火がついたのだ。

そして五月十日が投票日、開票結果は翌日に発表された。星島が八千票を超えたのに対して馬越は辛うじて三千票。完敗であった。

「私は強運だと言われてきましたが、政治だけは違うようですな。やっぱり原さんの応援団に徹しましょう」

慰労のために訪ねてきた原に、馬越は潔く語った。さばさばした表情には「負けずの恭やん」らしさが見えない。ようやく老いが忍び寄ってきたのかも知れなかった。

同年七月、大日本麦酒は日本硝子工業を買収した。馬越にとっては訪米でオーエンス式自動製瓶機に一目惚れし、購入申込みを断られた時からの因縁である。同製瓶機を輸入して日本硝子工業が創業されるとその三分の一を出資し、さらに技術者を出向させるなど支援を続けた。そして同社が経営不振におちいると速やかに買収し、オーエンス式自動製瓶機を手に入れた。訪米以来十二年越しの思いを、粘りに粘ってかなえたのである。

同月二十八日、大日本麦酒の定時株主総会で取締役大倉喜八郎から喜寿像建設について報告があり、満場一致で承認された。馬越の功労を表彰するための銅像である。この提案は半年前の総会に出され重役一任となっていたのだが、馬越自身がようやく承諾したのである。提案当初は、まだ早いと嫌がっていたのだが、落選が老いを自覚させたようだった。

制作を託されたのは渋澤栄一、森鴎外、大倉喜八郎、桂太郎などの銅像を手がけた武石弘三郎である。馬越はさんざん居眠りをして武石を手こずらせた。

そして十一月二十八日、大日本麦酒の目黒工場に於いて喜寿像の除幕式が開催された。高さ八尺八寸、台石四尺七寸。ゆったりと腰かけた威風堂々たる像である。来賓席には総理大臣原敬を筆頭に全閣僚が顔を揃え、朝野の名士の列席は数百人に及んだ。祝辞は原敬、犬養毅、清浦圭吾の順で行なわれたが、参列した誰もが演説上手で知られた清浦を楽しみにしていた。

「私は近年流行の銅像建設には反対である」

その期待通りに冒頭からバッサリ。列席者一同、固唾を飲んだ。

「偉人の顕彰というが、それなら三条実美、岩倉具視、木戸孝允、大久保利通の四賢がまっさきに建てられるべきである。しかし今日のは二流、三流ばかりだ」

さらに他の銅像建設の裏話を持ち出した。曰く、九段に並ぶ二つの銅像は、寄付集めが上手だったほうが、偉くないのに大きい。曰く、某元帥像の建設資金は、顔も見たこともない下級将校たちの給料から毎月差し引かれた。曰く、板垣退助は、後藤象二郎像が鳥の糞まみれなのを見て銅像にはなりたくないと語った。曰く、神戸の伊藤博文像は、日露戦争の講和条件に不満を持った市民によって引きずり倒された。どうかね、諸君。銅像は、尊敬すべき人に侮蔑を与える結果すらあるのだ。

いつしか会場は笑いの渦に包まれていた。

「さて馬越翁の寿像である。翁の功労の一つは大日本麦酒への三社大合同を率いたことである。私もお手伝いさせていただいたが、この大合同こそ日本の産業が海外と戦うための企業規模を実現し、いわば日本企業の範となった。まさに実業界の大功労者である。また寄付を募らず、高配当に対する株主の感謝が総会で議決されたことは美談であり、他の像とは趣を異にする。来場者諸君。お分かりか。これこそ正しい寿像の建設なのである」

清浦は壇上で大きく見得を切って拍手を誘った。満場で一斉に拍手が鳴り響く。最前列の馬越はゆっくりと立ち上がり、壇上の清浦に、そして参列者に深々と頭を下げた。

馬越の噂が政治や寿像建設ばかりなのを聞いて、ビール事業に油断ありと根津嘉一郎は見ていた。それでも、七月に大日本麦酒が日本硝子工業を買収したニュースには大きな刺激を受けていた。やはり傘下に製瓶事業が必要だ、と改めて物色にかかったのだ。

この動きに応じたのが、富士紡績や理化学研究所の設立に関わって財界世話人と渾名された和田豊治であった。自らが社長を務める日本製壜、三ツ矢サイダーの製造元である帝国鉱泉、そして根津の加富登麦酒の三社合併を提案してきたのである。

もともと日本製壜は、大阪で三ツ矢サイダーの瓶を製造していた山為硝子という町工場が母体であった。和田は、同社の若い二代目である山本為三郎に「製瓶業はビールと組んで大規模にやるべし」と説き、自らが社長を引き受けて日本製壜に改組させた。そして米国から半自動の製瓶機を輸入し、麒麟麦酒に提携を持ちかけた。その交渉の進展が危ぶまれる中、根津の動きが和田のアンテナに引っかかったのである。

加富登麦酒にとって三ツ矢サイダーの販路は魅力的であったし、瓶の安定供給も望むところである。

そして大正十年七月に三社は対等合併し、根津を社長とする日本麦酒鉱泉株式会社が誕生した。資本金九百万円。根津が参加する前の丸三麦酒と比較すると、実に十五倍だ。丸三を引き継いだ時に日本第一麦酒と改称し、その二年後に加富登麦酒と変更したので、根津にとって今回は三度目の改名である。

「三度目の正直だ。今度こそ馬越にひと泡吹かせてやる」

同年秋、根津はドイツから新しい技術者を招聘し、新たなブランド創出を依頼した。資本金も販路も拡充し、いよいよ勝負のときとにらんだのだ。

明けて大正十一（一九二二）年四月三日、日本麦酒鉱泉は新ブランド「ユニオンビール」を発売した。新聞広告では「世界平和一家和樂に因んだユニオンビール！」「新時代の要求に適応せる最新ビール！」「著名の独逸技師ハンスダーン氏が監督醸造せる最高ビール！」と、感嘆符を連発して説明している。ユビス、サッポロ、アサヒ、キリン、カブト、サクラなど事物や地名に基づく日本語の名前とは異なり、ユニオンは人々の結びつきを意味する英語で、まさに新時代の命名だった。しかも、当時は珍しい「近日発売」の新聞広告を発売七日前から打った。これを見ても、根津の期待の大きさが分かる。

万全の準備を施したユニオンビールは順調に滑り出した。四月、五月は予定以上の出荷量である。そうなると、愛知県半田市の主力工場は遠いし、東京小松島の分工場は小さい。設備拡充の必要が出てきた。そこで六月、根津は常務の山本為三郎を呼びつけた。山本は日本製壜の役員から日本麦酒鉱泉の役員に横滑りしてきたが、日本製壜の前身である山為硝子の社長を十六歳から務めている根っからの経営者だけあって、大局観や本質を見抜く能力に優れ、ビール事業に全ての時間を割けない根津の支えとなっていた。

「いつも言っている通り、俺はビールを商売でやっているのではない。馬越にひと泡吹かせるためだ。今回のユニオンビールは勝負できる。大日本と全面戦争できるかどうか、欧州に渡って調べてくれ。同行は池田捨夫、上川仁一郎あたりだ。そうだ、松山茂助も一緒にな」

「技術者が一緒ということは最新技術の視察ですね」

「うむ。ただ闇雲に、馬越をやっつけたい、大日本に勝ちたい、と言うつもりはない。勝てる戦略を作り、投資も惜しまないつもりだ。そのために欧州の最新技術を探ってもらう」

「最新技術と言っても多様ですが」

「まず品質で勝たねばならん。次は生産能力で劣らぬこと。となれば、新工場の建設を考えるだろうが、そこで原価を上げてはならん。つまり品質と原価だ。これが両立する新技術があるか、それを調べて欲しいのだ」

根津が最後に指名した技術者の松山茂助は、北海道帝国大学の助手として勤めていたのだが、技術陣強化を目指した根津が学長佐藤昌介に懇願して大正八年十月に入社させた期待の星である。欧米出張に同行させるのは、松山の留学先を探すという意味もあった。山本と松山は、戦後にアサヒビールとサッポロビールの社長同士というライバル関係になるのだが、この出張の頃には大きな差があった。しかも年齢は山本二十九歳、松山三十一歳で、常務の山本のほうが年下なのだ。青年重役と遅咲きの転職技師。二人のライバル関係はまだ始まっていなかった。

同年六月、馬越は落ち着かいない日々を迎えていた。喜久の容態が思わしくないのだ。脳卒中を発症した一昨年秋以来、半身不随の寝たきり生活である。発音が不自由なので、次第に言葉が少なくなっている。質問するには、家族の者が喜久の手を握り、眼をのぞき込んで「お食事、召し上がり、ますか」などとゆっくり話す。喜久はじっと質問が途切れるのを待ってから、うなずいたり、首を振ったりする。短気な馬越には待っていられない。そこで幸次郎や泰子が話すすぐ横に自分の顔を並べ、じっと喜久を見つめるのが精一杯であった。

梅雨寒のせいか、今月に入って喜久の食が細くなった、意志疎通も弱々しい。馬越も毎夜の宴会を早く切り上げて帰るようになった。

そんな或る晩、いつもより遅く帰った馬越は、喜久の寝室の戸を静かに開けた。寝顔くらい見ようと思ったのである。小さい電灯の中で、喜久は静かに横たわっていた。

「よく寝ているな。寝るのも仕事だ」

馬越はつぶやきながら、あることを思い出した。喜久の二十年来の愛読書、徳富盧花の『不如帰』である。運命に引き裂かれる夫婦の悲恋物語で何度も映画化されているが、その中に肺病を病むヒロイン浪子を励ます夫の武男の有名な台詞がある。

「浪さんが亡くなれば、僕も生きちゃおらん！」

「本当？うれしい！」

酔いも手伝ってか、馬越は不意に武男のような気持ちにとらわれた。喜久は寝ている。深夜である。あたりに人影はない。自分だけが喜久を見つめている。その顔は穏やかだ。自然に、言葉が馬越の口からほとばしった。

「喜久が亡くなれば、僕も生きちゃおらん！」

途端に喜久が目を開いた。馬越と目が合った。互いに声も出ない。馬越は笑ってしまおうかとも思ったが、何かがこみ上げてきて頬をゆるめることができない。

静かな時間が過ぎ、ようやく馬越が頷いた。喜久も頷き、無言で口許だけが動いた。「本当？うれしい！」と言ったはずだ、と馬越は確信した。喜久の目には光るものがあった。

七月十七日午後二時三十分、馬越、幸次郎らに見守られながら喜久は静かに旅立った。馬越という暴れ馬を乗りこなして半世紀。楽しませてもらいましたよ、と言いたげな穏やかな顔であった。


同年九月三十日、社長根津嘉一郎の命を受け、日本麦酒鉱泉の新工場建設に活用できる新技術を求めて、常務山本為三郎は技師四人とともにエンプレス・オブ・カナダ号に乗船した。十ヶ月かけてドイツを中心に欧米各国を調査するのだ。

翌十二年七月、山本一行が帰国した。根津は自ら横浜港まで迎えに行き、通関を出た山本の顔を見て尋ねた。

「廉くできるか」

「できます」

「よし。すぐに戻って役員会議を招集する」

翌日の役員会議で新工場建設が決定した。建設地は埼玉県川口。川一つ挟んで大消費地東京である。欧米の最新技術を採用し、品質と原価を武器にできる新工場を建てる。二年後にはサイダー工場として、三年後にはビール工場として稼働させようというのだ。馬越にひと泡吹かせる、という根津の怒りが、いよいよ爆発の刻を迎えようとしていた。

関東大震災

ずずーんと鈍い音を聞いたような気がするが、確かではない。不穏な何かを感じて馬越は書類から顔を挙げた。大正十二（一九二三）年九月一日十一時五十八分。窓の外は秋晴れで、社長室から眺めるビール工場は普段通りに見える。途端にグラッと来た。

「おおっ、これは」

地震だっ、と言葉をつなぐ間もなく大きな揺れが来て、馬越は椅子ごと倒れそうになった。机の端を強く握った指先が白い。体勢を立て直して呼吸を整えていると、数人の社員たちが社長室に入ってきた。

「社長、ご無事ですか」

「ひどい揺れでしたねえ。総務部の書類棚が一つ倒れましたが、幸い怪我人は出ませんでした」

誰もが興奮気味で、口々に様々な被害を推測し、また不安や善後策を唱えている。馬越は収拾のつかない議論を手で制止し、一同に命じた。

「よいか。揺れがおさまったら工場を見に行くぞ」

「いえ、それは我々がやりますので、社長はこちらにいらして下さい」

「馬鹿を言うな。こういう時に現場を励ますのが社長の仕事だ。それが分からん奴ばかりだと、しばらく社長の椅子は譲れんな」

馬越は軽口を叩いて、同じ敷地内の工場に向かった。壁などの崩れは無いようだが、何か雰囲気が違う。

「社長、煙突が」

指差す先にはビール工場名物の四本のカブト煙突。その一本が折れていた。一同は声も出ない。

「どうした。何を驚いている。ワシは少年時代、もっと激しい地震にあったことがある。大丈夫だ」

これは馬越の嘘である。社員たちを励ますために、架空の地震をでっち上げたのだ。普段は使わないワシという一人称を使って昔話らしく演出するあたりが芸の細かいところだ。

醸造場や製麦場の外壁の煉瓦に損傷が目立つ。麦芽を保管するサイロも沈下していた。しかし大怪我した者はなく、何とか持ちこたえたようだった。

次第に情報が集まってくる。繁華街のビルが倒壊し、さらに火災が起こっている。逃げ惑った群衆が隅田川になだれ込んだ。芝桜川町は火の海で馬越邸も助からない。日本橋の特約店国分商店のビルも倒壊した。

悲報が届いた。大日本麦酒の吾妻橋工場の建物の地上部分全てが焼失し、社員一名が亡くなったのだ。保土ヶ谷工場でも建物が倒壊し、社員十四名が犠牲となった。

被害の全容が明らかになるにつれ、大日本麦酒の社員たちは無力感に立ち尽くすばかりだった。損害額は、後日の集計では資本金の一割以上に当たる四百三十万円もあり、東京電燈、富士紡績とともに三大被災会社と評されるほどの被害だったのである。

しかし馬越は違った。久々に、負けずの恭やんが戻ってきたのだ。まず工場の端の茶室を自らの居室と決めて社員たちに宣言した。

「今晩から、ここで寝泊まりする。操業再開まで帰宅しないことに決めた。ただし社員諸君は交代で帰宅するように」

「社長も一度はご帰宅ください。ご家族もご心配かと思います」

「いや、桜川町の家は全焼した。家族は執事の竹井の実家に避難したと運転手から報告があったのだ。だから、今すぐ帰る必要はない。それよりは社員だ。近隣に住む者たちから帰宅させて報告を集めろ。明日からの働き手の人数を確定させるのが先決だ」

目黒工場の近くには社宅や社員寮があり、工員の多くが徒歩圏内であった。彼らから出勤できる日を聴取し、復興への作業日程を組み立てていく。機械設備の損傷を確かめて部品調達から修理の可能性を探る。全国の工場から首都圏に送り込めるビールの数量と納期を報告させる。営業担当を得意先の見舞いや手伝いに派遣する。新聞記者を呼び込んで、大日本麦酒の復興は順調だ、と顧客や株主に向けてアピールする。やるべきことはいくらでもあった。

「このくらいで弱音を吐くようではいかん。諸君の努力次第で、このくらいの欠損は数年も経たずに取り戻せる」

馬越は、さらに社員を叱咤激励した。

「この震災を機に、従来の慣習を捨てて全ての業務を改善せよ。事務作業を簡素化して、経費削減と効率化を目指せ。摂生して身体強健、精神修養に務めよ。軽佻浮薄を戒めよ」

次第に精神論になっていくのもご愛敬で、馬越らしさが戻ってきた証拠であった。

九月三日、馬越が事務所内を歩いていると、営業部で何か押し問答のような声がした。のぞいてみると、営業課長と担当者が四十歳くらいの男の前で頭を下げていた。どうやら浅草倉庫のビールを売れ、との要求を断っているようだ。営業課長がこちらに気づいたのを機に、馬越は商談に割り込むことにした。

「社長、こちらは本郷一丁目などで本郷バーを経営されていた岡本正次郎様です。浅草倉庫のビールを買いたい、とおっしゃるのですが、ご承知のように運び出せなくて」

大日本麦酒は吉原の近くに自社倉庫を建てて、浅草周辺に配達していた。しかし震災で道路が陥没してトラックの出入りができなくなっていた。

「恐れいります。私は四軒の本郷バーでヱビスビールを売っておりましたが、この地震と火事で焼け出されました。本郷バーの吉原支店も焼けました。その近所に御社の倉庫があります。今朝、倉庫に出荷できないビールが大量にあるとお聞きしました。トラック代わりにウチの若い者が壁の崩れ目から入り込んで運び出せば、ウチの焼け跡で露天のビヤホールができると考えたのです。いかがでしょうか」

やや面長だが愛想の良い笑顔で、真面目さが一言々々に表れている。馬越は感心した。こういう時に目ざとく新しい商売を考えつくのは大した奴だ。一箱ずつ手で運び出すのは大変だと諦めていたが、近所で売るなら何とかなる。ビールを古くしないで済むのもありがたい。

「分かりました。当社も在庫がはけて嬉しい限りです。運び出しはウチの社員にも手伝わせましょう。是非ともビールをたくさん売って、被災者を元気づけてください」

目端の利く者同士は、多くを語らずとも分かり合えるものだ。あっけにとられる営業課長を差し置いて、馬越は岡本と握手を交わした。

九月十三日、何とか修理を終えて目黒工場は業務を再開した。同日、本店が倒壊した特約店国分商店も工場内に仮営業所を設けて営業活動を再開した。馬越は、本郷バーの露天ビヤホールのその後について営業課長に報告を求めた。

「いやあ、恐ろしいほどの売行きです。吉原支店だけでなく、仲見世と花屋敷のそばにもテント張りの急造バーを出しまして、三店で毎日四千本からのビールを販売しています。被災者があんなにビールを飲むとは驚きです。社長の慧眼、さすがでございますね」

「悲惨な状況だが、せめてビールでも飲みたい、と思う人は多いのだろうな。しかし、あの岡本という男、たいしたものだ。これからも得意先としてがっちり握っておけよ」

馬越の予言は当たり、四年後に本郷バーの支店は二十軒を超え、新宿ビヤホール、浅草のカフェー・ナナなど大型店も傘下として、岡本は立志伝中の人物となるのだ。

この震災では、大日本麦酒の損害額が最も大きかったが、他のビール会社も被災している。麒麟麦酒はキ力の横浜山手工場が全壊して関東一円の出荷が止まる、という危機に見舞われた。幸い、震災三ヶ月前に買収した東洋醸造が麒麟仙台工場として稼働を始めており、これが急場を救ってくれた。一方、日英醸造の被害は膨大で、その後も好転せぬまま五年後の倒産につながっていく。根津嘉一郎の日本麦酒鉱泉は、震災の二ヶ月前に川口工場の建設を決定していたが、その着工を大きく遅らせるだけで、直接の被害は軽微にとどまった。サクラビールの工場は門司で、震災とは無縁の場所にある。各社それぞれに影響の濃淡があり、運不運を人々に嘆じさせた。

第七章　化生

秩序崩壊

大正十二（一九二三）年十二月、馬越は桜川町の本邸再建を諦めて、麻布日ヶ窪に新たな邸宅を建てることに決めた。花柳界で長く親しまれてきた「桜川町様」という渾名と別れるのは残念だが、日ヶ窪には別の思い入れがある。大正十年十一月四日に首相原敬が東京駅で暗殺された後、未亡人を助けるために不動産を高く買った。その土地なのである。震災から気分転換してもう一踏ん張りするには、新しい住まいが相応しいように思えた。

明けて大正十三年一月、嬉しい連絡が入った。喜寿像の除幕式で最高のスピーチをしてくれた清浦奎吾が七十三歳の高齢で首相となったのだ。清浦は十年前にも組閣の大命を受けながら海軍の妨害で総理に就任しそこなった過去があり、馬越も歯噛みした覚えがある。それが見事な復活を見せたのだ。馬越は清浦内閣を全面的に支持し、少なからぬ献金も行なった。しかし最大与党であるはずの政友会内部の乱れから倒閣運動が起こり、短命内閣となったのである。

五月、総理清浦奎吾から馬越に連絡があった。貴族院の勅撰議員に推薦するというのだ。任期は終身である。当時の慣例では、退陣の決まった内閣が最後の仕事として候補者を奏薦し、勅任を仰いで勅撰議員を決めていた。清浦は同月十日の総選挙で大敗を喫したので総辞職を決め、馬越にも早めに連絡をくれたのだった。三度衆院選に立候補して一勝二敗。その一勝では三日しか登院できなかった馬越に機会を与えてやろう、という清浦の気遣いだった。しかし、献金から時間が経っていなかったので「馬越は三十万円で貴族院の椅子を買った」と陰口を叩かれる羽目になった。

方、ビール業界では相変わらずユニオンビールが各地で散発的な廉売を繰り返し、大日本麦酒を悩ませていた。特に同年六月、川口に日本麦酒鉱泉のサイダー工場が竣工したことが勢いづけている。同じ敷地内のビール工場は明十四年二月竣工の予定である。ユニオンの営業担当は都内の有力酒販店や飲食店を建設途上の工場見学に誘い、帰りに千住あたりの花街で派手に接待した。地域を絞って接待と廉売を組合せ、大日本麦酒の拠点を狙ったのである。これに接待合戦、廉売合戦で対抗してもエスカレートするだけだ。といって見過ごすこともできない。馬越は全く方向の違う手を考えることにした。

ユニオンが一本釣りで来るなら、こっちは底引き網でごっそりと参ろう。何か世の中があっと驚くような手を見つけてやろう。

そんな時、目黒工場の全景を航空写真で撮影しないか、という売り込みがあった。読売新聞社の飛行機よみうり号が撮影し、新聞掲載とポスター製作を請け負うというのだ。

馬越は大の飛行機好きで、しかも詳しい。飛行機の啓蒙を目指す帝国飛行協会の評議員を務めているくらいだ。だから早速、これについて会議を開いた。ただし提案通りではなく、ひと工夫加えるのがテーマである。

「航空写真でのものが珍しいのですから、工場の全景を絵葉書にして得意先に配るのはどうです」

「なるほど。立派な工場だと一目で分かるからな」

「それに日頃の挨拶代わりにしかならん、ということだろう」

「いや、それは挨拶不足も補えるな」

「そうか。確かに、これで売上が増えるわけではないな」

「では、工場の全景写真を瓶のラベルに取り入れてはいかがでしょう。過去に例は無いと思います」

「それは面白いな。ビールを飲みながらラベルを眺めて空中散歩気分、というわけか」

「いや、ラベルを売りにするのは難しいぞ。ほとんどの飲食店は、瓶を水で冷やしている。それを客に出す時、半分以上のラベルは剥がれているのだ。ラベルを売りにしたら、飲食店からの返品がとんでもなく増えるぞ」

「それなら糊を強くすれば良かろう」

「技術側から申し上げます。糊の強化は回収瓶のラベル剥離が大変になります」

「あちらを立てれば、こちらが立たず。いや、難しいな」

「新聞社から提案された工場の全景ポスターは使えるだろう」

「使えるなら、キリンやユニオンが真似るだけだ」

「そうだな」

「うむ」

議論が行き詰まったのを見て、馬越が口を開いた。

「写真から離れて、飛行機そのものの活用を考えてみろ」

「はあ。飛行機そのもの、ですか」

「では飛行機の機体に宣伝を書きましょうか。でも飛行中は読めませんね」

「確かに飛行船とは違うなあ」

「では飛行機から宣伝を書いた垂れ幕を下げてはどうでしょう」

「そうか。それは目立つな」

これは馬越が慌てて止めた。

「いかん。飛行の安全を妨害したら、社長が帝国飛行協会の評議員なのに、と笑われる」

「失礼しました。ところで、社長にも何か面白い案をご披露いただきたいのですが」

馬越が答えた。

「そうか。ちょっと規模が大きいぞ。あのな、空からビラを撒くのはどうだ」

「空から、ですか」

「ああ、広い範囲に一気に撒けるから、チンドン屋の千人分にもなるぞ」

「それは、危険ではないのですか」

「紙切れだぞ」

「いえ、運転手にビラを撒かせても、運転は大丈夫なのですか」

「馬鹿者。そもそも飛行機は一人乗りではない。カメラマンが同乗しているから写真撮影ができるのだ。ついでに教えておくが、運転ではなくて操縦だ」

「あっ、失礼しました」

「よし。とにかく新聞社と相談してみろ」

大正十三年八月二十三日、読売新聞よみうり号はビラ三十万枚を東京上空から撒いた。事前に東京中の酒販店や飲食店に連絡しておいたので、予告された午後二時過ぎには上空を見上げる人々が街頭に満ちあふれた。そして飛行機の後ろに何かチラチラした影が見えるたびに歓声が沸いた。馬越は社長車で銀座の街を視察し、風に舞うビラとそれを追う人の波をしっかり目に焼き付けた。銀座でビヤホールを開業したときと、どこか似た光景だった。

東京中で今、人々が俺の仕掛けを楽しんでいる。ユニオンに一本釣りされた連中も、この街の光景を見れば大日本麦酒の底力に驚くはずだ。まだまだ俺は負けない。負けずの恭やんなのだ。

大日本麦酒は勢いを取り戻した。吾妻橋工場と保土ヶ谷工場が壊滅した関東大震災のダメージを払拭し、大正十三年上期からは震災前並みの半期八百万円レベルの利益に回復し、大正七年から続く半期三割配当を途切れさせなかった。大正十三年の業績は、市場全体が前年比十一パーセント増だったのに対し、大日本麦酒は十五パーセント増を記録。日本麦酒鉱泉の十三パーセント増を凌駕したのである。

しかしユニオンビールの廉売は止まらなかった。大正十四、十五年の二年で、大日本麦酒が販売量を二割減らしたのに対して、ユニオンは七割増と躍進した。しかし廉売で数量を増やしても、いっこうに利益は出ない。それでも根津は強気の姿勢を崩さず、尼崎工場の建設を発表した。根津が「自分の全財産を提供して個人補償する」と言って社内の反対を押し切ったと聞いて、馬越は何とも言えない悲しさを覚えた。

以前から根津の「ビール事業で馬越にひと泡吹かせてみせる」という宣言は知っている。それでも互いに財界の要人であり、会合など同席する場も多い。また、互いが催した茶会に招いたのも一度や二度ではない。そういった席では礼儀正しい教養人であり、政財界に認められた立派な紳士である。だから販売競争がいくら激化しても、ビールは営利事業として冷静に見ていると思っていた。しかし「全財産を提供」などと感情的になっている様子だ。そう仕向けたのは自分なのか、と思うと嫌な気分だった。

一方、三菱財閥を背に独立路線で底堅い商売を進める麒麟麦酒にも、時代が変革を迫っていた。キリンビールは、前身のゼ・ジャパン・ブルワリー時代から一貫して、明治屋を唯一の総代理店として販売を任せてきた。だから明治四十（一九〇七）年に改組改称された麒麟麦酒でも、明治屋がキリンビールの販売を仕切ってきた。両社はともに岩崎久弥率いる三菱財閥の傘下なので、製造と販売の分離はそれなりに機能しているように見えた。

しかし製造会社と販売会社は、市場から得た利益の配分で衝突せざるを得ない宿命を持っている。それが顕在化したのは、関東大震災であった。工場被災の損失は麒麟麦酒が負担する。一方で、得意先被災による不良売掛債権処理の損失二百三十万円余は明治屋が負担した。

お互い様のようだが、明治屋の行動には変化が出た。貸し倒れを防ぐため、堅実な得意先の確保を優先したのである。しかし麒麟麦酒は、製造コスト低減のために数量増が必要なので、冒険してでも販路拡張するように主張する。両社の溝はなかなか埋まらなかった。

ユニオンやサクラの廉売攻勢に対しても、一枚岩になっていないキリン陣営は後手に回った。販売奨励金での防衛が不可欠だと分かっていても、その負担割合が決まらないのだ。製販分離の弱点が露呈した結果、大正十五年までの三年間で五パーセント減というジリ貧状態であった。

業を煮やした麒麟麦酒は明治屋に対して、総代理店契約を特約店契約に変更したいと申し入れた。つまり一社独占から複数の卸の一社への格下げである。このときの明治屋の売上の三分の二はキリンビールで、残る三分の一は高級食料品などの雑貨であった。だからビールの独占権を喪失すれば、売上半減の可能性すらある。企業存亡の危機に立たされた社長磯野長蔵は、明治屋を二分する奇手をひねり出して麒麟に逆提案した。

総代理店は返上して一特約店となる代わりに、自分を含めたビール部門の社員百余名が麒麟麦酒の社員となり、新たに営業部門を立ち上げる。明治屋に残った数十名はビールの卸売と雑貨で食っていく。麒麟にとっても、不慣れな営業を自分たちで仕切らずに済むのでありがたい提案である。

大正十五(一九二六)年十一月、両社は総代理店契約を解消した。次いで翌年一月一日、磯野は百余名を連れて麒麟麦酒に入社し、同社専務取締役として営業を率いることとなった。ついに麒麟は製販一体となったのである。この発表を聞いた馬越は、発案者が磯野だと知って舌を巻いた。

「あれだけの会社の社長の座を自ら降りて、対等に付き合っていた相手の部下になるとは、敵ながら磯野は凄い奴だ。こんな奴が自分を捨てて勝負を賭けてきたのだ。今年のキリンビールは強いぞ」

一方、大正二(一九一三)年にサクラビールを発売した帝国麦酒は、販売を神戸の鈴木商店に委託して順調に成長していった。当時の鈴木商店は、財界のナポレオンと呼ばれた大番頭金子直吉に率いられ、三井三菱と天下を三分して一気に世界規模の商社へと成長していく途上である。サクラビールもその勢いに乗って数量を増やしていった。特に、震災後から大正十五年までの三年間では六割増となっている。

大正十五年十二月二十五日、大正天皇が崩御し、昭和と改元された。この年末時点でのビール業界のシェアは以下の通りである。

大日本麦酒（サッポロ、ヱビス、アサヒ）五十七パーセント
麒麟麦酒（キリン）二十パーセント
日本麦酒鉱泉（ユニオン、カブト）九パーセント
帝国麦酒（サクラ）十一パーセント
日英醸造（カスケード）二パーセント

相変わらず大日本麦酒の優位は変わらないが、三社合同時に七割を超えていたことを思えば楽観は許されない。麦酒鉱泉や帝国麦酒の成長がシェアを奪っているのである。大正の十五年間でビール市場は四倍に膨らみ、生産拠点も倍増した。大正期に加わった工場は、大日本麦酒の青島、博多、名古屋、麒麟の尼崎と仙台、麦酒鉱泉の川口、帝国麦酒の門司、日英醸造の鶴見である。さらに翌昭和二（一九二七）年には麦酒鉱泉の尼崎工場が竣工する。

販売競争も熾烈だが、製造もまた競争である。最新鋭の工場を建設し、また機械設備を導入して、生産能力を上げれば製造コストは削減される。向上した生産能力を活かすには、何より売上増が大切だ。そのために廉売はやむを得ない。製造コストが削減できれば、それを廉売の原資に回せるのだから、とにかく売上増を目指せ。

鶏と卵の関係のようだが、どちらが先でも踏み込んでしまえば戻れない。大正期に生産拠点が急増したビール業界では、廉売競争まで一本道であった。それが収まる気配は見えず、秩序無き業界だと批判を受けた。誰も利益が出せない。このままでは、業界全体が疲弊して倒れてしまう。新たな業界秩序が求められていた。

配当二十三割

昭和二(一九二七)年、ついに金融恐慌が起きた。それまでも戦後不況の上に関東大震災による不良債権がのしかかり、慢性的な金融不安が続いていた。爆発寸前であったとも言える。

同年三月十四日、衆議院予算委員会で蔵相片岡直温が「東京渡辺銀行が破綻した」と失言し、中小銀行で取付け騒ぎが発生したのが始まりである。四月に巨大商社鈴木商店が倒産。その主力行である台湾銀行が休業するなど、金融恐慌はさらに大きく燃え広がった。

ビール市場は、大正十四(一九二五)年苦戦、十五年横ばいという流れだったので、今年は成長が予測されていたが、金融恐慌はその期待を裏切った。しかも新工場建設競争で製造能力が向上していたので、工場稼働率は五割台へと急落した。設備投資を回収する見込みは立たず、完全に裏目である。

一本でも多く売ってくれないと工場が回らない。製造部門の悲痛な声は再び廉売合戦を巻き起こした。事態を重く見た馬越は麒麟麦酒と日本麦酒鉱泉に呼びかけ、四月から断続的に三社協議が行なわれた。大日本は常務高橋龍太郎、麒麟は専務磯野長蔵、麦酒鉱泉は専務山本為三郎と、各社とも実務のトップを出席させたが、なかなか合意には至らない。高橋から報告を聴いた馬越は、落としどころの変更を指示した。

「なあ、高橋。改めて聴くが、三人で合意した出発点はどこにあったかな」

「公平かつ実効性がある、という点で、これは三社とも社長の承認を受けております」

「公平の定義はあるのか」

「特に定義してはおりませんが、公平は誰が見ても公平でしょう。つまり競争条件に差がない、ということです」

「なるほどな。ところで、高橋は昔、坂田三吉を居候させたことがあったな」

坂田は大阪を代表する棋士で、将棋好きの高橋はそのパトロンであった。馬越も落語家の三遊亭円朝を邸内の茶室に無料同然で住ませた時期があるので、パトロンには理解がある。

「はい。ずいぶん勉強になりました」

「平手で指したのか」

「まさか。もちろん駒落ちでです」

「そこだ。実力差を調整してこそ、勝ったり負けたりになる。これもまた公平だ。大きな大日本と小さな麦酒鉱泉が同じ競争条件だったら勝ち負けにはなるまい。向こうから見た公平も考えなければ、何も決まらないぞ」

「はあ。しかし、つけ込まれて負け続けになる恐れもあります」

「そこは加減の問題だろう。もう一つある。敵は同業者だけではないことを忘れるな。業界の利益全体を盗もうとする奴らがいるのだ」

「なるほど。国営化論者ですね」

長年にわたって、酒税は軍事費の財源であった。だからビール五社をまとめて国営事業とし、価格統制で廉売を廃して税収を増やそう、という意見が再々出てきていた。だから廉売合戦から減収減益、税収減となれば、国防の危機だと批判され、国営化論につながる恐れがあるのだ。

「分かりました。業界として秩序回復に努力している、と見せることが大切なのですね」

「うむ。実効性より協定締結が優先だ。麒麟と鉱泉の両社長には私から手紙を出しておくから、現場は無理せず、そつなくまとめてくれ」

翌五月、大日本、麒麟、麦酒鉱泉の三社は「景品付き販売の取止め協定」を締結した。しかし景品付き販売を廃止しても、廉売そのものに罰則がないのだから機能するはずがない。しかし、協定遵守の確認と称して高橋、磯野、山本の三人が定期的に集まる機会を作れたのは収穫だった。

一方、先月倒産した鈴木商店の影響は帝国麦酒に重くのしかかった。九百七十万円もの融通手形を振り出していたので、その支払いを含めて一千三百万円もの損失となった。今日に換算すると百数十億円に及ぶ巨額である。

結局、昭和二年のビール市場は一パーセント減で、三年連続の前年割れとなった。負債にあえぐ帝国麦酒が二十四パーセント減と足を引っ張ったことが主因なので、業界全体としては金融恐慌の影響を最小限に食い止めたと言えた。そして麒麟麦酒は十七パーセント増と唯一のプラスで、これこそ馬越が恐れていた製販一体の効果であった。

明けて昭和三年一月、大日本麦酒は三割の通常配当に加えて二十割の特別配当を出すと発表して、投資家たちの度肝を抜いた。その発端は昨年の金融恐慌である。この余波で大日本麦酒も二百万円余の銀行預金が紙切れと化している。馬越は自社が抱える多額の内部留保を整理する考えを幹部たちに告げた。

「働きのない金を空しく銀行に預けて置けばこそ、このような災難に遭遇するのだ。いっそ株主に返したほうが安全だ」

大日本麦酒は大正七（一九一八）年から三割配当を続けた上で、内部留保も増加させていた。その額は三千万円以上で、公称資本金四千万円に迫る。だから優良会社だと賞賛されても良いのだが、長引く不景気で世論は過大な内部留保に批判的であり、大日本麦酒はしばしば槍玉に挙げられていた。

馬越は内部留保の活用先として増資に思い当たった。資本金で麦酒鉱泉を引き離し、根津嘉一郎に格の差を見せつけようという腹である。

実際のからくりは以下の通りであった。まず積立金千八百三十万円を取り崩し、繰越金から八百七十万円を繰り入れた合計二千七百万円で、株主に新株一株に二十五円、旧株一株に五十円を配当する。新株への配当は直ちに払込金に充てて資本金全額払込とした上で改めて倍額の公称八千万円に増資する。旧株一株には増資新株一株を割り当てて一株十二円五十銭の払込を徴収する。これで内部留保を増資に転換できるのである。

批判の声も上がった。経済誌『実業之日本』は二月十五日号で「大日本麦酒の二十三割配当と増資で大儲けをした人々」と題して、馬越の同族は二百五十万円儲けた、大倉喜八郎は二百万円だ、植村澄三郎は六十万円だと書き立てて、強く非難した。同じく経済誌の『実業之世界』の二月号は巻頭特集で「呆れ返つた大日本麦酒株式会社の二十三割増配問題」と大見出しを打ち「狡猾!狡猾!」「空前の暴配当」「民心の悪影響甚だし」「馬越の暴利ぶり」といった小見出しを並べて糾弾した。

別件の相談で社長室を訪れた高橋龍太郎の目に『実業之世界』を面白そうに眺める馬越が映った。机の上には『実業之日本』もある。

「社長、何をにやにやなさっているのですか。糞味噌に書かれているじゃないですか」

「うむ。私の言った通りに書いたので、面白がっているのだ」

「えっ、社長が書かせたのですか」

「ああ、発表直後に両誌とも日ヶ窪に呼んだのさ」

「ご自宅で何を話されたのです」

「書いてある通りさ。自分の利益のために高配当するなんて怪しからん、とね」

「私には何だか分かりません。自殺行為のように見えます」

「今回の件、会議で最も懸念されたのが、そこだったよな。馬越が利益を得るためだと批判される恐れあり、と」

「はい、その通りです。それに対しては、現金の授受で反論しようということでした。配当を現金で手にすることはなく、それどころか旧株には十二円五十銭の新たな払込みが必要だと。つまり額面は増えるが、現金は出ていくだけ」

「そうだ。この記事をよく読んでみろ。馬越が多額の現金をつかんで、後足で砂をかけるように逃げ出すなら筆誅を加える、という主旨だ。でも現実の私は新たに現金を払い込んで、逃げもせずに経営を続けている。この記事を読んで、馬越め、怪しからんと思っても、良く調べると当たっていないのが分かる、という仕組みだ」

「ははあ、なるほど」

「派手なことをすれば必ず批判は出る。だからガス抜きも必要なのだ」

「いやあ、この記事を引き金に批判続出、となるのではないか心配しておりました」

「ふふふ。たくさん広告を出してきたから少しは働いてもらわないとな」

高橋の心配は的外れとなり、一般紙でこれに追随した批判記事は出なかった。それどころか一月十三日付読売新聞には「とんだ浮説、大日本ビールの麦酒鉱泉買収説」という記事では、大日本麦酒が麦酒鉱泉を買収するために増資したという噂に対して、今回の増資の手法では買収資金捻出は不可能だ、と丁寧に解説しており、批判のかけらも無い。前代未聞の二十三割配当も、人々をあっと驚かしておきながら、馬越一流の手腕で見事に軟着陸したのであった。

一方、金融恐慌の影響を脱したと見た大蔵省が本年のビール需要予測を二割増と発表したので、各社の廉売はますます激しさを増していた。馬越は高橋を呼びつけて、麒麟の磯野、麦酒鉱泉の山本と話し合って、夏に入る前に価格と数量を含めた新協定を締結するよう指示した。昨年から大きく踏み込んだカルテルの提案である。

馬越の狙いは業界秩序の確立である。過度の廉売を止めて各社が健全経営できる環境をつくり、政府の見込んだ成長と税収を果たす。これが国営化から業界を守る唯一の道だと信じていた。

麒麟の磯野は製販一体という勝ちパターンを確立したので、まだまだシェア拡大可能だと見ており、麦酒鉱泉の暴走さえ抑えられれば、積極的な販売競争は望むところだった。

麦酒鉱泉の山本は、社長の根津嘉一郎から「何としても馬越にひと泡吹かせるのだ」と叱咤激励されていた。また会社としても、大正十四（一九二五）年の川口、昭和二（一九二七）年の尼崎という二つの新工場の稼働率を上げるため、一本でも多い出荷を必要としていた。つまり数量優先のため廉売も辞せず、という姿勢である。

協定で秩序回復を期待する大日本、暴走の歯止め程度で可とする麒麟、足かせを嫌う麦酒鉱泉と、三社は全く異なっていたのである。したがって交渉の最大の争点は、麦酒鉱泉を参加させるためのハンディキャップの設定にあった。

協定のポイントは販売奨励金、価格、生産量、罰則の四項目であった。酒販店等への販売奨励金は撤廃されたが、麦酒鉱泉には少額だけ許された。酒販店等への卸売価格は大瓶四ダース入り桟箱十七円八十銭、小売価格十九円五十銭と定められた。ちなみに桟箱とは周囲が木枠の箱で、四面板張りの丸箱の価格は五十銭増しとされた。生産量は過去の実績に鑑み、下半期六ヶ月分の生産上限を、大日本百二十五万七千箱、麒麟四十九万八千箱、麦酒鉱泉二十四万五千箱、計二百万箱と定めた。ただし麦酒鉱泉については毎月二十三パーセントの増産を認めた。罰則は、あらかじめ各社が規模に応じた供託金を納め、違反があった場合には、その程度に応じて没収するというものだった。ただし程度については「違背行為ノ情状重キモノ」についても一部没収という曖昧かつ甘いものであった。

内容を見れば、大日本と麒麟が麦酒鉱泉のご機嫌を取って形を整えたことが良く分かる。何とか六月中に七月一日発効の「生産制限と販売条件に関する協定」が締結されたが、一種の紳士協定でしかなかった。同月二十日付の朝日新聞でも「市内各所に廉売が行なわれつつある現状であるから、どの程度まで励行されるかは疑問とされている」と見抜かれている。

それでも、一時は大蔵省予測に迫るほどの好調さだったので、廉売があっても暴走することはなかった。その結果、昭和三年のビール売上は十一パーセント増であった。大日本九パーセント増。麒麟と鉱泉はともに約二割増と絶好調だった。帝国麦酒も三パーセント減と下げ止まりを感じさせた。馬越は「協定が奏功した結果だ」と新聞記者等に語ったが、実際は業界全体が活況になったので競争が一時的に鎮まっただけであった。

何とか円満に過ぎようとした昭和三（一九二八）年十二月、震災被害から回復できずにいた日英醸造がついに破綻し、事業多角化を進めていた壽屋に買収された。壽屋の鳥井信次郎は、大正十二（一九二三）

年から山崎の蒸留所でウイスキー事業への挑戦を始めていたが、長い貯蔵期間が必要で商品化に時間が掛かるため、赤玉ポートワイン以外の利益源を模索していたのである。大正十三年には「パームカレー」とレモンティーシロップ「レチラップ」を発売。大正十五年には喫煙者用半練り歯磨き「スモカ」。その次がビールだった。

昭和四年に入ってすぐ「新カスケードビール」が発売された。大瓶の小売価格は一本二十九銭と発表された。協定価格より低い三十五銭から三十八銭が実勢価格であったから、他社には衝撃的である。どんな勢いで売れるのかと警戒心を強めて見守っていた。

しかし、一向に売れたという話が聞こえてこない。一般の卸や酒販店の店頭でも見ることがない。基本的に直売主義なので、低マージンだというのである。いくら価格を下げても、流通マージンを切り詰めれば販路は広がらない。鶴見工場から直送できる範囲以外は、恐れたほどの大きな影響はなかった。

昭和四年一月二十三日、帝国麦酒は桜麦酒(ビール)株式会社に社名変更した。帝国人造絹糸など鈴木商店傘下の企業が背負っていた「帝国」の看板を外して、銘柄名と合致させたのである。さらに秩序回復を望む馬越の誘いに応じて、協定への参加にも関心を示してきた。馬越が独断専行して桜麦酒にハンディキャップを約束したからだ。そして二月、大日本、麒麟、麦酒鉱泉の三社で構成する麦酒懇談会は、桜麦酒との間に出荷箱数や販売価格について協定を締結した。それは馬越の提案通り、麦酒鉱泉同様のハンディキャップを桜麦酒に認める内容であった。

馬越は満足していた。これで壽屋以外は全て協定に参加したし、前年が穏便に済んだのを見ても協定に実効性はある。ぽつぽつ廉売は出るだろうが、何とかなるだろう。

しかし昭和四年の春は雨続きで、一向に温かくならなかった。売上が低迷すると、これまで通り廉売に走る会社が出てくる。その新たな手法を開発したのは、またしても麦酒鉱泉であった。一定の売上を達成した得意先を、芝居見物や接待旅行に招待したのである。

協定違反だ、という声が各社から上がった。しかし麦酒懇談会で指摘を受けても、箱当たりの金額が証明できない限り廉売とは無関係だと論陣を張り、いつまでも平行線のままだった。

これは根津の陽動作戦であった。狙いの一つは、協定は営業の自由を束縛する、という否定的な印象を積み上げることであり、もう一つは新たな作戦のための時間稼ぎであった。

協定脱退

根津が時間を費やしていたのは、科学的な市場調査であった。荒木能率事務所の荒木東一郎と契約して、馬越にひと泡吹かせる新戦略を依頼したのである。

荒木の理論的なベースはフレデリック・テーラーの科学的管理法である。既に学問として日本に紹介されていたが、実地に企業の問題解決に取り組む実務家はいなかった。そこで米国留学から戻った荒木が事務所を開き、日本で初めて経営コンサルタントという職業が誕生したのである。

荒木は根津に、基礎調査に半年は必要だと説いた。そして最初にビールと関係ありそうな経済指標を九十ほど分析した。すると郵便貯金の額、鉄道の乗降客数、映画館の観客数など五つの指標がビールの消費量と比例しており、その相関が最も強いのは広島県であった。

次に、各地で広島県並みのビール消費が実現すればどこまで増えるかを算出した。これが各地のビール消費の飽和点で、そこから現実の消費量を差引くと潜在的消費余力、つまり伸びしろが判明する。この伸びしろが大きく、かつユニオンビールのシェアが低い地域こそ開拓する価値が大きいはずだ。こうして販売重点地区を定めたのである。

次は価格政策である。根津からは、利益より数量優先という方針を示されていたので、いかに値下げの効果を高めるか、という視点から検討した。そこで「一割値下げすれば売上金額は三割増える」という消費の一般的な原理をビールに忠実に反映させるための手法を模索したのである。

まず、値下げは消費者に周知される必要がある。この原理は、消費者心理を刺激するものであるから、卸売価格を下げてじわじわ小売価格に及んでも効果は薄い。そもそも卸売価格だけ下げても、値下げ分全てが消費者に回るとは限らない。

当時のビール大瓶一本の小売価格は、実勢で三十五銭から三十八銭であった。ユニオンは三十五銭前後であったから一割値下げなら「三十二銭に値下げしました」と新聞などで大々的にするのが最も単純明快である。

しかしビール消費の三分の二は飲食店で、その店頭価格は五十銭が多かった。これが四十七銭になる保証は無いし、そうなったとしても三銭では一割値下げにならない。原理が忠実に反映されないのである。また三十二銭が独り歩きして、飲食店のビールは高過ぎるという印象を与えるのも得策ではなかった。

単純な値下げには限界がある、と考えた荒木事務所のスタッフから、空瓶を三銭で買い取る、という案が出てきた。製瓶コストは一本五銭弱なので、三銭で買うことは可能である。しかし、麦酒鉱泉側に提案するとあっさり却下された。空瓶商での売買価格が二銭台なので、彼らが直接持ち込んでくる危険性を指摘されたのである。

そこで瓶の代わりに、目印を印刷した王冠を三銭で買い取る、という方法が提案された。麦酒鉱泉側に尋ねると、王冠の偽造は難しいので実行可能だと言われた。問題は、効果をどう検証するかである。

スタッフの一人が偶然、東京帝国大学の心理学教室がビールの購買動機を調査している、という情報をつかんできた。そこで早速、荒木たちは相談に押し掛けた。研究資金の援助を申し出る一方で、研究内容の開示と、王冠買い入れによる銘柄変更の可能性についてコメントを求めたのである。

同教室は研究途上であると前置きしながらも「目隠しでビールが飲み分けられる人はごく少数」「飲食店で銘柄にこだわって注文する客は少数」という二点を明言してくれた。つまり、銘柄選択は味覚によるものではなく、慣れ、親近感、知名度、評判など曖昧な根拠に基づいているのだ。だから特定の銘柄に強く固執するのは少数派でしかない。また、飲食店でも家庭でも、瓶を冷水に漬けているうちにラベルが剥離してしまうことが多く、飲用中に銘柄を目にする機会が少なかったのも、銘柄に固執しない理由であった。

さらに同教室からは、飲用者と銘柄選択者が必ずしも一致していない、という興味深い指摘も示された。一銘柄しか置いていない飲食店では、客に銘柄選択権はない。複数銘柄を扱う飲食店でも、多くの客は「ビール」としか注文せず、その場合にどの銘柄を出すかは店主や女給が決めている。家庭での飲用においても、単に「ビール」と注文されれば酒屋が銘柄を決めて配達している。また、特定の銘柄を指名していても、品切れなどで別の銘柄が配達された場合、多くの主婦は「仕方ないわね」と受け取っていることが分かった。つまり、銘柄選択には、飲用者以外の意向も大きく関わっているのだ。

「だから、王冠の三銭が女給の小遣いになれば、彼女らはユニオンを優先してお客に運ぶでしょうね。家庭でも、三銭ずつ主婦がヘソクリにできるとなれば、ご主人に内緒でユニオンに変えて、ラベルをはがして食卓に運ぶ主婦も出てくるでしょう」

このキャンペーンのターゲットは、ビールは飲まないが小遣い稼ぎは見逃さない女性たちだ、という指摘である。このコメントは荒木たちを驚かせ、また成功を確信させた。そして根津に報告されると、根津もまた驚いた。

「そうか。飲み手が自分の好きなものを飲んでいる、というのは幻想だったのか。飲まない人間が銘柄決定をしている。そこに働きかける作戦というのは空前絶後だ。素晴らしい。よし、来年はいよいよ馬越にひと泡吹かせてみせるぞ」

昭和五（一九三〇）年三月、日本麦酒鉱泉はついに協定を脱退し、新聞広告で前代未聞の消費者キャンペーンを発表した。広告の中央には「百萬圓」「分割提供」と大書されている。百万円は今日の十億円に相当する巨額だ。賞金総額は衝撃的だが内容は単純で、ユニオンビールの藍色の王冠を酒販店に持参すると二月から十月まで三銭で買い入れる、というものだ。ビールの実勢価格が一本三十五銭から三十八銭だから一ダースで一本オマケという程度で、そこまで衝撃的には見えない。しかし広告文中に「御家庭では御子様方の貯金のおたのしみ」といった言葉がさりげなく忍ばせてある。東京帝国大心理学教室が指摘した通り、小遣い稼ぎを見逃さない女給や主婦は、これを自分たちの貯金のお楽しみとして受け取った。そしてユニオンビールは、一気に三割増以上の出荷を記録しはじめたのである。

麦酒鉱泉は、協定を脱退したから卸売価格大瓶四ダース一箱十七円八十銭には縛られないとして、流通経路に一円八十銭の販売奨励金を提供し、さらに三月中の取引には四十五銭、四月中には三十銭、五月中十五銭を追加して支払った。さらに販売重点地区に対しては一層の廉売を仕掛けたのだ。大日本と麒麟は協議して五十銭の奨励金で対抗したが、苦戦は免れなかった。

その最中の五月、壽屋は新ブランド「オラガビール」を発売した。これも大瓶一本二十九銭を踏襲している。新聞広告だけは大々的に打ったが、相変わらず直売主義なので流通の協力が得られない。数量を稼げないから利益も出ていないだろうと高をくくっていると、不思議なオラガビールが馬越の手許に届けられた。オラガビールのラベルがヱビスビールの瓶に貼られているのだ。

「こんな仕掛けで原価を下げて利益を出しているのか。卑怯な奴だ。おい、すぐに壽屋に手紙を出せ。当社瓶の使用を中止しないと告訴すると書け。北海屋との裁判の結果も添えてやれ」

当時のビール瓶の側面には、ガラスを盛り上げた文字で銘柄名が記されていた。瓶を水で冷やすとラベルがはがれることが多かったし、使用後に市中から回収されて再使用する際に他社瓶の混入を避けるためでもある。自社専用の瓶であり、つまり各社毎の資産なのである。もちろん回収瓶だけでは足りないので、各社とも二割程度は新瓶投入を続けている。その新瓶製造コストは一本五銭弱で、回収瓶の売買価格は二銭台である。日英醸造から引き継いだ瓶を使い切ったのか、壽屋は他社の回収瓶を使用してコスト削減を図ったのである。

北海屋とは北海道小樽の地場サイダー会社で、以前リボンシトロンの瓶に自社ラベルを貼って使用し、大日本麦酒に訴えられて敗れた。訴えられたら勝ち目は無いぞ、と壽屋に警告したのだ。

「そうだ。全国の空瓶商にも手紙を出せ。壽屋に当社瓶を売ったら出入り止めにする、と書いておけ」

過半を占める大日本麦酒の瓶を扱えなくなったら空瓶商としては死活問題である。これで大日本麦酒の瓶の流出は防げるはずだ。馬越は一瞬、麒麟や麦酒鉱泉にも知らせておくか、と考えたが思いとどまった。

壽屋の芽を摘むのは簡単だが、それより麒麟や麦酒鉱泉の足を引っ張らせるほうが得策だ。二番手、三番手との戦いを優先すべきだからな。

六月に入って廉売はますます激化し、メーカーだけでなく卸まで実害を受け始めた。メーカーが積み上げた販売奨励金を流用して、他の卸の得意先酒販店を奪う、といった事例が起きたのである。特に東京が激戦地となったため、大手卸二十一店が加盟する東京洋酒食料品問屋連合会が馬越に窮状を訴えた。そこで大日本、麒麟、麦酒鉱泉、桜、壽屋と問屋連合の六者で東京麦酒調査会を組織し、メーカーが廉売品を買い戻すという対策を講じることとなった。エビス、キリンは大瓶四ダース一箱十六円三十銭、他は十五円以下の小売価格が出たら当該メーカーが運賃負担の上で買戻すのである。さらに廉売メーカーには送荷停止、つまり大手卸二十一店が取扱いを中止するという厳しい罰則もあった。しかし、当初の協定価格十九円五十銭から大きく逸脱した買取価格は、廉売の実情を追認する結果となり、そのギリギリの廉売を横行させせただけであった。

一方、販売競争は酒販経路を越えて料亭や旅館などにも広がっていた。ここでも麦酒鉱泉は東京帝国大心理学教室のコメント通り、自分では飲まないが銘柄決定権を持つ者、すなわち女中たちを狙った。店主に内緒で反物や草履などを女中に貢いで、銘柄指名無しで「ビール」と注文する客にはユニオンを出してくれ、王冠も三銭になるぞ、と売り込んだ。何の苦労もない小遣い稼ぎに、女中たちは喜んで従った。さらに、それを逆手にとって「ユニオンさんは草履をくれたわよ」などと他社の営業に告げ、貢物を二重取りしようとする女中まで現れた。

こうした流通対策に各社が目を奪われている中、麦酒鉱泉の王冠買戻しだけが消費者向けの施策として着々と効果を上げ続けていた。そのまま最盛期は過ぎ、九月末時点の出荷量は大日本一割四分減、麒麟一割減という大苦戦に対して、麦酒鉱泉は二割増と大きく伸長していた。

それでも大日本麦酒は市場の過半数を占めている。この地位にある間に、何か抜本的な対策を考えなければならぬ。馬越は危機感に煽り立てられて焦っていた。

ひと泡吹いた

昭和六（一九三一）年一月、馬越に団琢磨からの書状が届いた。三井三池炭鉱の成功で知られる団は馬越の十四歳下だが、現在は三井合名会社理事長として三井財閥を率いている。また日本工業倶楽部の理事長を務めており、即ち財界のトップでもあった。馬越は昭和四年から同倶楽部の会長だが、これは一種の名誉職で、理事長の補佐役である。

書状は東銀座の三十間堀川に面した料亭「蜂龍」への招待で「いささかお節介ながら、財界発展のため両君の仲を温め直したい」と書かれていた。列席するのは団と馬越と根津嘉一郎の三人である。馬越は一瞬、まさにお節介だ、どう断ろうか、と思案したが、いやいや好機かもしれない、と思い直した。根津の王冠買入れ作戦は見事だった。昭和五年は根津の完勝だったと言っていい。ここで一度は負けを認めることで、根津と忌憚なく語り合うことができるかもしれない。とにかくビール業界における秩序の確立が優先である。廉売に頼ることなく、健全な競争で儲かる業界にしないと、いつビール国営化論が再燃するかわからない、という思いを根津と共有しておきたかった。

その夜、馬越は予定より早く蜂龍に着いた。ここの女将は三十年前に馬越が世話をしていたのだが、一度け嫁いで花柳界を離れ、また戻ってきて馬越の贔屓を得たのである。団や根津より早く行って、少し女将と昔話をするつもりだった。しかし、既に二人とも待っていると言う。残念さと嬉しさが半ばした気持ちで馬越は座敷に向かった。

「ご両所にはお待たせして申し訳ない」

「いやいや、我々が早過ぎなのですよ。一番は根津さんです。早く飲みたいらしい」

「馬越さん、今日はヱビスビールをたくさん飲ませてもらいますよ」

「それは、それは。では私はユニオンをいただきましょう」

「お二人とも、どうした風の吹き回しですかな。まさか日本橋での浅野さんの一件が尾を引いているのかな」

「まさか」

「あれは作り話ですよ」

団が持ち出した浅野の一件とは、セメント王と呼ばれた浅野総一郎が昭和二年頃、二人の仲を取り持つ宴席を日本橋の「濱のや」で催した際の逸話である。ラベルをはがしたビールを用意して、馬越にはヱビスと偽ってユニオンを注ぎ、根津にはヱビスを注いで味の感想を聞いたのである。二人はまんまと騙されて「美味い」と言うのだが、それを聞いた浅野が真実を明かした上で「二人とも騙されたふりをして、互いに相手のビールを褒めあったのは素晴らしい」と持ち上げて和解させた、というのである。しかし浅野が宴席を催したのは事実だが、ビールの話は全くの捏造である。著名人が雑誌などにゴシップをでっちあげられるのは日常茶飯事で、馬越が三皿のスープを注文した話など、船名や航路を変えて何回もゴシップ集に取り上げられている。

「あのゴシップが出た時には部下に叱られましたよ。社長なのにユニオンの味が分からないのかとね」

「私は叱られなかったけれど、その後はしばらく、わざわざエビスのラベルを見せてから注ぐ人が増えて恥ずかしい思いをした」


膳が運ばれてきた。二人がわざわざ相手方のビールを自分に注がせたので、団は芸者にコップを差し出して「これには半分ずつ混ぜて注げ」と命じた。そして三人別々のビールで乾杯し、宴会が始まった。


「嫌なことを思い出させて失礼しました。しかし、こうして三人が会うのは、昨年四月の第二回遠州茶会以来ですね」

「ああ、あれは虎ノ門の不捨荘でしたな」

「お二人は不仲だと噂されますが、茶会ではしばしば同席されていますね」

「私の茶会にも三回くらい根津さんをお招きしたし、招かれた数も同じくらいじゃないかな。根津邸での燕子花（かきつばた）図屏風（びょうぶ）賞翫会にも参加しましたよ」

「大阪でも馬越さんとご一緒しましたね。藤田伝三郎さんのお茶会で」

「そうだったなあ」

「お二人が茶席でも張り合っているという噂を作ったのは、やっぱり高橋箒庵ですか」

「ああ、大正名器鑑か」


三越支配人や王子製紙専務を歴任した高橋義雄が、茶人高橋箒庵となって記した『大正名器鑑』は茶道具の名器を撮影して見所や来歴を付した解説書で、大正十（一九二一）年から昭和二（一九二七）年にかけて全九巻が出版された。茶人たちは競って出品し、掲載を名誉とした。

その第二編に根津所蔵の「白玉文琳」が載って評判となった。徳川家に伝わる唐物文琳茶入である。続く第三編には馬越の「山里文琳」が掲載された。千利休が所持していた古瀬戸文琳茶入である。これを見た益田鈍翁が「根津と馬越の争いが茶道具に及んだということにして、今度は同じ一冊の中に並べて見せろ。大評判になるぞ」と高橋箒庵を焚きつけた。

そこで第五編を編集する際、高橋は両者所蔵の逸品を調べ尽くした挙句に、絶妙な組合せを発見し、わざと近くのページに掲載したのである。馬越が出品したのは茶入「面壁」で、根津は茶入「六祖」であった。ともに小堀遠州所持と伝えられ、作者も正意で同じである。面壁とは、達磨大師の修業で有名な面壁九年から命名されている。また六祖とは、達磨大師から数えて六番目の祖師である慧能のことだ。ともに禅に由来する枯れた味わいの逸品であった。そして益田の狙い通り、二人が小堀遠州の茶入で喧嘩をしている、と評判になった。

「あれは私の白玉文琳に、馬越さんが山里文琳をぶつけてきたのが最初じゃないですか」

「いや、ぶつけたというのは誤解ですよ。もともと山里も第二編に載るはずで撮影も済んでいたのです。でも、根津さんの白玉と同じ項目で並べて変な噂が立つとご迷惑でしょう、と高橋が言ってきたので、第三編に繰り下げたのですよ」

団は馬越の説明に、思わず聞き返した。

「すると犯人は高橋ではないのですね」

「ええ、益田鈍翁が面白がって高橋を焚きつけたと聴いています」

馬越は、後に高橋が詫びに来た話を紹介した。すると突然、根津が頭を下げた。

「失礼しました。私はずっと馬越さんが高橋と組んで仕掛けてきたのだと誤解しておりました。誠に失礼しました」

「いやいや、頭を下げないでください。世の中にそう誤解されているのを知りながら訂正しなかった私も悪いのです」

「結構、結構。これで一つ、誤解が解けました。馬越さん、根津さん。さあ、乾杯しましょう」

乾杯の後、今度は根津が口を切った。

「お世辞ではなく、茶をたしなむ人間として、馬越さんがうらやましいなあ、と心底思ったことがあります。これは、たぶん狸山さんも同意いただけると思いますよ」

狸山とは団の号である。

「私も、ですか」

「さてさて、何でも持っている根津さんが、私をうらやむことなんかありますかね」

馬越も首をひねった。

「それはですね、獅渓さんの茶会に招かれたことです。あれを雑誌で読んだときは、何て幸せな親子だろうと思いましたね」

獅渓とは馬越の次男幸次郎の号である。遅れて茶の道に入ったのだが、大正十四（一九二五）年十月に妻泰子とともに初茶会を催した。その正客として馬越を招いたのである。

「なるほど。あれはうらやましかった」

団も思わず大声になった。馬越は照れながら答えた。

「私は道楽者ですが、幸次郎は全くの正反対で、まさに石部金吉の標本です。親に似ぬ子は不肖者だと言われますが、我が家では不肖者で結構だと笑っているのですよ。しかし、根津さんもよく見ていますね」

根津は少し背を伸ばし、ひと呼吸おいて応えた。

「大先輩ではありますが、ライバルのつもりでもありますから」

ライバルという言葉に、その場の空気が緊張した。馬越が何か言いかける前に、すばやく団が口を挟んだ。

「馬越化生と根津青山はここまでにして、そろそろビールの話をしても良さそうですね。根津さんが大日本麦酒を特にライバル視してきたのは誰もが知るところで、そして昨年はついに大戦果を挙げられた」

「同感ですね。昨年は根津さんの圧勝です。私は潔く兜を脱ぎます。参りました」

馬越は思い切って頭を下げた。しかし、その動きには構わず、団は言葉をつないだ。

「しかし根津さん。あなたは半分しか勝っていない。出荷数量においては大勝利と言えるでしょうが、会社としてはどうでしょうか。今期、麦酒鉱泉は無配です。一方、数量を減らしても大日本麦酒は配当据え置きです。経営者としての勝負では、根津さんが勝ったとは言えません」

根津は口を一文字に結んだまま、深く頷いた。

「出荷数量で負けた馬越さんと、配当で負けた根津さん。負けた者同士で、ビール業界全体が勝てるように忌憚なくお話しください。私はお邪魔でしょうから中座いたします。仲人は宵の口と言いますからな」

団はコップに残ったビールをぐいと飲み干して、ひらりと立ち上がった。さすがに日本経済を牽引している男である。自分の役目を果たすと颯爽と帰って行った。

その晩、馬越と根津は深夜まで語り合った。馬越はビール国営化論の根の深さを語り、業界が自主的に健全な競争環境を構築する必要性を繰り返し説いた。根津も、そこには異論がなかった。ただし大正期の工場新設競争の結果、需要の二倍近くまで膨れ上がった業界全体の製造能力について、抜本策を講じる必要性を強く訴えた。廉売が消費者を刺激してビール需要を増加させたという一面は確かにある。稼働率を上げるには、需要増加と生産拠点縮小のいずれかしかない以上、これまでの廉売には一定の意味があった、と根津は主張した。また馬越は、無配で事業を続ける経営方針について株主の同意を得られているのか、とも問うてみた。根津は、経営者として自分が信頼されているから問題ない、と自信を見せた。原料や資材の調達について、工場労働者の教育について、酒販経路への販促策について、広告宣伝について、様々な観点から議論が交わされた。王冠買戻しの発端となった科学的管理法についても、根津はその一端を馬越に披露した。

やがて馬越は芸者たちを追い出して、根津に大胆な提案を行なった。

「根津さん、合同を考えてみないか。大日本と麦酒鉱泉と、そして麒麟の三社で」

「三社ですか。そうなれば市場の九割は掌握できますね。それなら廉売の必要もないし、生産性の悪い旧工場を計画的につぶしていくこともできる」

「そうだ。そうやって秩序を回復して安定的に利益を出せば、さらに広い世界が見えてくるのだ」

「広い世界ですか」

「実は、既に京城のそばに工場用地を確保しておるのだ。朝鮮半島はようやく貧しさを脱して、ビールの輸入も始まっている。数年のうちに朝鮮に工場を建てるつもりだ」

「なるほど」

「中国には青島工場があるから、その次は満州だ。大連か哈爾濱（ハルビン）あたりに工場を建てて、シベリアまで輸出できる体制を作る。日本がアジアに進出していく中で、ビール産業も海外雄飛が必要なのだ」

馬越は南満州鉄道の監事を二十五年間も務めている。また、三井物産時代の部下だった山本条太郎が満鉄総裁なので、いつでも詳細な情報を得ることができた。世界に目を向けさせて、国内での競争を矮小化して丸め込もうという戦略だった。しかし、根津も海千山千である。話を国内に引き戻した。

「しかし、麒麟がウンと言いますかね。岩崎男爵は、三井の馬越さんの下にビールが統括されるのを嫌がるでしょう」

「それなら私は引退する。持ち株は三井と三菱で半分ずつ引き取ってもらえば、岩崎男爵も文句あるまい」

根津は、馬越のあっさりした答に驚いた。仕事助平と言われた人間も、八十半ばともなると未練が薄れるのだろうか。

「なるほど。男爵はそれで済むかもしれません。厄介なのは磯野長蔵ですね。男爵のお眼鏡にかなっているし、本人もなかなかの自信家ですし」

「だが、男爵がウンと言えば逆らえないだろう」

「男爵を口説く自信がおありですか」

「まあ、それなりにはね。もし男爵が承諾したら、根津さんも参加してくれるね」

「条件をいろいろお願いするかもしれませんが、基本的には了解します」

これを聴いた馬越は小用に立ち、芸者を連れて戻ってきた。

「さて、難しい話は飽きた。ちょいと都々逸でもやろう」

芸者に三味線を催促して、馬越は自作の都々逸を唄い出した。

〽エビス顔して　サッポロ飲ませ
アサヒ出るまで　帰しゃせぬ

「随分これを唄ってきたがね、今度から変えなくてはならんな」

〽エビス様でも　カブトを脱いだ

キリンと冷えた　このビール

「お見事、お見事」

「いやあ、ユニオンという言葉はなかなか都々逸には似合わないから、カブトで勘弁してもらおう」

「馬越さんには、こういう飛び道具があるから敵わない。エビス顔してサッポロ飲ませ、も一時期はかなり流行りましたからな」

「流行るまでお座敷で金を遣っただけですよ。おかげで自分では飽きてしまった。わははは」

宴は日付が変わるまで続いた。帰りの自動車の中で、馬越は根津に言い忘れたことを思い出した。それは最初の行き違いについてである。

丸二麦酒を横取りしたのは福澤桃介の発案なのに、なぜ自分ばかり馬越から悪く言われるのか、というのが根津の怒りの理由であった。しかし馬越の思いは違った。桃介は株屋だから汚い手も使うだろう。しかし根津はまともな実業家であって欲しい。だから商売の信義に欠けると注意したつもりだったのだ。今日こそは説明して誤解を解きたい、と思っていたのだが、とうとう言う機会を逸してしまった。仕方ない。三社合同交渉が始まったら、いつでも機会はあるだろう。

三社合同が実現した暁には、アジア最大のビール会社を象徴する立派な本社ビルを建てたい。合同を機に引退するとしても、自分の思いが詰まった本社ビルは遺しておきたい。馬越はそんなことを夢想するようになった。

新本社ビル建設予定地は銀座に決めていた。大正七（一九一八）年から盛業中の直営ビヤホールをビル化するのである。その一階は今まで同様ビヤホールとし、二階以上を本社とする。ビヤホールという業態を牛み出した男が、今度は理想のビヤホールを造って見せる。かつてミュンヘンで仰ぎ見たホフブロイハウスのようなビールの殿堂だ。

ある日、馬越は新橋保全会社の新しいビル、通称「新橋見番」を訪れた。その地下のレストラン「マユラ」で芸者たちと食事をするためである。この店名はサンスクリット語で孔雀という意味だが、入口を飾る孔雀をデザインしたレリーフをはじめ、タイルなどを巧みに取り入れた壁や床のモダンな雰囲気に、馬越は目を奪われた。

これだ。理想のビヤホールは、こうでなくてはいかん。これを設計した建築家に依頼しよう。

探し出されたのは菅原栄蔵という、帝国ホテルを建てたフランク・ロイド・ライトの作風を継ぐ新進の建築家であった。仙台出身で、複数の建築事務所で修業した後に独立し、その処女作は大正十四年竣工の新橋演舞場である。次の作品が、馬越が感動した新橋保全会社だった。建築会社の選考は入札で、一番札の大倉組と二番札の竹中工務店が候補となった。菅原は、母校仙台市立工業高校の後輩が竹中の東京支店にいたので、馬越に竹中を選ぶように勧めた。日本一のビール会社の新社屋という大仕事であり、その社長が作品を見て指名してきたのである。しかも建築会社も気心の知れた相手を選ばせてくれた。菅原が奮い立たないはずはなかった。

馬越は菅原を連れて、あちこちのビヤホールを廻った。そして一緒にジョッキを傾けながら、自身が気づいたビヤホールの神髄を語った。

「ビヤホールで大事なのは客と客が対等なことだ。私が最初にビヤホールを作った時、新聞にこう書かれた。車夫も紳士も並んで飲める四民平等の場所だ、とな。分かるか」

「分かります。昔から、酒は貴賤のへだてをなくすと聴いたことがあります」

「酒の十徳だな。位なくして貴人に交わる、というのだ。それでも日本酒には盃の献酬がある。つまり上下関係が存在する。しかしビールは、日本の礼儀作法に縛られる必要がない。自由なのだ」

「なるほど」

「以前、福澤諭吉先生にビールの特性を教えて戴いたことがある。ビールとは胸膈を開くものだとな」

「胸膈を開くとはどういう意味です」

「心を開くことだ。腹を割って話す、つまり友達になる機会を作ってくれる飲み物なのだよ。ビヤホールは友達を作る場所であって欲しい」

別の日に馬越は理想のビヤホールを建てる意義を説いた。

「我々が目指すビヤホールは、生ビールの美味さを天下に知らしめるためにある。配管やビヤカウンターの高さなども、よく研究してくれよ。醸造技術者の話を聴け。それから現場で注ぐ職人たちの話もな」

また話もできぬほど騒がしいビヤホールでは、怒鳴るようにして語った。

「大きなホールが騒がしいのは当たり前だ。それをうるさいと思わせず、元気だ、陽気だと感じさせろ」

「社長から見て、この店はうるさいですか。それとも元気ですか」

「元気だな。客をよく見てみろ。皆、笑っているだろう。ビヤホールの客の特徴は笑うことなのだ。街の居酒屋には笑う客も怒る客もいるが、ビヤホールは違う。少し背伸びして西洋文化を楽しみに来たのだ。わくわくさせて、笑顔にしてやらねばならぬ」

「なるほど」

「しかも我々がビヤホールを造るのは銀座の真ん中だ。せっかく気取って出かけてきたのだ。辛気くさい日常を忘れて、明るく笑える雰囲気がなくてはいかん。それを菅原に造って欲しいのだ」

菅原は、ドイツからビヤホールの設計図を取り寄せて研究した。最初は、そこに描かれた天井の高さに驚いたが、それは騒音を吸収しながら活気ある雰囲気を作り出す仕組みだと気づいた。隣席の会話が低い天井に直接反射すると、会話の内容に気を取られてうるさく感じる。しかし高い天井なら会話の細部は聞き取れず、人々の声が混ざった響きだけが活気ある雰囲気として伝わってくる。すなわち、馬越が指示した「うるさいと思わせず、元気だ、陽気だと感じさせる」ための工夫だったのである。馬越の言葉は菅原にとって理想のビヤホールに至る羅針盤であった。

しかし三ヶ月後、菅原を不幸が襲った。盲腸炎で長期入院と診断されたのである。そこで見舞いに来た馬越に、他の建築家を推薦して自分は辞退する、と申し出たが、馬越は聞かなかった。そして「お前に任せたのだ。治るまで待つ」と言い放ったのである。菅原は病床で涙を隠せなかった。

馬越は三社合同交渉を始めるつもりでいたが、酒販業界に新しい騒動が起こって、それどころではなくなった。ユニオン幹部の一言が、東京の酒販店たちに火を付けたのである。ユニオンの実勢卸売価格は大瓶四ダース一箱十二円八十銭であったが、今年の価格について質問され、値下げを匂わせる返答をした。これを聴いた酒販店たちは、エビスやキリンが四ダース十六円なのは高過ぎると憤慨し、二月十五日に芝公園で臨時大会を開いてメーカーに値下げ要請を決議する、という騒ぎになった。その背景にはバッタ屋の出現があった。彼らは、資金繰りに困った酒販店から安値でビールを買い取り、価格が安定している地域に持ち込んで乱売するのである。さらには最初からバッタ屋に流すつもりで大量に仕入れ、現金化したら夜逃げする酒販店まで出てきた。

メーカー間の争いが流通経路に飛び火している。昨年は、卸が販売奨励金を流用して他の卸の得意先に手を出した。今年は酒販店たちも振り回されている。彼らの経営が危うくなって連鎖倒産などを引き起こしたら、それこそビール国営化論が復活しかねない。馬越はこの鎮静化のために精力を傾注することになり、岩崎久弥と話す機会は先延ばしにせざるをえなかった。

一向に進展しない情勢を見て、我慢しきれなくなった根津が動いた。蔵相井上準之助に三社合同を訴え、その動きを朝日新聞の記者に漏らしたのである。六月十日付朝日新聞に「三大麦酒会社間に合同の機運うごく」という見出しの記事が出た。

「根津嘉一郎氏を中心とする一派では、むしろこの際協定よりも一層徹底したる会社合同をなすべしとの議論起こり、大日本、キリン、ビール鉱泉三大ビール会社の合同を企画するに至り、この意を含み、根津一派でビール鉱泉の監査役たる宮島清次郎氏はこの程井上蔵相を訪問、業界統一のため三大ビール会社合同の斡旋の労をとられたく依頼したに対し、井上蔵相も本問題につき考慮する旨を答えた事実がある」

この記事は馬越を困惑させた。高橋龍太郎から三菱銀行常務の加藤武男を通じて、馬越と岩崎久弥との会談を打診したばかりだったからである。その返答はまだ得ていない。一方で、根津が麒麟麦酒に根回しをしたのかは不明である。大日本麦酒に事前連絡がないくらいだから独断専行だろうとは思うが、これも確認する必要があった。これらを把握した上で、岩崎久弥に説明できるように組み立てなければならない。

「勝手なことを」

蜂龍で生まれた根津への信頼は、早くも馬越の中で揺らぎ始めていた。

昭和六（一九三一）年に入っても壽屋は相変わらず新瓶を投入せず、他社の空瓶を買い集めてオラガビールのラベルを貼って使用していた。使用済みの瓶は酒販経路の他に空瓶商も回収しており、壽屋はもっぱら空瓶商から買い取っていた。しかし、空瓶商には馬越からの通達が回っていたので、大日本麦酒の瓶が壽屋に渡ることはなかった。代わりに狙われたのが、流通量の多いキリンである。空瓶商が麒麟麦酒に回収瓶を戻せば一本二銭三厘前後だが、壽屋は二銭五厘以上で買い取ってくれる。小遣い稼ぎに走る空瓶商は後を絶たなかった。

これに気づいた麒麟麦酒は、壽屋に抗議の手紙を出すとともに、社員が空瓶商を訪問して転売中止を訴えた。中には、出荷先を確認させせろ、と迫って騒ぎを起こす者もおり、ついに新聞記事にまでなった。六月二十四日付の大阪朝日新聞で「ビール合戦の真中に飛出した空壜利用のだだっ児」という見出しである。「ヤリンビール大阪支店長は語る『何分紙のレッテルですからこれから先冷蔵庫や井戸水で冷やされると必ず剥げないとはきまっていません何しろ迷惑なことでー』壽屋ではこういっている『私どもは中味そのものより容器にかかる無駄を省きたいという考えでもっと大所高所から見ているつもりです』」

この記事は麒麟麦酒を怒らせ、ついに壽屋を訴えるに至った。ラベルがはがれると、瓶に浮き出た商標だけで判断されるので誤認が生じる。だから商標権の侵害である、という主張だ。壽屋は清涼飲料業界が回収瓶を共用している例を引いて反論したが、結局は敗訴した。それでも壽屋は新瓶投入を行なわず、グラインダーで浮き出た商標を削り取って使用を続けた。五銭の新瓶を使っていては、値下げ合戦に対応できないからである。

八月十六日付の朝日新聞に「暑熱漸く加わりビール戦線混乱」「競争激化で値段は落ちるばかり」という記事が出た。不況と冷夏で苦戦が続く中、やっと夏らしくなったので一気に値下げが加速した、という内容である。実例として各社の小売値が調査されており、大日本と麒麟は一本三十銭、ユニオンは二十八銭だが、王冠三銭買戻しを含めて正味二十五銭、桜、オラガも二十五銭と書かれていた。三十八銭を基準に協定していた数年前までとは隔世の感がある。その記事の最後はこう結ばれていた。

「ビール戦線は正に混乱、大日本、キリン、麦酒鉱泉の三大ビール会社の合同も、かかる混乱のふちから次第に芽生えようとしているのである」

これを読んで馬越は戸惑っていた。また根津が新聞記者に三社合同を吹き込んだのだろうか。合同の機運を盛り上げるつもりかもしれないが、岩崎久弥がどう考えるか分からない。値下げ合戦だけは進化している。特に桜麦酒は、東京ではスピードビール、横浜にはハマビールという二十五銭の新製品を盛大に売り出して、他社の地盤を奪っている。廉売を得意とするユニオンやオラガまで、桜の勢いに負けていた。

結局、昭和六年は値下げが続いただけで得るものの無い一年だった。桜麦酒だけが売上四割増と急伸したが、配当を復活させるほどの利益は出せなかった。一方、他の四社はいずれも前年を割り込み、ビール業界全体では一割近い減少となった。価格が下がったのに出荷量が減るという最悪の事態である。

かつて七割のシェアを誇った大日本麦酒は、この年初めて五割を下回った。馬越にひと泡吹かせる、という根津の願いは、ある意味ではかなったのである。しかし、根津が勝ったのではない。業界全体が負のスパイラルに巻き込まれただけであった。

巨星墜つ

昭和七（一九三二）年、馬越はあらためて三社合同の実現に注力することにした。そのためには、麒麟麦酒の実質的なオーナーである三菱財閥の総帥岩崎久弥を口説く必要がある。馬越は二年前から岩崎との会談を打診してきたが、いつも時期尚早という返事で拒否されてきた。もう、これ以上は待てない。そこで馬越は、まず根津に頭を下げて仕掛けを講じた上で、あらためて岩崎に会談を申し込んだ。これが最後の勝負だ、という馬越の思いが通じたのか、岩崎から会談に応じる旨の返答がもたらされた。

二月某日、二人は上野池之端の岩崎邸の応接室で対峙していた。財界の宴会などで何度も会っているが、全くの二人きりは初めてだ。岩崎久弥は馬越より二十一歳も下だが、三菱財閥を長く率いてきた貫禄は周囲を圧するばかりである。丸い瞳と鼻の下の豊かな口髭は柔和な印象だが、その通りであるはずがない。

「岩崎男爵にはご足労を賜りありがとうございます」

「いえいえ、なかなか良い機会が回ってこないと困っておりました」

「やはり値下げ合戦の先行きが見えないと難しいですな」

「ですから、今回のユニオンの値上げ発表には驚きました。まだ全面的に信じられるかどうかは不安ですがね」

ビール業界では需要期に入る前の二月に各社が販売方針を発表してきたが、今年はユニオンが先手を打って四ダース入り一箱十四円五十銭と、一円の値上げを発表したのだ。金輪出再禁止によって輸入大麦やホップの価格が高騰したことを理由としている。他社はまだ発表していないが、同じ理由で値上げできるなら幸いである。もちろん岩崎の言うように、この値上げが廉売競争を止められるという保証はない。

「あのユニオンの発表は、私が根津さんに頼んだのです。私が岩崎男爵と会談するには、まず根津さんが腹を見せる必要がある、とね」

「ほう。つまり根津さんと馬越さんは、そこまで話ができているということですか」

「麒麟麦酒、麦酒鉱泉、そして我が大日本麦酒の三社合同という提案は、二年前、私から根津さんにお話しました。根津さんも基本的には了承されています」

「そうですか。新聞報道だと、根津さんが持ち出した話に見えますね。だから私は、大日本か麒麟か、高値を付けたほうに麦酒鉱泉を身売りするのが最終的な狙いだろうと思っていたのですよ」

「なるほど。そう見ることも可能ですね」

「馬越さんからは会談の申し込みがあるが、根津さんからは何もない。そのくせ新聞には三社合同と書かせている。井上蔵相の名前まで持ち出したことがありましたね。あれで麒麟の社内は騒然としましたからね。特に磯野長蔵は本気で怒っていた」

「磯野君は自信家ですから、自分の知らないことがあるのは気に食わないのでしょう」

「私だって会談を申し込まれただけで、実質は何も知らないようなものですからね」

「いやあ、あの時の根津さんの陽動作戦には私も困惑しました。あの人は、じっとしていてくれ、と頼んでも動くのです。どうせ動くのだから、今回は根津さんに動いてくれと頼んだのです」

「ふふふ。なるほど。しかし実際に三社合同となると難しいですね。大日本麦酒の時は、札幌、日本、大阪の三社の規模が似ていましたが、今回は大きな格差がある。大日本は麒麟の二倍以上あるし、麦酒鉱泉は麒麟の半分だ。実質的には、馬越さんの傘下になるだけではないですか」

「いや、私は引退しますよ」

「えっ、引退」

「引退します。私と私の同族が筆頭株主ですが、この株は三井と三菱に半分ずつお譲りしたい。私は三社合同で新会社を作り、それをアジアに雄飛させたいと願っているのです。朝鮮半島、満州、南洋諸島ほか、これから日本が進出すべき地域には日本のビール会社も一緒に工場を置くべきだ。そのためには国内の争いを中止して、体力を蓄える必要があるのです。三井と三菱が一緒に新会社を支えてくれれば、安心して海外雄飛できます。そのためなら私は喜んで引退しますよ」

「根津さんはどうされるのですか」

「たぶん手を引くでしょうね。彼は、私にひと泡吹かせるためにビール会社をやっている、と公言していますからね。会社が一緒になり、私が引退したら、彼がビールを手掛ける理由はなくなります」

「そうですかね」

岩崎は腕を組んで黙り込んだ。説明に納得していないのか、何か思案しているようだ。馬越はある事件を思い出した。

「猪苗代発電事件ですか」

猪苗代水力電気会社は、東洋一の規模を誇る猪苗代第一発電所などにより関東の電力を支える三菱系の優良会社であったが、政府の要請を受けて大正十二（一九二三）年に東京電燈と合併した。当然、三菱財閥は合併会社に役員を送り込んだ。合併後に派閥抗争が起きるのは珍しくないが、その東京電燈側の急先鋒が根津であった。甲州財閥の大先輩である社長の若尾逸平に引き立てられて役員となった根津にとって、若尾が三菱財閥に口出しされないように三菱系役員を排斥するのは無理からぬことだった。しかし、政府の要請でいやいや合併させられた三菱側には許せない行為である。

「いや、もう十年近く前のことですしね」

そう言いながら、岩崎は腕組みを解かない。

「ええ、十年前とは違いますよ。あの時の根津さんは若尾さんのために動いていた。でも、今や自分の思いのためだけに動ける大実業家です」

「それはそうでしょうね」

馬越は、岩崎の不信感が想像以上に根深いと感じた。

「それでは、根津さんに一筆書かせましょうか。合併の暁には、新会社の役員には就任しない、と」

「そんなことができますか」

「できます。この恭平が請け合います」

「そうですか。馬越さんも根津さんもビール事業から手を引く、馬越さんの持ち株は三井と三菱が引き受ける、という条件ですね」

「その通りです」

岩崎がようやく腕組みを解いた。条件を列挙しながら、自分を納得させるようにうなずいている。何とか同意を得られそうだ。実は、根津が必ず手を引くかどうか、成算は無い。しかし、ここが踏ん張りどころと見て法螺を吹いたのである。

「なるほど。ご主旨は良く分かりました。三社合同については前向きに検討するよう、私から麒麟の幹部たちに伝えておきましょう」

「ありがとうございます」


しかし、一ヶ月経っても岩崎からは何も言ってこなかった。しびれを切らした馬越が手紙で様子を尋ねると、麒麟社内で検討中であるというだけの素っ気ない返事であった。仕方なくもう一ヶ月待ったが音沙汰が無い。再び催促の手紙を出すと、今年の商戦が始まっているため麒麟社内では検討が進んでいない、今秋以降を待たれたい、という返事が戻ってきた。さすがに馬越は怒ったが、どうすることもできない。

　すると思いがけない機会が訪れた。帝国ホテルのメイン・ダイニングで開催された財界のパーティーで岩崎久弥と同席したのである。馬越は岩崎の袖を引いて強引にロビーに連れ出し、ソファーで直談判に及んだ。

「男爵。この年寄りをいつまで待たせるおつもりですか」

「いや、申し訳ありません。実は、磯野長蔵が大反対しておるのです。麒麟麦酒は独立のままでも十分に戦っていける。一方、合同すればキリンビールという銘柄は潰される。だから合同は自殺行為だと言って承服せんのです。社長の伊丹二郎も他の幹部たちも、全員が磯野に同調しています」

「合同してもキリンビールを潰したりはしませんよ」

「大日本の合同が上手くいったのは、東日本はサッポロ、関東甲信越はヱビス、西日本はアサヒと棲み分けたからだ、というのが磯野の分析です。キリンは全国銘柄ですから棲み分けは利きません。だから合同後は大日本由来の銘柄が優先され、やがてキリンは横浜だけに縮小されるというのです。ちょうど、麦酒鉱泉がユニオンビールを育てるために愛知県以外でカブトの出荷を減らしたように」

「それは、かなり先の話でしょう」

「キリンは全国銘柄で、大日本は地域銘柄です。今後、交通が発達して人々の交流が増えれば全国銘柄が有利になる、とも言っておりました」

「それも、だいぶ先のように思えますがね」

「それから猪苗代発電事件の話も出ています。根津さんに対する不信感はかなり深いものがあります」

「それは根津さんに一筆書かせます」

「たぶん、それでは効かないと思いますね。配当も出さずに廉売に走る根津さんのやりかたは卑怯だ、と麒麟の幹部は怒っています。磯野に言わせると、麦酒鉱泉との合同はバクチ打ちに嫁ぐようなもの、だそうです」

「根津さんは博徒ですか」

「そのくらい不信感がある、ということでしょう」

馬越は暗礁に乗り上げたのを感じ、少し話題を変えてみた。

「しかし、男爵は随分と磯野君を買っておられますね」

「おっしゃる通りです。次の社長にしてもいいいと思っているくらいです」

「それだけ彼は優れているのですね」

「もちろん、それもありますがね。まあ、私が見ている業種は数多いので、私が決めるより、現場の人間の感覚を尊重するほうが多いのです。その点、磯野の感覚は信用できます。人間も真っ直ぐですしね」

馬越は、実質のオーナーである岩崎を口説けば済むと考えていた。しかし、そうではなかった。岩崎は現場に意見を聞く経営者なのだ。自分が現場にいる馬越とは違っていた。となれば、岩崎を口説くのではなく、岩崎を通じて磯野の機嫌を取るような提案でなくてはならない。

「そうですか。すると麦酒鉱泉との合同は、磯野君の感覚には合わない、ということですね」

「おっしゃる通りです」

「それでは、大日本が麦酒鉱泉を合併した上で、その新会社と麒麟で価格協定を結ぶ、というのはどうでしょうね。それなら廉売は止められます。ぜひ磯野君の意見を聞いてみてください」

「なるほど。とにかく話してみましょう」

昭和七（一九三二）年十月、夏風邪をこじらせたまま二ヶ月以上も咳が続いた馬越は、周囲の説得と胸の痛みに負けて不承々々病院を訪れた。精密検査の結果は肺癌。進行が著しい上に、八十代での手術は体力的に困難だと言う。事実上の死亡宣告だった。余命三ヶ月と腹を括った途端に、やるべきことが次から次へと浮かんできた。

まず菅原栄蔵の顔が浮かんだ。大日本麦酒の銀座の新社屋はまだ基礎工事に掛かったところだ。完成は再来年の春。どう急がせても来年末だ。この眼で見ることはかなわない。菅原が盲腸炎で入院していた半年余りがもったいなかったと一瞬思ったが、それでも半年以上足りないとすぐに気づいた。未練が計算を狂わせている。

故郷の光景が浮かんできた。井原富士とも呼ばれる見事な円錐形の舞鶴山。なだらかで緑豊かな経ヶ丸山。鮒を追いかけた稲木川の水面のきらめき。イナゴを捕まえた秋の田圃（たんぼ）。もう何年も帰っていない。

先月、木之子村の村長東森嘉作が訪ねてきたのを思い出した。水害をもたらす稲木川の堤防工事の報告である。馬越はこの工事に一万円の義援金を出している。それが行政を動かし、総工費三万円余の計画となった。竣工は三年後、昭和十年の予定だという。その報告に合わせて東森は新たな要望を持ち出した。木之子小学校に講堂を新築する計画と、小田川の橋の架け替えである。それぞれ馬越講堂、馬越橋と名前を付ける予定だとして、一万円ずつの寄付を募ってきた。普段なら「どっちか一つだけだ」と乱暴に値切るところだが、このときは故郷への想いが不意に溢れ出し、二つとも応諾した。東森は躍り上がるように感謝して帰っていった。この三つの故郷への貢献の成果は、生きて眼にすることはできまい。また未練が残った。

そして何より心残りなのは、ビール業界の過剰な廉売合戦が一向に止む気配を見せないことである。岩崎久弥からけ、麒麟社内では検討を始めている、という簡単な手紙が届いただけで、具体的な話は見えてこない。思えば、自分と根津嘉一郎が意地を張り過ぎたことが原因である。十六歳も年下の相手にむきになる必要などなかった。それがこじれて、話がどんどん複雑化している。

「結局、負けずの恭やんのままだったなあ。何一つ成長しておらん」

馬越は独語した。日蓮宗の熱心な信徒として悟ったようなことも言ってきたが、中身はまさに「三つ子の魂百まで」の通りだった。

枕元には青磁の桃の香合が置いてある。十四歳のときに奉公先の鴻池新十郎家でうっかり落として、番頭に鉄拳制裁された思い出の品である。痛みをこらえつつ、いつかは出世してこれを買い取ってみせる、負けるものか、と誓ったのだ。

三十年ほど前、井上馨が鴻池の財務顧問に就任した際に、まず鴻池新十郎家所蔵の骨董を処分することから始めた。数々の名器を麻布内田山の自邸に展示して茶人たちに入札させたのだが、そこで馬越はこの香合に再会したのである。内心の狂喜を悟られぬよう、それでも思い切った値を付けてこれを落札した。丁稚時代の誓いを果たしたのである。

そんな思い出話とともに幸次郎に渡そうと枕許に出しておいたのだが、眺めているだけで、負けずの恭やんの血が沸き上がってくるような気がした。

「そうだ。負けられんのだ。とにかく一月の株主総会は乗り切らにゃならん」

そんな気合を見せた馬越だが、冬が深まるにつれて体調の悪化は隠せなくなった。出社するどころか、起きられない日も出てきた。決裁すべき事項は日ヶ窪の自邸に書類を運ばせ、病床で読んで署名捺印した。布団の上に座って三十分も仕事をすると咳が出始める。この咳だけで体力が尽きてしまうのだ。常駐した看護婦に背中をさすらせて、崩れるように寝るしかなかった。こうして昭和七年は横たわったまま越えた。

牛まれて初めて、馬越は憂鬱な気分で正月を迎えた。自室で座椅子にもたれかかったまま、幸次郎たちの年始の挨拶を受けた。幸次郎は子だくさんで、長男の恭一は二十歳になる。順二、謹参、慎思、轄五と続き、一番下の泰禄郎は三歳。母泰子の手を離さないまま、ぺこりと頭を下げた。勢揃いした孫の顔を見て、馬越は世代交代という自然の摂理を強く感じた。彼らが次代を背負っていくのだ。

息子の幸次郎は大日本麦酒の役員であるが、次の社長にするつもりはなかった。学者肌で経営者には向いていない。財産はあるのだから無理せずに人生を楽しみ、息子たちを伸び伸びと育てて欲しい。馬越がそんな話をすると、幸次郎はじっと聴いていた。まだお元気なのに縁起でもない、などと如才なく話す男ではない。黙ってうなずくばかりだったが、馬越には頼もしく思えた。

後継者は高橋龍太郎に決めていた。植村澄三郎、大橋新太郎、高橋の三人を自邸に呼び、植村相談役、大橋会長、高橋社長の体制を強く推した。しかし高橋は固辞し、最低一年は社長空席として社内引き締めを図るべきだと主張した。珍しいことに馬越は反論せず、素直に高橋の意見に従った。そこで高橋を次期社長含みの専務取締役として、株主総会に臨むことになった。

「なあ、高橋。社長になったら欧米視察に行けよ。技術でも営業でも、経営者は最先端のものに触れておくべきだ。それとな。これぞという若い奴を連れて行け。お前を連れて行ったようにな」

「ありがとうございます。私も同じことを考えておりました。行かせていただきます」

「連れて行きたい奴がいるか」

「はい、東京で営業をしている内多蔵人が良いと思っています」

「そんな奴がいたのか。今度、会わせろ」

未来の社長候補の顔を見ておきたかった。身の回りに、急速に世代交代の流れが起こっている。その行く末を見極めたい、と馬越は切に願った。もちろん、そんなことが出来るはずはない。寿命があるのだからな。片側でそう悟りながら、反対側でそう願うのが人間の業なのだろう。南無妙法蓮華経、南無妙法蓮華経。

まあ、普通の人間より大きな仕事もしたし、派手に遊んだ。世界も見てきた。それなりの地位も得た。学歴もない、英語もできない人間としては、かなり上手く立ち回ったほうだろう。そう思えば、悪くない人生だった。でも、まだ負けたくないなあ。

結局、一月二十八日の大日本麦酒の株主総会には欠席した。社長就任以来二十七年で初めてのことである。その翌日、高橋龍太郎らが日ヶ窪に訪れた。馬越はきちんと羽織を着て、病床に正座して報告を聴いた。それが最後の仕事であった。

三ヶ月後の四月十二日、馬越の病状はにわかに悪化した。益田孝、山本条太郎、金杉英五郎などが次々と見舞いに訪れたが、十七日以降は昏睡状態が続いたため、会話を交わした者はいなかった。危篤が報じられると、正五位に叙し勲三等旭日章を贈る、と政府から連絡が届いた。馬越邸は連日百名近い来客で混雑するに至った。その数が初めて百五十を越えた四月二十日の午後六時三十分、ついに巨星は墜ちた。

馬越恭平。享年九十。法名は顕徳院雄渾日覚大居士である。訃報を聴いた人々が続々と日ヶ窪につめかけた。政財界はもとより花柳界、角界、梨園など幅広い顔ぶれである。馬越がビール一万樽を贈ったという元横綱常ノ花の藤島親方や、後に十代目團十郎を追贈される市川三升などの姿も見える。門前は綺麗どころや有名人であふれ、黒ずくめながら園遊会のようであった。

大日本麦酒の社葬は四月二十五日に青山斎場で営まれ、斉藤実総理大臣はじめ約三千人が参列した。葬儀委員長は畏友大倉喜八郎の長男喜七郎である。大日本麦酒の全国の支店と工場では遥拝式が営まれ、京城の博文寺で行なわれた追悼式には宇垣一成朝鮮総督が参拝した。その霊柩は桐ヶ谷火葬場に運ばれて荼毘に付され、遺骨は池上本門寺と故郷井原の三光寺に納められた。

ビヤホール再び

大日本麦酒の経営は、社長を空席として、相談役植村澄三郎、会長大橋新太郎、専務高橋龍太郎に引き継がれた。三人は馬越の遺志に沿って三社交渉を進めるべく商工相中島久万吉に仲介役を依頼した。中島は古河コンツェルンで古河電気工業や横浜ゴムを創立した実業家であり、馬越とは日本工業倶楽部設立の際に行動を共にしていた。中島が三社の首脳を呼んで自らの裁定案を示したところ、首脳陣の話し合いは思いのほか円滑に進み、わずか二ヶ月後に結実した。

六月二十四日、大日本麦酒と麒麟麦酒が販売協定を結び、翌二十五日には大日本麦酒と日本麦酒鉱泉の合併覚書が調印された。二社合併と販売協定を組合せるという枠組は、馬越が最後に絞り出した渾身の一策であった。

販売協定の内容は以下の通りである。両社出資による麦酒共同販売株式会社を設立して共同販売を行なう。国内では大日本麦酒約七対麒麟三、輸出は約八対二の販売比率とし、超過したら所定の金額を支払う。また二社合併については、大日本麦酒が麦酒鉱泉を買収する形式とし、根津嘉一郎が大日本麦酒の役員に就任することはなかった。この決断について質問された根津は「馬越も死んだからな」と漏らしたと伝えられている。

翌九（一九三四）年一月にはオラガビールが撤退。十年五月には桜麦酒も共販体制に参加し、これで不毛な廉売合戦は完全に幕を閉じた。馬越が願った業界秩序の回復は、皮肉にも本人の逝去によって実現したのである。

昭和九年四月八日。大日本麦酒の新社屋が落成し、アール・デコ風の一階のビヤホールも華々しく開業した。その素晴らしさを多くの人々から賞賛された菅原だが「馬越社長にご覧頂けなかったのが唯一無念だ」と嘆いた。

ビヤホールの基調は、壁面の退紅色と柱の深緑色という二色のタイルである。菅原は馬越の言葉を何度も咀嚼して、ようやくこの退紅色を探り当てた。それは日本の近代化を象徴する赤レンガの色だ。馬越が横浜の三井物産で活躍した時の倉庫も、苦労して再建した日本麦酒の目黒工場も赤レンガであった。赤レンガの中で努力を重ね、日本人はビールを楽しむという豊かさを手に入れた。だから赤レンガの色こそビヤホールに相応しい。そう考えた菅原は退紅色を際立たせるために反対色である深緑のタイルを柱に採用した。それらのタイルは瀬戸で山茶窯を主宰する小森忍によって焼かれている。菅原の注文した退紅色は十七回の試作を経て完成され、深緑色は退紅色よりさらに困難であったと伝えられる。

柱の上部には、天を支えるような力強い大麦の穂をデザインした。一方、柱を取り巻くように配された照明は葡萄の房を模している。麦と葡萄はビールとワインであり、西洋の豊かさの象徴である。明治維新以来の苦闘の報酬として豊かさを享受できる空間がビヤホールなのだ。

頭上の大空間に吊された球状の照明には、ビールの泡のような円形の紋様が刻まれている。球の内側にすりガラス状の複数の輪を重ねて削り出しており、ビヤホールで語る人々の夢や情熱がシャボン玉のように重なり合って見えている。

ビヤカウンターの上のガラスモザイク壁画は、日本人だけで制作したものとしては本邦初である。豊穣と収穫を祝う女神たちの図柄は菅原自身のデザインによる。遠景には目黒工場の煙突が描かれており、中央にはギリシャの国花であるアカンサスが咲く。平和を象徴する花で、ギリシャ建築の端々に用いられている。モザイクのためのガラスは大塚喜蔵が制作した。菅原はガラスの色に細かく注文を付け、四万六千種の色ガラスが焼かれたという。

豊穣と収穫。これが菅原の見つけた答だった。馬越が、日本人とビールの距離を縮めるために作り上げた業態がビヤホールである。その成功の中、馬越はビヤホールの客ならではの特徴に気づいた。ビヤホールの客は陽気で、腹を割って語り合い、屈託なく笑う。なぜだろうか。その疑問に対し、それこそがビールの特性だ、と喝破したのが福澤諭吉である。さらに馬越はビヤホールを見つめ続け、ビールを最も美味しくするのがビヤホールでなくてはならない、と結論づけた。それはビールを美味しく注ぐだけではない。気持ちよく語り、かつ笑える空間を提供しなければならない。

こういった馬越のビヤホール哲学を何度も聴かされ、菅原がたどり着いたのが豊穣と収穫というテーマだった。西洋文明がもたらした豊かさ、それを支える自然の恵み。ビールを飲みながら自然とその雰囲気に浸される。それがビヤホールの使命なのだ。

そうなれば、正面の壁画にギリシャの女神たちを描くのは当然であった。女好きで知られた馬越を揶揄したように受け取られるかも、という懸念はあったが、それも含めて大きな話題にするべきだと開き直った。

豊穣と収穫をテーマとする壁画を正面に見て、高い天井、退紅色の壁と深緑の柱に包まれる大空間。その中で注がれるビールは、近代日本が到達した豊かさの結晶として黄金に輝いている。ビヤホールを創り出した男が夢見た理想のビヤホールである。しかし、その主役がそこでビールを飲むことはなかった。

昭和十（一九三五）年三月、馬越の後継者であった幸次郎が六十三歳で病死した。馬越一族は依然として大日本麦酒の筆頭株主であったが、その新しい当主である恭一は二十二歳の若さである。馬越家に対する社内の期待や求心力は薄れざるを得ず、馬越自身も次第に忘れられていくことになる。ホテルオークラや澁澤倉庫のような、馬越の名を冠した会社が設立されなかったことも、人々の記憶から消えていった一因であろう。

馬越は合併を通じて企業規模の拡大を目指していったが、それゆえ大日本麦酒は悲運に見舞われることになる。昭和二十四（一九四九）年、シェア七十五パーセントの大日本麦酒は、過度経済力集中排除法によって日本麦酒と朝日麦酒の二社に分割されたのである。それは今日のサッポロビールとアサヒビールにつながる。馬越の拡大志向が招いた皮肉な結果であった。

長い物語を終える前に、馬越の姓の読み方について述べておかねばならない。朝吹英二が「マゴ、マゴ」と呼んでいたように「マゴシ」が普通である。ところが郷里岡山では、今でも「ウマコシ」である。馬越の寄付で実現した井原市の馬越橋も「ウマコシバシ」である。一方、馬越に関する展示が多いヱビスビール記念館の英文表示は「Ｍａｋｏｓｈｉ」となっている。これは醸造技師コブリッツとの契約書に残されたローマ字での署名による。この三つの読みのいずれも正しいと言える。

そもそも馬越姓は、慶長年間に伊予国馬越荘を捨てて木之子に移った時に始まっている。その地は現在も今治市馬越町として実在するのである。筆者は数年前、今治市役所を訪れて馬越町の読み方を尋ねた。マゴシか、ウマコシか、それともマコシであろうか。すると窓口の若い女性職員は元気よく答えてくれた。

「はい、ウマゴエチョウでございます」

この件については深入りするのを止めた。どれでも良いのである。東京に戻ると、その足で銀座七丁目のライオンビヤホールに向かった。ビールと日本人との距離を縮めた馬越恭平の、その最後の作品が銀座の真ん中にそびえ立っていた。喉が鳴る。あの広い空間と黄金のビールで旅の疲れをいやし、また明日も頑張ろう。俺も負けないぞ。素直にそう思わせてくれるのがビヤホールなのだ。


―了―

参考文献

『サッポロビール120年史』　サッポロビール株式会社広報部社史編纂室編　サッポロビール
『大日本麦酒株式会社三十年史』　大日本麦酒
『ビヤホールに乾杯：サッポロライオン銀座7丁目店が還暦をむかえた』　双思書房
『キリンビールの歴史新戦後編』　キリンビール株式会社広報部社史編纂室編　キリンビール
『アサヒビールの120年』　アサヒビール株式会社120年史編纂委員会編　アサヒビール
『寿屋三十年の歩み』　寿屋社史編纂室
『サントリー90年史』　サントリー株式会社
『馬越恭平翁伝』　大塚栄三著　馬越恭平翁伝記編纂会
『馬越恭平』　橋本龍太郎著　山陽図書出版
『ビール王　馬越恭平』　大川次郎著　時事通信社
『馬越恭平翁をしのんで第一集・第二集』　馬越恭平翁顕彰会
『井原が生んだ偉人 馬越恭平』　先人顕彰会・井原
『馬越翁余影』　大塚栄三編　馬越恭平翁伝記編纂会
『風雲を呼ぶ男』　杉森久英著　時事通信社
『原敬が密書を託した男「東洋のビール王」馬越恭平』　田屋清著　田屋清
『小説三井物産』　小島直記著　講談社
『立志奮闘した少年少女』　松平道夫著　金の星社
『財界名士失敗談』　朝比奈知泉編　毎夕新聞社
『當世名士縮尻り帳』　節穴窺之助著
『名士奇聞録』　嬌益生著　実業之日本社

『現代名士抱腹珍談』語句楼山人著　大元社
『閑話休題』　徳富蘇峰著　民友社
『破顔一笑』　野依秀一編　実業之世界社
『郷土先哲後月の人人』　後月郡教育会編　後月郡教育会
『裸一貫から』　実業之日本社編　実業之日本社
『大成功者出世の緒口』　野沢嘉哉著　晟高社
『茶会漫録』　野崎広太著　中外商業新報社
『名士の嗜好』　中央新聞社編
『品川先生追懐談集』　産業組合中央会　産業組合中央会山口県支会
『小松原英太郎君事略』　有松英義著
『石井漠とささら踊』　池田林儀著　生活記録研究所
『書画骨董回顧五十年』　斎藤利助著　四季社
『回春長寿、生の喜び』　田中正雄著　文海書院
『帝国銅像鑑』　栗田清美著　大日本帝国史蹟研究会出版部
『破天荒に生きる』　鹿島茂著　ＰＨＰ研究所
『大坂両替商の金融と社会』　中川すがね著　清文堂出版
『円朝考文集』第４　円朝考文集刊行会
『馬越獅渓の面影』　馬越恭一編　馬越恭一
『大日本洋酒罐詰沿革史』　朝比奈貞良編集　日本和洋酒罐詰新聞社
『日本ビア・ラベル盛衰史』　佐藤建次　東京書房社
『ビールと日本人』　キリンビール編　三省堂
『少年工芸文庫　第二十一編　醸造の巻』　石井研堂著　東京博文館

『ビールレーベル興亡史』　三宅勇三著　春秋社
『ビール企業史』　三宅勇三著　三瀧社
『朝日対毎日』　邑井操著　東京ライフ社
『特別展日本のビール　横浜発国民飲料へ』　神奈川県立歴史博物館編集発行
『麦酒伝来』　村上満　創元社
『国分三百年史』　日本経営史研究所編　国分株式会社
『味の素グループの百年』　味の素株式会社編　味の素
『私の履歴書　経済人10』　日本経済新聞社編　日本経済新聞社
『世界のビール』　朝日新聞東京事業開発室編　朝日新聞社
『渋澤栄一伝記資料　麦酒醸造業』　竜門社編　渋澤栄一伝記資料刊行会
『金子直吉傳』　白石友治著　金子柳田両翁頌徳会
『柳田富士松傳』　白石友治著　金子柳田両翁頌徳会
『根津翁伝』　根津翁伝記編纂会編　根津翁伝記編纂会
『世渡り体験談』　根津嘉一郎著　実業之日本社
『根津嘉一郎』　宇野木忠著　東海出版社
『福澤桃介翁伝』　福澤桃介翁伝編纂所
『桃介式』　福澤桃介著　実業之世界社
『桃介は斯くの如し』　福澤桃介著　星文館
『まかり通る　電力の鬼　松永安左衛門』　小島直記著　東洋経済新報社
『西洋衣食住』　福澤諭吉著　慶應義塾福沢研究センター
『福澤諭吉書全集　書簡集』　福澤諭吉著　慶應義塾編　岩波書店
『福澤諭吉と恵比寿ビール（福澤手帖所収）』　大久保佐太郎著　福沢諭吉協会

『明治西洋料理起源』　前坊洋著　岩波書店
『白叙益田孝翁伝』　益田孝著　長井実編
『朝吹英二君伝』　朝吹英二氏伝編纂会編　朝吹英二氏伝記編纂会
『大橋新太郎伝』　坪谷善四郎　博文館新社
『阪谷芳郎伝』　故阪谷芳郎子爵記念事業会編　故阪谷芳郎子爵記念事業会
『柳生一義』　清水孫秉、大野恭平編　山崎源二郎
『連鎖店経営法』　大江新吉著　春陽堂
『赤手空拳市井奮闘伝』　実業之日本社編　実業之日本社
『日本政党変遷史』　青野権右衛門編　安久社
『千葉銀行史談』　千葉敬愛経済大学研究所編　千葉敬愛経済大学研究所
『犬養木堂伝』　木堂先生伝記刊行会編　東洋経済新報社
『原六郎翁伝』　板沢武雄、米林富男著　原邦造
『風俗画報増刊　乗客案内郵船図会』　東陽堂
『私の履歴書　経済人7』　日本経済新聞社編　日本経済新聞社
『宮島清次郎翁伝』　宮島清次郎翁伝刊行会編　宮島清次郎翁伝刊行会
「回想八十六年　私の歩んだ道」　野村勉四郎著　自費出版図書館編集室
『能率一代記：経営顧問三十年』　荒木東一郎著　日本経営能率研究所
『大正名器鑑』　高橋義雄編　大正名器鑑編纂所
以上

〈著者紹介〉

端田 晶（はしだ あきら）

1955年、東京生まれ。慶應義塾大学卒。飲食店アルバイトから酒好きが高じてサッポロビールに入社。広報IR室長、CSR部長、ヱビスビール記念館館長などを歴任。カラスカー企画代表。サッポロビール（株）文化広報顧問。（一社）日本ビール文化研究会理事顧問。『小心者の大ジョッキ』（講談社）、『日本のビール面白ヒストリー』（小学館）、『大日本麦酒の誕生』（雷鳥社）、『ビール今昔そもそも論』（ジョルダン）など著書多数。NHK Eテレ「知恵泉」、「美の壺」への出演、三遊亭兼好師独演会での「ビール漫談」など、ビールを面白く語る試みを模索しながら、講演会やトークショーなどを行なっている。

負けず 小説・東洋のビール王

2020年9月18日　第1刷発行

著　者　端田 晶
発行人　久保田貴幸

発行元　株式会社 幻冬舎メディアコンサルティング
〒151-0051　東京都渋谷区千駄ヶ谷4-9-7
電話　03-5411-6440（編集）

発売元　株式会社 幻冬舎
〒151-0051　東京都渋谷区千駄ヶ谷4-9-7
電話　03-5411-6222（営業）

印刷・製本　中央精版印刷株式会社
装　丁　田口美希

検印廃止
©AKIRA HASHIDA, GENTOSHA MEDIA CONSULTING 2020
Printed in Japan
ISBN 978-4-344-93029-2 C0093
幻冬舎メディアコンサルティングHP
http://www.gentosha-mc.com/

※落丁本、乱丁本は購入書店を明記のうえ、小社宛にお送りください。送料小社負担にてお取替えいたします。
※本書の一部あるいは全部を、著作者の承諾を得ずに無断で複写・複製することは禁じられています。
定価はカバーに表示してあります。